認識大陸作家系列

回到鄉村中國

——大變局下的鄉村紀事

江子　著

在返鄉的路上

江 子

　　重新檢索這些年我的散文寫作，我個人以為多少有些價值的部分竟然全是我對故鄉書寫的篇什。在這些散文中，我的態度就像一個被告證人急切地向呈堂提供證詞，渴望為我的當事人爭取同情和解脫——我總是有意無意地寫出我的叫下隴洲的村莊的名字，事實上，這是一個在只要稍大一點的區域行政地圖上就找不出標識的地方。神色匆匆的現代人不可能因為我的指認就去我的其實並無特色的故鄉觀光採風，更不要說投資興業。我像一個老人一樣喋喋不休地念叨著她到底出於什麼心態？我捫心自問卻又複雜難言。是的，這樣的嘮叨在文學上也許毫無意義可言。別人或許會把這一行為當作我不可理喻的偏執也未可知。

　　故鄉不過是中國成千上萬個鄉村的一個。然而，我依然執拗地相信這個位於江西贛江邊面積為 1.1 平方公里的小村莊其實也有不凡的史識。她屬於古代與廟堂相對應的民間部分。她是一個完整的生命體，擁有獨特的地理經緯、民俗禁忌、方言俚語、骨血經脈和

歷史記憶。她的族譜值得重視。依然保留在村裏人口碑中的往昔值得記錄。那些業已過世的埋在山間地頭的已經面目模糊的老人並非從來沒有活過。每一段宏大歷史的演繹都會在她的身體上留下痕跡。……正是基於這種價值判斷，我的鄉村書寫有了絕對的信心。

我總是找機會和理由從城市折回鄉村，儘量和每一個鄉民攀談，用心體會我生活過二十多年的村莊的生命律動。我對隱藏在故鄉皮膚皺褶裏的往事幾近癡迷，卻又對她的現狀和未來憂心忡忡。是的，隨著城市化進程的縱深推進，那個歷經劫難卻總是保持著野蠻生命力的故鄉已經面目全非。隨著青壯年的離開（打工），由老人和孩子構成的村莊的社會生態已經失衡，賴以生存的世襲的土地大片荒蕪，存在了數千年的鄉村禮儀風俗日益刪繁就簡已到了將近淪喪失傳的地步，而外來的文明，不斷地洞穿鄉村守護多年的道德秩序的底線。那些遠離村莊在城市漂泊的人，由於農民天然的不足，命運無法把握，少數人有幸交上好運，大多數人依然窮困潦倒，有人鋌而走險，有人死於非命……

必須有人記錄下這一切。中國散文傳統的一脈，是史官帶有使命意識的莊重書寫。那就讓我做我的故鄉的史官。──同時也是做當下鄉土中國的史官。

必須有人記錄下這一切。早年愛詩寫詩至今依然嗜詩如命的我，一直恪守詩人的道德和使命。海德格爾說：「一切詩人都是還鄉的。」我以對鄉村的真情書寫走在還鄉的道路上。

正是基於如此的心靈願望和故鄉情結，這些年來，我努力去探索現代文明的漸次推進中鄉村心靈的奧秘，竭力捕捉人們視若不見

的鄉村常態中的驚心部分，以我的老家為支點妄圖接近我們所處的時代中鄉村的真相。我寫鄉村疾病、死亡，凜然的生存和依然存留的詩意及暖意，追問被迫亡命天涯的人的去向。我渴望用我的筆建立一份當代背景下的鄉村檔案，可我越來越發現我所面對的鄉村過於廣闊繁複沉重，我的筆尖卻是那麼的纖細柔弱，我常常會感到自己是多麼的力不從心。

而書寫無法阻止故鄉的日益陷落。那個帶有幾乎所有中國人童年體溫的透著烏托邦氣質的鄉村已經不在了。那個與我們的逼仄現實對應的溫柔福祉已日漸荒蕪物是人非。我們都成了失故鄉的人。可我們依然假設故鄉的存在。我們告訴自己，我們在人群中神色匆匆的行走，依然是在返鄉的路上。故鄉其實遙不可及，可尋找會帶給我們安慰。惟其如此，我們才不會絕望。

目次

代序　在返鄉的路上 i

歧路上的孩子 1

奔　跑 17

鄉村有疾 31

臥　底 45

打工時代的婚禮 53

消失的村莊 59

大雪還鄉記 65

爹娘入城記 79

周家村筆記 93

懷念一個愛讀《三國》的老人 107

一路向南 123

永遠的暗疾 137

疾病檔案 149

絕版的抒情 173

照相館 179

理髮店 183

小　學 187

檯球室 191

診　所 195

對岸的村莊 199

血脈裏的贛江 205

流浪的篾刀 209

消失的洲 215

老艄公 221

關於贛江的片斷與札記 225

散落在鄉間的那些字兒 229

失蹤者 235

螞蟻搬家 241

一塊小黑板 245

民工的過道 249

沿著贛江，邊走邊唱 253

歧路上的孩子

一

　　我的妹妹決定去廣東。她說要去找她的丈夫。今年春節，我的妹夫因為工作忙沒有回家。至今為止，她有近一年時間沒有見到他了。

　　我的妹妹不是上過什麼大學、受過什麼高等教育的女子。她不過是個農婦，一個識字不多的鄉下女人。我的妹夫也不是拿國家薪水的公務員或者大公司的老闆和白領，他只是一個進城的青年農民，一個城裡的街頭隨便一抓一大把的打工仔。

　　自從妹妹和妹夫結婚開始，我的妹夫就常年在廣東某地做工，一年頂多回一次家。我的妹夫是一個相當老實本分的人，也沒有多少文化，每次見到我，都不太敢和我說話，身體繃得特緊。可是，他的村莊資源非常貧瘠，人均七分地，且十年九澇。出門打工，是沒有辦法的選擇。

　　妹妹要去廣東我想多少隱藏了她對丈夫的想念。可是她沒有說。作為一個鄉村婦女，她當然羞於表達這一點。她的理由是要帶

孩子去看爹。她擔心孩子長期見不到爹不好。到底哪裡不好，她說不上來。

我的妹妹有兩個孩子。其中大的 7 歲，更小時候經常說一些「唐僧是樹變的」、「關雲長的大刀自己會流血」之類莫名其妙的話，曾經是死纏爛打的那一類，記得有一回我被纏得沒法子只好關門躲避，他在門外把門踢得碰碰直響，最後索性大哭了起來。要知道，我老家的孩子，大部分見到我就像是老鼠見到貓。而現在他變得有些害羞，特別奇怪的是，他不吃葷食，只是偶爾在大人的逼迫下喝點肉湯，我笑他前世準是一名和尚，他把頭低下去，嘿嘿嘿直笑，嘴裏嘟囔著說，我是和尚你是方丈呢……小的只有 3 歲，他的媽媽和奶奶還經常抱他，他常在大人的背上偷偷脫下鞋子，待被發現後笑得咯咯咯地響，深為自己的惡作劇感到驕傲。……總之，這是兩個非常可愛的孩子。

妹妹帶著孩子們在老家留守，妹夫在廣東打工，這樣一來，他的老娘——一個七十多歲的鄉村老嫗長年看不到兒子，我妹妹常年見不著丈夫，我的兩個外甥在長期缺乏父愛的環境中長大。對我的兩個外甥來說，爸爸是一個虛無的存在，他不過是手機裏沒話找話說的一個聲音，牆壁上的幾張影像模糊的照片。每次我回老家去看他們，順便問起他們是否想爸爸，7 歲和 3 歲的兩個孩子就好像都商量好了似的一起勾著頭不說話，讓我看著十分不忍。

我的妹妹一家上路了。她背著兩個或更多的蛇皮袋，蛇皮袋裏放著她們一家老小的洗換衣服、洗刷用具，孩子的書包和玩具，還有路上吃的食物。她的兩個孩子，大的那個可以由她家婆牽著，3

歲的肯定是她抱在懷裏。她的家婆年紀大了，脊背彎曲，瘦骨嶙峋，肯定沒有力氣抱。我的妹妹就這樣搖搖晃晃、顧頭不顧尾地上了火車。妹妹出遠門不多，還缺乏旅途生活的經驗，她帶著老人孩子登上火車肯定會有一定程度的緊張。這樣一支背著蛇皮袋、由老人孩子組成的尋親團隊，更像是一支逃亡的隊伍。而兩個孩子，因為從來沒有坐過火車，肯定會有一些興奮，而更多的會是陷身陌生人群的恐懼。他們或緊緊攥著大人的手，或者用雙臂緊緊纏著大人的頸，唯恐一鬆手就會把自己給弄丟了。當他們在座位上小心坐下，我似乎看到，車廂的玻璃窗後面，那幾張被旅途擠壓得變形的、惶然無助的臉。

二

我的侄子離開老家的時候是在農曆五月。他出生於那一年農曆二月，五月時他其實剛滿百天。那一年端午剛過，我的弟媳不顧我父母的一再規勸、哀求，決定第二天離開我的鄉下老家回廣東東莞。她說到「東莞」這兩個音節時流露出的甜蜜、親切和嚮往之意，以及臉上不加掩飾的迫不及待的神色，讓人以為是一個遊子說起故鄉。而事實上，東莞不過是她和我弟弟打工的城市，在那裏，除了一間小小租賃的房子，他們依然一無所有。現在，我的弟弟依然在東莞，弟媳此去，他因請不到假並不能回來接送。可是弟媳已經義無反顧，她的情緒已經壞到了極點，幾個月的鄉村生活，讓原本溫順乖巧知情達理的她，變成了一個瘋子。

　　我的父母對弟媳近乎哀求的挽留並不是對弟媳有多麼不捨。他們知道在當今時局，離別是最平常不過的事。他們捨不得的是我的侄子。對父母來說，我的侄子只是一團柔軟的肉，一個還經不起任何驚嚇傷害和搬移的易碎品，一個連輪廓都來不及長出來的嬰兒。我父母認為，我的侄兒暫時不宜離開老家，因為弟媳所說的他們沒有到過的東莞不能為孩子的健康成長提供一個相對穩定的家，年輕的弟媳又沒有足夠的育兒經驗，很難對孩子做到悉心的照料。而且帶著這麼小的孩子坐汽車轉火車去千里之外的地方無異於逃難。

　　可我的父母最終拗不過弟媳。因為生孩子，弟媳從春節開始已經在鄉村老家待了五個多月。弟媳是湖南人，對我的老家——一個位於江西吉水贛江邊的名叫下隴洲的普通村莊，她在情感上多少感到有些生疏。在年輕人都出門打工、只留下老人和孩子的鄉村，只有二十來歲的弟媳難免會感到寂寞。鄉村的各種條件依然簡陋，比如電視只有兩個台，吃回肉都要跑到三里之外的小鎮購買，廁所竟然到了不遮羞的地步，她能待上五個多月已屬不易。她無法忍受情有可原。她要離開也是在情理之中的事。作為孩子的母親，她要把孩子帶在身邊更是天經地義。

　　父母只好妥協。他們心如刀割，表情淒然，可又不得不在弟媳面前強裝笑臉。他們忍不住一遍一遍地親吻孩子的額頭，除此以外，他們束手無策。當看到去縣城的班車遠遠開來，他們點燃了送別和祝福的鞭炮。在弟媳背後的繈褓中睡得正酣的侄子此時被突然響起的鞭炮聲嚇醒，在我老家門前的巷子裏發出了一路不顧一切的哭聲。聽著我侄子的哭泣，目送著班車漸漸遠去的身影，我年事已高

的父母背靠在插著祈求平安的新鮮艾草和菖蒲的門前，不禁老淚
縱橫。

三

　　鄉村越來越荒涼了。青壯年大多去城裏打工了。他們背著行李，
懷著歡欣鼓舞的心情乘坐春節過後的班車離開家鄉，向全國幾乎所
有的大中小城市潮水般湧去。他們臉上的笑容，讓人感覺好像他們
要奔往的，是一個傳說中滿地都是金子的城堡。他們走下班車，又
登上了火車。我似乎看到他們在人群中的緊張、慌亂。他們背著行
李，穿行在車廂的過道。當他們找到位置坐下來，我似乎看到他們
臉上有短暫的輕鬆。在硬座車廂的座位上，他們臉上的表情嚮往和
迷茫交織……那堅硬的呼嘯著喘著氣兒奔跑的火車，正成了他們在
異鄉的生活的隱喻。他們幻想著自己有像火車一樣的速度和把大山
戳出一個又一個洞的力量，可是，生活總是把他們扔在一個為他們
所不知的站臺上。他們攜帶著夢想遠行，卻又無法把握自己的命運，
就像火車的前方，正是不可知的未來。

　　而在這一場中國鄉村大遷徙中，在這一場鄉村與城市的博弈
中，那些無辜的鄉村孩子，成了被扣押的人質。他們本來還處於遊
戲的年齡，卻要被沉重的命運驅趕。他們與老人一起駐守在殘破荒
涼而寂寞的村莊裏，或者被火車押解著行駛在鄉村與城市之間。他
們的一張張過於早熟的憂傷的臉，被異鄉的月亮睥睨，他們的睡夢，

被故鄉為離別炸響而此起彼伏的鞭炮聲驚醒。而他們內心的殘缺和傷害，是鄉村被放逐之後必須付出的成本。

每次在旅途和鄉村看到這樣一張張無辜受難的臉，我的心裏就會非常難受。

四

我初中的同學黃小文前些天從故鄉來到省城。他在我曾就讀過的故鄉中學當校長。老朋友的造訪總是讓我開心，我在酒店招待他吃飯。多日不見，我們推杯把盞，說起小時候的許多人和事，心裏油然蕩起一陣陣歡娛。我問起他的工作情況，他順便跟我說起不久前學校裏發生的一件事。故事的主角是個初中女生，年齡只有 13 歲。聽他們的班主任講，這個女生身材瘦弱，平日裏沉默寡言，獨來獨往，絲毫不引人注意。可有一次，她成了全校的新聞人物，原因是女生突然暈倒在教室裏。女生的暈倒使正常的教學工作無法進行，教室裏亂成一片。我的同學黃小文聞訊趕到現場，立即組織師生把孩子送入醫院。醫生初步診斷後說，孩子的昏倒乃是青春期營養不良引起的貧血所致。經過醫生簡單的救護，女生慢慢醒了過來。

我的同學當時開始了與孩子的談話。他想從孩子的嘴裏獲得他父母的電話號碼，以通知他們及時趕來。這本是工作最正常的程式，可孩子的回答讓他愕然。孩子搖了搖頭說，別打了。孩子說，她的父母都在廣東打工。家裏已經沒有任何親人了。

　　黃小文說，你知道麼，那女生每到週末回家，都是一個人守著一棟空蕩蕩的房子，洗衣做飯，自己照顧自己。一頓泡一碗速食麵、吃一碗水泡飯是常有的事。

　　黃小文還說，現在的鄉村，這種情況的孩子遠不止一兩個呢。

　　我記得我當時的反應。我準備夾菜的筷子懸在半空中。我的心裏非常非常難受。我的胸口悶得慌。我突然有一種想罵人的衝動。我想我的表情肯定非常難看。我同學黃小文當時有些嚇壞了。我們的談話有了片刻的停頓。

　　可我能罵誰呢？罵女孩的父母對自己親生骨肉的不管不顧？他們奔赴異鄉，不過是為了讓自己的生活可以好一些。我能罵那女生不曉得照顧自己？她只有 13 歲，就已經在逼迫下開始學習獨立生活。我能把罪責歸咎於故鄉過於貧困、鄉黨過於愚笨嗎？土地是無罪的，我的鄉親一個個都有著世襲的勤勞、儉樸和隱忍的美德。他們曾經長年過著日出而作、日落而息的勞作生活，他們更希望從土裏刨出金子。但是，他們都失望了。他們不得不奔跑在逃亡的路上。

　　我們吃飯的地方是在城裏一個不錯的飯館。我們的飯桌旁邊有一群人正在鬥酒。另一張桌子上，幾個穿著時髦的青年男女正在發出愉快的調笑。他們的餐桌上杯盤狼藉。如此景象，足以讓人相信我們遇上了好時代。如果我控制不住咆哮起來，他們一定會用嫌惡的眼神看著我，就像看著一個瘋子。

　　我只有長長地歎了一口氣。

五

經常在網際網路、電視、報紙上看到和聽到一些火車上生孩子的消息。

我在「百度」裏輸入「孕婦火車臨產」幾個字，找到的相關網頁就有約 62900 篇。現將其中幾條消息摘要抄錄如下：

1.〈孕婦火車上臨產　兩列火車緊急讓道送其入院產子〉

……早上，成渝線洛中子車站附近，1322 次列車（廣州開往重慶）上一孕婦突然發作出現臨產症狀，情況十分危急！成都鐵路局調度中心讓前方行駛的兩列火車緊急讓道，列車全速開往菜園壩火車站，隨後孕婦迅速被送往醫院，順利地產下了一個男嬰，目前，母嬰平安。

……據陳先生介紹，他和妻子一直在廣州打工，由於懷孕的妻子還有十多天就到預產期，2 日下午，他們便坐 1322 次列車準備返回涪陵老家待產。……

2.〈孕婦火車臨產　同車醫生接生母子平安〉

……7 月 28 日凌晨，深圳開往湖南岳陽的一列列車上，一名孕婦突然臨產。此時離最近的車站還有一個多小時的車程，就在這千鈞一髮之際，列車長果斷下令在列車上尋找醫生。隨後，兩名醫生和列車工作人員在車廂內為產婦進行接生，最終產下一個健康的男嬰。

……原來，這對夫婦長年在東莞石龍打工。懷孕後，孕婦曾經到醫院進行過檢查。檢查結果顯示胎兒臍帶繞頸，很有可能需要剖腹產。他們打聽到在東莞進行剖腹產需要七千餘元，而在老家岳陽卻僅需兩千餘元。為了省錢，這對年輕夫婦決定冒險乘坐火車返回岳陽老家生產，此時距離預產期僅有一個星期時間……

3.〈孕婦火車上臨產　列車員乘警圍成人牆播音員接生〉

昨天傍晚，在溫州開往南京的 5056 次列車上，一名孕婦突然臨產，列車上的播音員劉長愛「徒手」為孕婦接生，使一個小生命呱呱來到人間。

2005 年 4 月 13 日傍晚 5 點 45 分，該次列車剛剛從溫州車站駛出五分鐘，一名男子匆匆跑到列車長袁偉面前，「不好了，我媳婦要臨產了。」……

……據瞭解，產婦和其丈夫王多權均是貴州餘慶縣松煙鎮人，準備乘坐該次列車經南京返回老家生孩子……

4.〈大年初一孕婦列車上臨產〉

新華報業網訊（2007 年 2 月 20 日）大年初一凌晨 4 點半左右，杭州開往大同的 1592 次列車途經安徽滁州時，一名孕婦乘客突然臨產。列車長聞訊後，立即組織列車員安撫照顧孕婦，而一名學醫的女學生邊打電話詢問導師接生知識，邊幫助接生，產婦順利產下了一名男嬰。……經詢問瞭解，黃某是從常州回安徽碭山過年的，由於長時間坐車，心情緊張出現早產症狀……

……

夠了，我不想再列舉了。從中我們可以發現，那些在火車上生孩子的人，幾乎都是出門打工然後急匆匆往回趕的鄉村婦女。

幾乎所有消息的撰寫者都極力把救助場面的氣氛渲染得緊張、危險而熱烈。的確，對於記者來說，這是一塊好料。它既有利於塑造鐵路部門出於人道主義傾情救難的良好形象，又有利於宣揚一方有難八方支援的社會公德。在這些消息中，列車長、醫生、列車播音員無疑就成了事件的主角。我甚至能從這些消息中感受到記者下筆時的激情澎湃熱血飛揚。

可真正的主角被忽略了。我說的是那個產婦和生下來的孩子，還有產婦的丈夫。生孩子這樣的大事，最適合的地點應該是醫院和家中。可他們為什麼要等到臨產才匆匆往家裏趕？是什麼讓他們饑不擇食慌不擇路？是什麼在背後舉著鞭子，抽打得他們無暇顧及孩子的出生而奔赴在求生的道上？他們是否要用一生來對孩子深懷歉疚？當有一天孩子知道自己的身世，做父母的會是怎樣的尷尬，做孩子的會是怎樣的委屈？

六

這是在廣州到安徽合肥的火車上。我剛在廣州開完了一個會，正在回南昌上班的途中。時是六月，天氣很熱，當我登上火車，我的背上全部濕透了。

　　而火車上與我鄰床的一個農民模樣的旅客比我濕得還要厲害。當我看到他時，他的頭上冒著股股熱氣。他的臉上全部是汗水。他一個勁地用一條褪了色的舊毛巾擦汗。可是他剛擦完不久，汗又在他的額頭爆出來。

　　他大概五十多歲，皮膚黧黑粗糙，白色的襯衣皺巴巴的，露出裏面褪了顏色的紅棉背心，一副「農業學大寨」年代的宣傳畫裏典型的農民打扮。當然他的神態遠沒有宣傳畫裏的氣宇軒昂，那張鬍子拉碴的臉上有些苦澀。

　　他坐在我的床位上。床位間的茶几上堆了一個鼓鼓的塑膠袋，我的床上也放著一個舊的鼓鼓囊囊的旅行包。旅行包的提手鬚了邊，看樣子就要斷了。

　　他看到我向他出示火車票，馬上停止了擦汗，臉上堆滿了笑，用我非常難懂的方言說同志，我沒買到下鋪的票，你能不能給我換到中鋪？我帶著孩子呢。

　　——這時候我才看到孩子，在他的身後，旅行包的前面。

　　孩子很小，和一隻剛生下來的小羊羔差不多大。雖然嘴巴裏咿咿呀呀的，但還不會說話。眼睛黑亮，會看人。還會笑。一笑，露出兩個小酒窩。然後又被別的什麼吸引了，一臉的疑問。一會兒，就覺得無趣了，轉過身去背對著人，舉著兩隻胖乎乎的小手放到嘴裏吮吸，口水流了下來，打濕了床單。

　　黑黑的捲髮，白胖的小臉，長長的睫毛，小巧的嘴巴，藕節一樣柔嫩的胖乎乎的小手，和年畫裏的娃娃差不多。如果穿一件紅色

的肚兜就更像了。不過，她穿著白底藍色碎花的連衣裙。裙子老翻上去，不知羞恥地露出證明她性別的性器官。是個女嬰。

　　孩子可能不到一歲。一問，果然只有十個月大。還不會走路，大人扶著她坐起，一會兒就倒下去，再坐起，又倒下去。

　　這孩子太小了，小得讓人心疼和擔心。這孩子現在在離家千里之外的火車上，這就更讓人擔心了。幾乎所有的人經過的時候發現孩子都不由自主地放輕了手腳，似乎是怕嚇著了孩子。

　　——我自然無法拒絕這樣的請求。我爬上了那老漢換給我的中鋪。我帶的書也無心看了。我盯著那個孩子。我知道那肯定又是一個打工人家的孩子。我知道圍繞孩子的肯定是一個讓當事人無所適從的故事。這樣的故事太多，我不得不又一次涉身現場。

　　果然，那老漢說，那孩子是他孫女兒。他的兒子媳婦在廣州打工。孩子本來放在安徽鄉下老家帶，可是，前不久，兒子媳婦想孩子想得厲害，老漢只好從老家抱來給他們看。只住了幾天，這不，又把她帶回去呢。帶這麼小的孩子，本是女人家幹的事，但自己老伴不識路，又暈車，只好自己來了。

　　老漢還說，他家離合肥有兩百多里。坐火車到合肥後，還要坐三四個小時的車到縣城，再坐一個多小時的車才能到家。一個人倒好辦，可帶個這麼小的孩子，吃喝拉撒的，麻煩大了！

　　我才知道上火車時他為什麼頭上冒那麼多的汗。——背著兩個包，帶著這麼小的一個孩子，的確夠他受的！

　　我知道從廣州到合肥要十多個小時的路程。現在是上午十點。如果順利，他到達家中要明天下午。這個手腳笨拙的農民，要帶著

這個不到一歲的孩子，這樣一團柔軟脆弱的肉，經過十多個小時的顛簸折騰，到達合肥，然後再乘坐公共汽車回到山鄉的家中？

那是一個雞蛋或者一塊玻璃，一不小心就會破碎。

那是一個需要我們加倍憐惜呵護的幼小生命，我們必須全力以赴。

那是千千萬萬被驅趕著在路上奔跑的孩子中的一個，是無辜卻被旅途扣押的人質中的一個，當然，也可能是全部。

我總疑心那是吉凶未卜的旅途。疾病，饑餓，過於堅銳動盪的火車，一路的吃喝拉撒，都足以成為傷害孩子的隱患。

七

在搖晃不已的旅途中，我盯著那個孩子和那個老漢。

孩子開始煩躁不安。她不顧一切地哭著。老人懷疑她是餓了，從茶几上的鼓鼓囊囊的飼料袋裏倒出嬰兒米粉，裝入奶瓶用開水沖了，涼後給孩子吃。孩子甜甜地吃著。

老漢還從塑膠袋裏掏出一種叫威化餅的食品，撕開包裝紙餵孩子。孩子臉上頓時佈滿了淚痕和餅乾的碎粒。老漢用那條帶著汗味的舊毛巾給孩子擦了。

孩子又哭，老漢懷疑她渴了，餵水。孩子喝水，小喉嚨一動一動。

孩子睡得香，老漢怕車廂裏的空調涼了孩子，從旅行包裏拿出孩子的小衣服，蓋在孩子身上。

孩子醒了，拿著幾張拆開的威化餅的塑膠包裝紙玩。床鋪上頓時佈滿了威化餅的碎屑。

孩子把尿拉在床單上了。老漢左右看了一看，見沒有乘務員經過，趕緊把有尿漬的床單與沒有人住的上鋪的乾淨床單調換。

孩子又哭，餵水不喝，食物不吃，哄著睡覺不睡。老漢非常無助。他的耐心漸漸耗盡。他突然咆哮起來，把孩子擲在床上，失控的手掌重重地打在孩子嬌嫩的屁股上。屁股頓時紅了。孩子哭得更厲害了。老漢又抱起孩子，搖晃著，哄著，輕輕拍打著孩子的背。他的臉上一臉的懊惱和悔恨。

老漢對著孩子唱著一種我根本沒辦法聽懂的歌謠。我想那歌謠一定來自他自己的家鄉，與古老恬靜的鄉村文明息息相通。許是受了歌謠的撫慰，孩子又睡過去了。

中午一點多，老漢趁孩子睡了，趕緊泡上一碗速食麵吃了。濃重的速食麵氣味和著孩子的尿味在車廂裏飄蕩，經久不散。我敢肯定，那是我這一輩子，聞到的最為複雜難言的氣味。

孩子又哭，老人又哄，又餵……

……

一路上，我就看著老漢翻來覆去地折騰，看著一個笨拙的鄉村男人在一個只有十個月的孩子面前的黔驢技窮。我感到他都要虛脫了。

天慢慢地黑了。

八

半夜，我背起包，走下了車。我看到老漢依然沒睡著。他靠在床頭上發呆。在熄了燈的車廂裏，老漢的臉模糊一片，可借助外面車站的燈光，我分明看見他的眼裏滿是一個男人只有身處困境才會顯露出的無助和哀愁，讓我吃驚。當我下床的時候，他和我招呼，我看到老漢臉上對我早到家的羨慕和對漫長旅途的憂心忡忡。（他後面的旅程無疑將變得更加艱難）而那個睡夢中的孩子突然尖叫起來——她可能是被到站時火車車輪在鐵軌上摩擦的尖利刺耳的聲音嚇壞了。那一聲尖叫，彷彿玻璃的破碎，充滿了對她所不知的世界本能的恐懼、反抗和抱怨。

那一聲尖叫被我的耳朵收藏，在我的心裏激盪。它像一把小而鋒利的刀子，刺痛了我。

我下了車，提著行李在站臺上走著。站臺上燈光幽暗。我的影子在燈光下一點點地縮短，又一點點地拉長。我的心是沉重的。我擔心車上的老漢，以及孩子。我突然感到莫名的委屈。我想起了我的外甥，我的侄子，那個暈倒在教室裏的 13 歲的女生，還有更多被驅趕著在路上驚慌失措地奔跑的孩子。我知道我不能阻止這一切的發生，就像我沒有辦法讓奔跑的火車停下來。但請允許我祝福這些孱弱而無辜的生命。我似乎聽到，在一個相信神的國度裏，一名名叫泰戈爾的詩人，正模擬神的口吻，朗誦著他充滿了愛和祝福的詩句。那些詩句，正契合了我此刻的心境：

……他已來到這個歧路百出的大路上了。

我不知道他怎麼從群眾中選出你來，來到你的門前抓住你的手問路。

他笑著，談著，跟著你走，心裏沒有一點兒疑惑。

不要辜負他的信任，引導他到正路，並且祝福他。把你的手按在他的頭上，祈求著：地下的波濤雖然險惡，然而從上面來的風，會鼓起他的船帆，送他到和平的港口的。

不要在忙碌中把他忘了，讓他來到你的心裏，並且祝福他。

——泰戈爾《新月集· 祝福》

奔　跑

一

上世紀九十年代初期，我的堂弟三根高中畢業沒考上大學，決定去廣東闖蕩一番。──離開家鄉去廣東打工，這在上世紀九十年代的故鄉，已經成為最為時髦的選擇。

我的堂弟自恃有一張高中文憑，算得上是名知識青年。他還練過書法，一筆毛體練得恣肆流暢，又可以稱作有才華的人了。這樣的人怎會屈尊在故鄉做一名臉朝黃土背朝天的農民？出門闖蕩就成了再正常不過的事。

可是堂弟一出門就遇上了麻煩。由於當時交通不便，他到離故鄉幾十里遠的城市去坐火車。他是第一次出遠門。面對旅途中亂世逃命般擁擠的旅客和尖叫的火車，他顯得驚慌失措。他的頭腦變得一片空白。火車還沒到站他就稀裏糊塗地下了車。當他在站臺站定並清醒地認識到自己還沒到站，可他的行李已經隨列車呼嘯而去，而他的口袋裏已經空空蕩蕩。情急之下他又登上了另一列開往南方的火車，列車查票人員的疏漏讓他得以僥倖到達廣州。他捏著寫了我表弟在廣州的地址的紙條，一條巷子一條巷子地找，徒步走了差

不多一整天終於找到了手中已經被汗水浸得模糊的、他此行要投奔的我的表弟所在工廠的地址。當他在門外看到迎面走過來的表弟，他的臉上佈滿了苦盡甘來的笑意。表弟後來告訴我，當時他笑得比哭還難看。

堂弟的第一次遠行的遭遇真是讓人啼笑皆非。而這一次遭遇又為他後來的不順埋下了引線。在表弟的幫助下，他終於在廣州的某個工廠找到了一份差強人意的工作。可是他丟了身份證和暫住證，他成了一個身份不明的人。有一天他走到街上遇上了員警，員警毫不猶豫地把他帶到了派出所，他因為沒出過遠門造成的緊張樣子顯得十分可疑，而他陳述在火車上丟掉行李的事實讓人誤以為他是說謊，他因此受到了十分不公平的待遇，據說是挨了一頓暴打，最後又是表弟花錢才得以擺平。

堂弟在廣東的境況真是讓人擔心。他的父母也就是我的伯父伯母在故鄉常常為他吃不飽睡不香。他們為他補辦了各種證件託人捎去。他們以為有了這些證件堂弟就會有了護身符。可是後來堂弟又發生了不少事，不是被人搶了手機就是被人騙了錢財，幸好他在以後的許多年裏有了些歷練，每次他都能勉強對付，也都是有驚無險。只是自從上次因證件丟失被員警暴打，他落下了一個見到員警就哆嗦的毛病。他甚至見到穿制服的人就害怕，遠遠避之唯恐不及，臉上滿是驚恐不安的神色。彷彿古代寓言中那隻驚弓之鳥，一聽到弓弦之聲就驚恐得從天空墜下。

我的堂弟在廣東轉了好多次廠，做了好多個工種。後來他決計離開廣東，這個總是讓他受傷的省份，去了南京。他畢竟讀過高中，

又有了十多年打工的經驗，多少懂得為自己的前途盤算。在南京，他把自己多年的積蓄用於進修，最終成了南京某傢俱廠一名月薪兩千五的電腦傢俱設計師。

堂弟有了手藝和相對穩定的收入，很長一段時間內都讓家人放了心。大家以為，堂弟歷經磨難，心智也應該到了成熟的階段，他應該不會再出什麼事了。可是這種讓人安心的日子並沒有過多久，堂弟又讓所有人為他擔心了起來。

前不久，堂弟給我們幾乎每一個親友發來了一條短信。他在短信裏說，他需要四千塊錢。他現在在南京，做一個前途非常看好，基本上可以說是一本萬利的生意。他說一個月之後發工資就還。他說一定要為他保密。

明眼人一看就知道他在幹什麼。這個可憐的人，一定是被他所謂的朋友哄騙，陷入了傳銷的魔窟。一些長輩打電話給他苦口婆心進行勸說，可他依然執迷不悟，短短幾天之內，原本沉默寡言的他變得巧舌如簧，言辭激昂如在萬人廣場發表演說。他的短信讓親友們頗為難，不知道是否應該按他的意思向他所提供的帳號匯去錢款。他們不知道，這個又一次被命運拐騙航線折向的人，是否有能力從傳銷的魔窟中掙脫出來，為自己的人生軌跡做一次校正？他的下一條航線會在哪裡？

二

我的弟弟大生是在上世紀九十年代末期離開家鄉的。同堂弟三根一樣，他也是一名高考落榜生。而去南方打工，已經成了那時候大多數鄉村高考落榜生幾乎唯一的選擇。

上世紀九十年代末去南方的交通已經十分便利。弟弟一路上並沒有發生堂弟在路上的遭遇。他順利地到達了東莞。

才 19 歲的弟弟來到了東莞的一個建築工地上。他沒有技術，也沒有經驗。他只是一隻剛飛出窩的雛鳥。可是，作為農家子弟的他，必須在風雨中練習飛翔。對他來說，異鄉的城市，是遠比他的高中課本更加複雜的書籍，要讀懂它，他必須付出遠比課堂上的學習多出數倍的努力。他翻動著工地上由白天黑夜構成的頁碼，每一頁都讓他覺得沉重和艱難。但他必須從廢墟般的工地中開始建立自己的人生秩序。他要和他面前工地上的樓盤一樣長高。這是他面對城市必須完成的功課。

工地的重體力活，讓初出校門的弟弟多少有些力不從心。而從此沒有同學親友做伴，他第一次嚐到了人生孤單的滋味。他開始學會了喝酒。對他來說，喝酒，與其說是為了解乏解悶，不如說他是想借助酒對命運作一次短暫的逃避以及對未來作一次凌空蹈虛的展望。他在信中告訴我，每次夜裏，他喝得有點頭昏目眩的時候，他就找到了那種飛翔的感覺。是的，他是一隻背井離鄉的雛鳥，而酒，正可以讓他在幻覺中完成完美的飛行。

　　我的弟弟後來離開了建築工地，先後進過電子廠、製藥廠，做過普工、倉庫管理員、業務員，足跡遍佈了廣東的許多城鎮，最後又回到了東莞，作了一家彩印公司的業務員，有了相對穩定的收入。他還在東莞組建了家庭，妻子是一個湖南籍的打工妹，兩人還生了一個可愛的孩子。

　　我的弟弟憑著自己的努力在東莞紮下根來。十年左右的打工經歷，已經讓當年的那名滿臉稚氣的學生娃蛻變成了一名江湖氣十足的小業務員。我去年乘在廣州開會之機跑到東莞看他，他叫上了一個當地的朋友開著車到汽車站接我，他稱開車的朋友為大哥，用的是我聽不懂的當地白話，儼然是一個正宗的本地佬。而他的朋友向我誇讚弟弟的能耐和義氣，向我說出對弟弟前途的種種善意的猜想，我聽得出並不全是出於客套。

　　可種種這些都無法減輕我弟弟內心的尷尬和焦慮。他的尷尬來自對自己身份的懷疑，他的焦慮來自於他不知道自己最終的歸宿在哪裡。他是江西老區的一個農民，可命運讓他成了廣東的一名打工仔，已經習慣城市生活的他是再也無法回到故鄉的土地上了。他這一生，該在哪裡紮根？他這隻鳥，最終要在哪裡才能夠停止下來，又有哪棵枝枒，會讓他築一個結實的巢？

　　弟弟有時自嘲地說，他要做一隻鷹，一隻在天空中展翅飛翔的雄鷹，只有鷹，是把巢築在天空的。

　　從在工地上打工開始，我的弟弟愛上了喝酒。他經常在他的出租屋裏把自己灌得酩酊大醉，或者在招待生意上的客戶的時候，讓自己喝得不省人事。據說有幾次，他醉倒在路旁，直到半夜被巡警

發現送回。——不知道弟弟醉酒後，是否會把那間小小的出租屋當作自己真正的家？他醉倒在路旁向天空仰望時，是否發現了一隻由自己變成的鷹的幻影？在醉夢裏，他的焦慮和艦尬是否會減輕一些？

三

王五生是我姐夫的弟弟，我外甥的親叔叔。他跟著我的外甥叫我舅。印象中的五生就像大姑娘一樣靦腆，不善言辭，臉上總是露出怯生生的笑意，彷彿是隨時為打攪了誰表示歉意。他每次看到我，都笑一下，輕聲細語地說，舅，你來啦。

五生也和我差不多年紀，是兩個孩子的父親。這個最為謹小慎微的人，此生最大的夢想就是在老家蓋一棟兩層樓的房子。他說，有了房子，供完孩子讀書，他就哪兒也不去了，就好好在家裏種地。——掙錢蓋房，在我們老家，差不多是男人們最為真切的夢想，一個關乎男人尊嚴的夢想。

這其實也是老家屋簷下一隻燕子的夢想。一隻燕子一輩子幹的事情，也不過就是銜泥築巢，生兒育女。

帶著這個偉大又卑微的夢想，五生來到了深圳，成了一家化工廠的工人。在深圳的那些年裏，五生起早貪黑，節衣縮食。

五生存摺上的數位在不斷上升。這就意味著，他的兩層樓的房子已經勝利在望。經常在夢裏，五生看到了他的房子，雕樑畫棟，飛簷翹角，他總會嘿嘿嘿地笑醒。

可是有一天，五生醒來發現他的身體好像有點不對勁。他摸摸自己的額頭，感覺很燙。他想他是發燒了。他以為是感冒引起的。他沒有介意，依然該幹啥幹啥，閒暇到藥店裏隨便拿了點藥了事。

可是接連多日的發燒讓他害怕了。他要去查病，而以他的收入水平，他是沒有資格在深圳的醫院做全面檢查的。他不得不告別了深圳，離開了他幹了五年的工廠回到了故鄉。

故鄉縣城的醫院動用了幾乎所有的儀器，都沒有查出他發燒的原因。可是他已經發燒幾個月了，打任何的退燒針都降不下來。他估計自己的內臟都燒壞了。

五生來到了省城。他要我帶他去省城醫院查病。當我到火車站去接他，我看到他的身體軟得就像一團棉花，眼神裏充滿了絕望和恐慌。他不管我是否看得懂，神經質地從包裹掏出所有的化驗結果，說，錢像水一樣的花出去，可沒有人知道我患了什麼病。我想我可能是要死了。

我幫他找醫生，陪他看病，為他辦理住院手續。……可是折騰了幾天做了不少檢查依然沒有查出病因。我的醫生朋友告訴我，在醫院裏，他漸漸變得不耐煩，接下來的檢查他不想做了。帶來的錢已經所剩無幾，這場莫名其妙的病已經把他好多年的打工積蓄差不多掏空了。他的房子夢想已經坍塌。他開始把氣出在醫生身上。他開始懷疑醫生的水平與醫德，態度越來越惡劣，最後到了辱罵醫生的地步。醫院方面只好讓其出院。

不甘心的五生又借錢轉到上海。上海醫院最後通過做腦部檢查，查出病因是：腦顱腫瘤，晚期。

醫生說，這種病的誘因與他的工作環境有關。當得知他在化工廠工作，醫生說怪不得怪不得呢。

五生從上海包車一回來就不行了。他死了。他死在他家的老房子裏。──我不知道這個有過蓋房子夢想的人，是否會在死後化作一隻燕子，日日在他家的老房子的屋簷下，銜泥築巢，完成他生前未完成的夢？

四

我的小堂叔曾群星是我四爺爺唯一的兒子，兩個孩子的父親。他的輩分比我高，而其實他還比我小幾歲。我的小堂叔看起來根本不像是個農民，倒像個文質彬彬的書生。他皮膚白皙，長著一張似乎永遠長不大的娃娃臉，身上的衣服永遠都整潔乾淨。他還是我們村裏脾氣最好的男人，不吸煙，不喝酒，臉上永遠堆著滿足、單純的笑意。人們都說，我的小堂嬸嫁給這樣的男人真是前世修來的福分。而他們的感情確實如人們預想的那樣。結婚很多年來，他們連臉都沒有紅過一次。

小堂叔在故鄉磨磨蹭蹭待了好多年。他太戀家，最信奉「在家千日好，出門半步難」的古訓。再說了，他還是一個膽小的人。他害怕出遠門。他總覺得外面的世界吉凶難料，危機四伏。如果可能，他希望一輩子待在村子裏。他一直以種幾畝地生活。這本是農民最正當的營生，可是在幾乎所有年輕人都出門打工的鄉村，他整天晃

晃悠悠的樣子就顯得十分可疑。他已經找不到理由死皮賴臉地留在村子裏了。

小堂叔出發了。他與他的年輕妻子雙雙去了東莞。小堂嬸去了大朗，而他成了一名裝修油漆工人。幾年來，他隨著一支由來自五湖四海的打工仔組成的裝修隊伍在東莞境內承包裝修業務——這個故鄉最戀家的人，最終成了一個居無定所的人。這個村子裏最膽小怕事的人，最後成了每天在城市新落成的樓盤裏爬高爬低的人。

從一座城到另一座城，從一座高樓到另一座高樓，我的小堂叔變成了一隻鳥，成天在城市的高樓間飛。

後來小堂叔來到了太平鎮。太平，這個看起來吉祥的讓人感到放心的地名，卻成了我的整個家族最為忌諱的傷心之地。

2007 年 10 月的一天，根據分工安排，小堂叔爬上了當地一家商場的六樓，像每天一樣，開始了一天的工作。可是，他不慎失足，從六層樓上摔了下來。

也許我的小堂叔不是失足。這些年的背井離鄉，他真把自己當作一隻鳥了。他想真正飛一次。他想體會那種鳥展開雙翅飛翔的快感。他從六樓飛了下來。

可是他錯了。他不是一隻鳥。他張開的手臂根本無法托起他的身體。

也許在失足的那一刻他真的變成了一隻鳥，可無奈的是，他的身體太重了，積滿了異鄉的風雨。他的翅膀根本承擔不了如此的重負。他重重地摔在了地上。

　　東莞市太平鎮某個商場的建築工地上，我的小堂叔群星的身體在痛苦地扭動。鮮紅的血汩汩流淌，逐漸洇散。這個一貫整潔乾淨十分注意自己形象的年輕男子，在生命最後的時刻，是否會為自己用這樣難看的姿勢癱倒在一片狼藉的工地上感到懊惱？而他的那張似乎永遠長不大的娃娃臉，此刻因為血肉模糊，和受到撞擊後急劇變形，變成了慘不忍睹的模樣。

　　工友們驚呆了。他們紛紛放下手中的活計，圍到了事故現場。可沒有人能說出我的小堂叔是誰。對這些與小堂叔萍水相逢的人來說，要準確地指認出我的小堂叔的籍貫、生平和社會關係，其實是一件非常困難的事情。有人從他的衣服裏搜出了他的身份證，而身份證時所標示的我的故鄉名「下隴洲村」是一個他們根本無從瞭解的地方。有人從他的口袋裏掏出了手機，然後按響了通訊錄裏寫著「妻」的號碼。

　　在石碣鎮的一家製衣廠車間，我的小堂嬸正在為一件半成品的衣服鈒邊。她常常為陷入短暫的夫妻恩情的回憶以及對未來幸福的憧憬而心生甜蜜。她的電話響起來，可車間縫紉機絞動的聲音太大，她有一段時間沒有及時接聽。當她得到小堂叔的消息，她暈了過去。

　　在江西吉水一個名叫下隴洲的村莊裏，我的七十多歲的四爺爺正在給菜園子澆水。他被鄰居叫回接到小堂嬸打來的電話。他慌忙收拾起東西就往路上趕。由於擔心正在患病、同樣七十多歲的四奶奶會承受不住噩耗精神崩潰，他撒了個破綻百出的謊。直到走出家門很遠，他才放心地大放悲聲。

　　我的小堂叔群星的屍骨燒成了一撮灰，被四爺爺帶回了家鄉。可他的魂靈依然在東莞遊蕩。他真的成了一隻鳥，一隻亡魂鳥。在另一個世界裏，他長出了翅膀。沒有肉身的負累，他變得輕盈、無聲。他從千里之外的東莞，拼命地往故鄉飛。他怎麼捨得下他年過70 的父母，與他恩愛的妻子，以及他未成年的兒女？

五

　　那一天我正在出差的路上。我給娘打電話。娘告訴我五生走了。僅僅過了五分鐘，在東莞的弟弟給我發來短信，說半小時前，我的小堂叔從一家商場的六樓摔下，當場斃命。

　　僅僅五分鐘我的兩個親人異鄉死亡的消息讓我震驚。我的腦海裏立即浮現五生的樣子。僅僅在一個月前，他到省城找我，他拿出檢查結果給我看。他打電話說謝謝我。他跟著我的外甥也就是他的侄子叫我舅。他在手機裏說，舅，到現在還查不出病來，我回了。

　　我似乎看到了小堂叔每次見到我是臉上露出的溫和笑意。他總是穿得乾乾淨淨，頭髮也總是一絲不亂。他叫著我的名字，輕聲細語地說，你回啦。

　　那一天我正好要經過我的家鄉。從南昌到吉水的高速公路旁，一塊稱作水西的土地上，一個個大大小小的村莊裏，曾經住著我的鄉親。

　　從小時候起，我就在這些村子間往來。我熟悉這些村莊的每一條巷子，看慣了它們的每一寸風光。我熟悉這些村子裏的諸多面孔，

他們分別被我稱為外公舅父叔伯姑嬸表兄表妹。他們曾經貧窮但和睦地與我一起生活在故鄉的土地上，榮辱與共，甘苦自知。他們就像一些長在故鄉的植物，男的是結實的樹木，女的是美麗的花草。他們的根深深地紮在故鄉的土地上，吸取地底下的養料，枝和葉伸向天空，靜靜呼吸頭頂上的陽光。而現在，他們拔根而去，在空中變成了鳥，鐵路和公路，就是他們吉凶難料的航線，異鄉城市的屋簷下，就是他們弱不禁風的營巢。

　　——我緊緊地把手機攢在手心，似乎是想把手機裏兩個死去的人的身體捂熱。接連的死訊讓我措手不及。車輪在滾滾向前。我抬起頭看著車窗外。窗外，就是我的故鄉。

　　那是位於贛中地區的一塊稱為吉泰盆地的美麗原鄉，自古有著贛中糧倉、江南望郡的美譽。它潮濕，肥沃，宛如懷孕的母親充滿彈性的、傳遞著生命律動的腹部。它開好看的花，結碩大的果。它種瓜得瓜種豆得豆。它不僅生長莊稼也生長詩情。它曾經哺育過歐陽修、劉辰翁、文天祥、解縉等文學巨匠，創造過一門三進士、五里三狀元、隔河兩宰相、九子十知州的人文奇跡。它深藏著難以言傳的時光之秘。「插秧已蓋田面，樹苗猶逗水光。白鷗飛處極浦，黃犢歸時夕陽。」〈農家六言〉；「梅子留酸軟齒牙，芭蕉分綠與窗紗。日長睡起無情思，閒看兒童捉柳花。」〈閒居初夏午睡起〉；「田夫拋秧田婦接，小兒拔秧大兒插。笠是兜鍪簑是甲，雨從頭上濕到胛。喚渠朝餐歇半霎，低頭折腰只不答。秧根未牢蒔未匝，照管鵝兒與雛鴨。」〈插秧歌〉……這些美麗的詩句描述的，就是這塊土地曾經的風土和天色。寫下這些詩句的詩人就是我的鄉黨，他的名字叫做

楊萬里。他的家鄉離我生活的村莊不到十五里路，早在故鄉工作的時候，我經常領著詩友騎自行車去看他。而每一次，詩友們對一路上的風光都不免發出由衷的讚歎聲。

可是現在，那些詩句裏的景色正在消失。「田夫拋秧田婦接，小兒拔秧大兒插」的熱鬧勞動場面已經不在。那些曾經熱鬧溫暖的充滿烏托邦式的詩意的村子，如今只剩下老人和孩子。村子邊上那一棵棵老樹，孤單，落寞，正成了鄉村留守老人的隱喻。

故鄉已被押解上路。車輪依然在滾滾向前。我久久地端詳著窗外的故鄉。窗外的風土在移動，草木在迎送。一個個村莊奔跑了起來。田地在飛奔，山峰在追趕，甚至連水面也已立起，撒開了步子。哦，它們跑動的姿勢是多麼難看，踉踉蹌蹌，彷彿是醉酒的莽漢。可是它們跑起來不顧一切，似乎是有什麼在背後驅逐，又好像它們是集體響應一個神秘律令的召喚，就像飛蛾撲向火焰，就像激流奔向不可預知的遠方。它們的奔跑裏有一種亡命徒般的兇狠和悲愴。我似乎聽到了它們由於奔跑發出的粗重的喘息聲。

——它們奔跑的樣子讓人揪心。沒有人知道它們要奔向哪裡。

鄉村有疾

一

我們得到醫生的反覆告誡：要勤洗手，愛清潔。個人衛生關乎健康，口舌是病菌最直接的通道。可我的故鄉蓬頭垢面，對此充耳不聞，彷彿是個聾子。醫生還說，要注意飲食，葷素合理搭配，及時補充維生素。可我的故鄉每日的主食主要是自家菜園裏種的蔬菜，只有年節時日才會讓腸胃過上一個狂歡節，至於維生素為何物，人們並不知曉。電視裏藥品廣告天天播放：人老了，容易患骨質疏鬆症，要補鈣！可我的故鄉到處是彎腰駝背的老人。他們並不知道自己缺鈣。他們認為人老了就該是這個樣子。

我的故鄉是江西省吉水縣贛江邊的一個叫下隴洲的村莊。那是一個有著一千多口人居住的村子。很多年前，我曾經以十分肉麻的抒情文字歌詠過她，讓人誤以為那是一個類似於世外桃源的人間福地，宜於孕育健康的人性和詩情畫意。現在我承認那完全是我少年時期的虛榮心作祟和被當時詩壇流行的風氣弄壞了腦子。事情的真相是，那裏資源短缺，土地貧瘠，人均八分地（據說現在由於種種原因縮減到了七分），且十年九澇。生存逼迫下的繁重的體力勞動使

我的鄉親們的體力嚴重透支，貧窮導致的節衣縮食的生活習慣使他們個個都營養不良，惡劣的生活環境讓病菌肆無忌憚地衍生繁殖，農村貧乏的衛生醫療條件又導致他們的疾病得不到良好的救治。故鄉，因此成為一張巨大的病床。

二

在前些年編纂的《吉水縣誌》上，有一條關於我的故鄉的記載：「1975 年，楓江鄉下隴洲村發生勾端螺旋體病，發病 22 人，死亡 2 人。」

22 人集體發病，22 個壯年漢子都躺在各自的病床上讓血從口中汩汩流淌，22 個家庭都驚慌失措束手無策，整個村莊沉浸在一片令人作嘔的血腥之中。1975 年的巨大疫情，至今依然成為故鄉噩夢般的記憶。

而據後來從省地縣前來救治的醫療機構檢查得知，所謂的鉤端螺旋體病，就是由施在稻田裏的農家肥誘生了鉤端螺旋體病菌。病菌在稻田繁衍肆虐，一旦找到在田地裏幹活的人們的創口，就乘機鑽進他們的體內，從而造成鉤端螺旋體病發燒吐血的的症狀。

說到底，是故鄉衛生程度的糟糕引發了 1975 年的可怕疫情。

豬在離廚房不遠的欄裏發出了粗鄙不堪的叫喊，召喚髮如枯槁、面如菜色的主婦。從豬欄裏傳出的氣味複雜難言，久了也就充鼻不聞。雞鴨在廳堂昂首闊步，它們隨地便溺，毫無羞恥之心。老鼠竄上堂前的几案，碰落燃燒的燭臺，倏忽間消失不見。而几案上的供果，有幾個已經遍佈了鼠輩們的牙印。這些供果在撒下後會簡單削去老鼠牙印的部分，成為大人或孩子的美食。

住房裏常年飄蕩著尿液的氣味。幾乎每戶人家的住房牆角邊，都放置著一個便桶。人們的排泄物，成為農家珍視的肥料。而冬天的床上，鋪設著厚厚的依然殘存了農藥和蟯蟲的稻草，人們藉此抵禦夜晚的寒冷。睡在這樣的床上，隨我過年回家的女兒，每年從故鄉帶回的禮物就是一身透明的奇癢難忍的水泡，醫學上稱之為「濕疹」。

我拜讀過很多同行充滿深情的描寫鄉村水井小溪河流的詩文，在他們的筆下，鄉村的水流彷彿甘甜的乳汁。而事實上，我的故鄉污水遍地。故鄉沒有下水道，人們把洗澡水、洗衣水和充滿了飯菜味等等的生活廢水隨意潑撒，潮濕齷齪的巷子，成了蒼蠅和蚊子的天堂。污水流到不遠的水塘裏。水塘裏的污水經過澄清倒映著雲彩，每天早飯後，就會有洗衣棰富有節奏的敲打聲在這裏響起，傳徹屋頭巷尾。每逢下雨，天上的雨水和人們的生活廢水在沒有硬化的地上堆積，奔突，村頭巷尾到處是黑色的爛泥，出門上廁所就要被迫穿著高筒膠鞋。簡陋骯髒的廁所蛆蟲順著水流爬上岸來，在兩腳間胡攪爛纏，模擬了地獄的圖景。

這就是我的故鄉的衛生狀況，我相信也是許多鄉村生活圖景的真實寫照。我的鄉親就在這樣的環境下生活，一年又一年。

三

我 14 歲時寄宿在一所離家四十里路的鄉村中學讀書。我病了好幾天了，症狀是噁心，食慾不振，伴有輕微腹瀉。正是長身體的時

候，肚子容易餓得慌，可一端起飯盒我就一點食欲也沒有。我知道我生病的原因是我眼前的那一瓶臘肉炒蘿蔔乾。我瞧著都覺得膩心。

這已經是我母親連續第五個星期給我炒好帶到學校裏吃的菜了。母親每次炒菜時都忍痛多放了幾湯勺菜油，邊炒邊壓著菜鏟子說，你看看，這麼多油。

像故鄉的幾乎所有農村婦女一樣，母親不懂得營養學。她認為多放的那幾湯勺油和家裏捨不得吃的臘肉炒上蘿蔔乾，就是對自己兒子的最大優待，就包含了兒子正長身體時所需要的全部養料。

我狠下心來從父母給我的僅有的零花錢中擠出五分錢買了一份學校食堂提供的素炒豆芽。那一頓飯，我吃了個盒底朝天。──至今為止，我依然認為那是我一生吃過的最好吃的菜。買了幾次學校食堂炒的素菜之後，我所有的症狀都消失得無影無蹤。

即使過去了很多年，故鄉那些寄宿上學的孩子們的食譜依然沒有多大改變：一星期辣椒，一星期蘿蔔乾，一星期鹹魚，一星期花生米。有條件的人家除了以上這些大路貨，還會用上另一個玻璃瓶帶上些炒就的蔬菜。便秘，口角生瘡，目赤頭眩、營養不良等等是孩子們最易患的疾病。而這些孩子，同我當年一樣，正是生長發育的年齡。

不是大人克扣孩子，大人們的飲食也好不到哪裡去。除了過年過節會砍上幾斤肉，殺自家養的一隻雞或者一隻鴨，平日裏吃的就不過是自己菜園裏種的蔬菜。春天是大蒜白菜頭蘿蔔，夏天是茄子冬瓜豆角絲瓜南瓜，秋天是空心菜扁豆，冬天是菜頭蘿蔔。

　　孩子讀書要錢，家裏的柴米油鹽要錢，種莊稼的農藥肥料要錢，婚喪嫁娶都要錢，而這些錢，都要從嘴裏一分一角地省下來。家裏養的畜牲除了過年過節留一些，都是要留著賣錢的。再說了，每天有三四莊肉案的小鎮在離故鄉三里路之外，誰會一天到晚地跑到小鎮上賣肉吃？那會招全村人當作破落戶罵的。

　　賣豆腐的聲音每天早晨在巷子裏迴盪。而除了來了客人、家裏有饞嘴的老人和被醫生警告不能沾葷腥的病人，沒有誰會從貼肉的口袋裏掏出錢來買了吃。當然，現在生活條件要比原來好一些，可豆腐也從過去的五分錢一塊漲到一元錢三塊了。

　　村裏人最羨慕的人是屠夫。只有他們會說，豬肉是他們最嫌煩的食物。他們寧願吃蔬菜，吃豆腐乳和蘿蔔乾。

　　生活的艱辛養成了許多表面上看順理成章卻嚴重違背了身體營養學的習俗。在我的故鄉，一個坐月子的女人要吃蘿蔔乾吃到孩子滿月。我母親和我祖母一直關係不好，據說就是母親生下我姐滿月後患了感冒，我母親在我祖母的逼迫下繼續吃了一個星期的蘿蔔乾。

　　我記得我小時候最大的願望就是做一名可以出門上工的手藝人。因為我發現村裏的那些手藝人每次出門後臉色都油光閃亮，表情如沐春風——那是營養好的緣故。我小時候還專門向他們打聽過他們每天上工的菜譜，有肉有魚什麼的。初三畢業那年暑假，因為忍受不住家裏每天都吃空心菜和空心菜梗，我真的跟了村裏的一名篾匠師傅去了贛江對岸的村莊作了十多天的篾徒。我至今依然認為那是我長到十多歲第一次過的最有油水的、天堂一般的生活。

　　即使在這樣惡劣的環境下成長，我依然長成了一名至今身高一米八零、體重七十五公斤的壯漢，這讓我頗為不解。難道我的身體裏有像駱駝一樣把偶爾一頓好草料儲存下來供慢慢花銷的功能？

　　而因為營養不良，故鄉至今依然被疾病所困撓。

四

　　我的爺爺曾學舜在 1981 年春耕時節的一個傍晚從田裏回來。他高高綰起的兩隻腳上都是泥。我的祖父年輕時練過一些拳腳，走過一些江湖，1981 年他看起來身體依然強壯，腰不彎腿不軟，臉上一片紅彤彤。村裏人都認為這個老頭最少可以活到 80 歲。而那一年他只有 67 歲。

　　那一天好像是家裏插完了這個春天的最後一畝地。為了犒勞在田裏滾打摸爬半個多月的家人，我的祖母含淚把一隻下了將近一年蛋的老母雞給燉了。雞肉的香氣在我家的老屋子裏飄散，讓祖父和他的子子孫孫們不由得有了好心情。當爺爺用他那指佈滿老繭的右手夾起筷子準備探向那隻裝了雞肉的菜碗，突然一聲巨響，祖父摔倒了在地。他沒有吃上那一天祖母燉的香噴噴的雞肉。很多年後，我的父輩回憶起這個細節，都感歎地說，我的祖父是一個天生命苦無力享福的人。

　　經村裏的醫生孔野德檢查得知，我的祖父患了高血壓。那一次摔跤讓他中了風。一年後他死了。

　　如果祖父的高血壓能夠及早發現，祖父也許能夠逃過此劫。他的這一疾病應該早有先兆，比如他臉上的被村裏人當作血氣旺盛身體健康的紅色斑痕，比如經常感到頭昏目眩、頭重腳輕什麼的。可祖父頂多會把這些症狀當作感冒或者隨著年齡增多身體衰弱的表徵根本沒有在意。

　　即使中風之後祖父如果能夠得到及時和充分的救治，祖父也不會這麼快就死去。可是這個一生受過很多苦難、憑自己的雙手拉扯大九個子女的老農民竟然連出村去鄉醫院檢查治療的機會一次都沒有過。他中風之後的所謂治療，不過是到村裏的診所拿幾片最便宜的降壓藥服下了事。

　　祖父不過是一個農民，沒有任何醫療機構為它作過任何先期體檢；他患了中風之後缺乏積極的救治，只是因為家裏太窮拿不出治病的錢。

　　這不僅僅是祖父一個人的命運，而是故鄉幾乎所有人的命運。這種命運的普遍存在，正可以讓我父親及他的兄弟們沒有能讓祖父住上幾天好醫院、吃上一些更好的藥依然心安理得。

　　從祖父去世至今，時光過去了二十多年。報紙上天天宣傳說農民比過去富裕了，可我的故鄉的醫療衛生條件並沒有發生根本的改變。人們依然不能準確把握自己身體的健康狀況，一旦被村裏的醫生初診為自己患了凶病，頂多到縣醫院做一番檢查，凶病確診自己心裏有個準數之後回到家裏等死。

五

一下課，我就會在田埂上轉悠，即使是課間十分鐘這麼短的時間。毒辣辣的太陽照在我的身上，我失魂落魄心事重重的影子顯得十分可疑。我還經常誤了上課，原因是上課鈴聲響了我竟充耳不聞。同校的老師都說，這傢伙瘋了。

那是 1993 年夏天。我年僅 50 歲的父親生了病。他那一陣子經常腰部腫痛。我帶他到市醫院檢查，結果得知是患了慢性腎炎。醫生說，這種病在現代醫學裏幾乎沒有痊癒可能，它最終將導致患者腎功能喪失，然後轉入尿毒癥死亡。

我領著父親回到了家裏。父親是個篾匠，而我是一個每月只有三百多塊的鄉村小學教師。我們無法支付在醫院治療的昂貴費用。在家裏，我和父親有了一次長談。父親決定放棄治療，等待死神。而我緊緊握著父親的手說，我來幫你治。咱們死馬當活馬醫。治不好咱們認命，治好了咱就贏了。我想當時的表情一定非常兇狠，彷彿輸紅了眼的賭徒。

我瘋狂地找來許多中草藥書籍，訪問了許多鄉村郎中。藥書上說，半邊蓮等等可以清熱。郎中說，松樹針等等可以解毒。松樹針滿山都是，而半邊蓮在田埂上生長的植物裏半隱半露。那是葉片只有半邊的植物，那也是為父親救命的草藥。那段時間，我像個幽靈，在田埂上尋找和採擷半邊蓮。

我和父親的疾病在做一場賭博，而半邊蓮等生長在田埂上的中草藥，就是可以讓我打敗死神的籌碼。

　　我在藥書和郎中開的藥方上自行調整劑量。父親體子弱，而松樹針藥力兇狠，應少量服用。半邊蓮藥力相對溫和，可以增加藥量。每次我把採來的大包草藥送回家，囑母親洗淨熬湯督促父親喝下，並反覆告誡父親每天的飲食禁忌等事項。

　　幾個月後，當我再次領著父親來到市醫院檢查，父親的檢查報告單上寫著陰性。這表示了父親的疾病得到了痊癒。

　　我拿著報告單的雙手抖個不停。因為，這段時間我不斷聽到村裏與我父親一樣患了慢性腎炎的幾個鄉親先後死去的消息。而我，一個對醫學幾乎毫無所知的人，竟然創造了奇跡，從死神手裏奪回了父親。也許，上蒼被我的一片孝心所感動，死神因此格外地開了恩？

　　——我至今後怕之餘依然慶幸我綜合藥書和郎中開出的藥方對父親疾病的歪打正著。我依然對半邊蓮懷著深深的感恩之情。我認為正是這種葉長半邊、天生就殘缺的鄉村植物拯救了我被疾病折磨得骨瘦如柴的父親。

　　中草藥幾乎成了沒錢治病的故鄉的救命植被。許多沒有得到過論證的中草藥方因此在鄉間流傳，許多沒有行醫資格的土郎中因此被故鄉奉為救命神醫。但鄉間流傳的中草藥方由於經過長年的以訛傳訛和缺乏管理有時反而成為生命的殺手。許多人因此延誤了治療時間或吃錯了藥而迅速走向死亡。我的大祖父就是我祖父的親哥哥曾學堯年輕時患了一種病，誤食了一個偏方結果徹底喪失了生育能力，後來還是我的大伯父過繼給他才讓他續上了香火。他晚年上吊自殺而死，與此不無關係。

　　我的父親今年 63 歲，我的母親正逢花甲之年。他們在故鄉頤養天年。和故鄉許多人一樣，他們年老多病，父親患了頸椎增生、貧血等疾病，母親早年患了靜脈曲張，現在經常牙疼，頭暈，一年前還患了肺結核。我現在最擔心的是，沒有任何醫療保障的他們如果患了費用遠遠超過了我的承受能力的疾病，我是該砸鍋賣鐵為他們治療，還是讓他們絕望地等待死神的到來？

　　這不僅是我，更是無數農民兒女共同面對的殘酷的詰問，它讓我經常痛苦不堪。

<h1 style="text-align:center">六</h1>

　　我的五叔曾五苟從故鄉打來電話。他說他過幾天要到省城查病。問是什麼病，他說是喉嚨出了問題。村上和縣裏的醫生都檢查過了，懷疑是喉癌，都建議他到省城醫院進一步確診。我問是什麼時候發現的，五叔說五月就感覺喉嚨有點痛，還帶了血絲。我頓時咆哮了起來，問他為什麼不早來省城做檢查。他在電話那頭委屈地說，哪有空啊，兩個兒子都出去打工了，家裏就我和你五嬸兩個人，田裏的稻子等著收割呢，晚稻還要栽下去呢，栽完了晚稻還要把山上種的那幾畝花生收進屋呢。這不，現在是八月了，這些事也忙完了，我不是準備來麼。

　　五叔是我們村子裏最強壯的一個人。他生得身高馬大，壯得就像一頭牛。他滿身都是力氣，年輕時去山裏做過砍伐工，扛兩百多斤的樹木上山下坡如走平地，三百七十多斤重的柴油桶他都背過。

在他 50 歲的記憶裏，除了偶爾感冒，他幾乎就沒有患過什麼病。村子裏開診所的孔野德曾經開玩笑說，如果全村的人都像五叔那樣，他的診所一天也開不下去。五叔的身體強壯不僅賴於他天生的體質好，還與他長期養成的良好生活習慣有關。五叔是一個略懂得一點養生之道的人。他在十年前就戒了煙，晚上喜歡喝點酒，且從來沒有醉過。起止休息都有規律，不像村裏有些人農閒季節就沒日沒夜打牌。可是現在，五叔說，他可能得了喉癌，他要來省城查病。

由在故鄉當老師的堂哥曾繁生領引，五叔從公交車上跳下來。由於是第一次到省城，一生強悍的五叔有一點恓惶，有一點不知所措。當五叔在我面前站定，我驚異他在半年之內的變化：過去他面色紅潤，寬額廣角，現在，他雙面如刀，眼窩塌陷；過去，他虎背熊腰，彷彿鐵塔，而現在，他瘦，肩骨聳立，一件過去合身的衣服穿在身上顯得空空蕩蕩。——他的表情裏有一種大禍將臨唯恐躲避不及的慌亂，讓我心痛。

拍片，做喉鏡……種種檢查結果都指向我們不願意接受的殘酷現實：喉癌，晚期。

醫生說，必須儘快作割喉手術，否則五叔的生命在幾個月之內就會不保。而手術之後五叔的情況如何，吉凶未卜。

我們心事重重地走出了醫院大門。天這時忽然暗了下來。剛剛太陽熱辣辣的天空，此刻烏雲密佈，雷電交加。風刮起了醫院門口的街道上的灰塵，人們腳步紛亂，紛紛尋找避雨的地方。豆大的雨點突然急促落下，打在街道兩旁的建築物上啪啪作響。五叔對這些視若不見，腳步兇狠地向一輛的士走去，我們在後面勸他等雨停了

再走他也充耳不聞。我和堂哥只好緊緊跟著。在的士上，聽著雨點打汽車窗玻璃的凌厲聲響，我們一路無語，彷彿我們一開口，就會驚醒已經盤踞在五叔身體裏的死神。

七

五叔坐在我家的沙發上，面色如土。他拿起我家電話，竭力保持著鎮定，儘量裝著若無其事地向遠在故鄉的五嬸報了平安。然後，他久久無聲，聽任我們對他艱難地說著並無意義的安慰的話語。

五叔知道，擺在他面前有兩個選擇，一是馬上回家收拾行李到再返回省城醫院做手術，二是在家等著死神的到來。對他來說，這是一個相當艱難的選擇。在家等死，他只有 50 歲，遠沒有活到他滿意的歲數，這世上還有很多東西讓他捨棄不下，再說了，如果他放棄手術，他擔心故鄉人會因此戳他兩個兒子的脊樑骨，讓他們以後在故鄉承受不為他救命的壓力。而如果返回省城醫院做手術，兩萬元手術費對他依然是一個巨大的數目。並且，手術之後能延長多少他在世上的日子，依然是個未知數。

五叔開始盤算如何籌集這兩萬元的手術費。他說，他只有五千元存款。兩個兒子剛剛結婚基本上是身無分文，把上半年收進倉裏的兩千斤糧食賣了，現在糧食價格是每斤七毛五分錢，可以賣到一千五百元；把剛剛收穫的一千多斤花生賣了，一斤花生賣一元五角，可以賣一千五百多元，欄裏餵的兩隻豬還小，要等到過年才能出欄，是指望不上的，還有一萬二千元缺口去哪裏籌？即使向親友借到了

錢，如果手術意義不大那兩萬塊錢不就打了水漂？接下來辦喪事又要錢⋯⋯

整個一個下午，五叔的身子都陷進了沙發裏。這些問題，讓他都快要虛脫了。

八

第二天中午，五叔在堂哥的陪伴下離開了我家去火車站。望著他踉蹌著離去的背影，我的心一陣揪緊。

——我不知道五叔在考慮再三後是否會決定做手術，用對他來說是鉅款的兩萬塊錢作賭注為自己的生命賭上一把。我不知道我們的勸說對他是否會產生一點點效果。即使做了手術，五叔在世上還會有多少時光。

我不知道我的故鄉還有多少鄉親正面臨死神的威脅卻置若罔聞或者根本一無所知。

我的故鄉命懸一線。而救治，依然遙遙無期。

〈註：2003 年，新型農村合作醫療開始試點，2007 年，經國務院決定，全國新型農村合作醫療由試點階段進入全面推進階段。從此，農民的救治有了曙光。〉

臥 底

　　從外表看，我已經與一名城裏人無異。——我也算得上是衣冠楚楚。我的皮膚也還白皙。我的普通話還算流利。我保持著城市的許多生活習慣：頭髮三天洗一次，出門梳得也算整齊，喜歡喝點好茶和咖啡。我走起路來和城裡人一樣快慢有致。我還喜歡看碟，聽音樂，對足球也說得上愛好，床頭上堆著一些與精神有關的書。必要的時候，我還能說上幾句這座城市的方言，短時間內一般不會露出漏洞，對我不熟悉的人，完全可能把我當著土生土長的本市人。

　　可我是農民的後裔，是一個生活在城裏的鄉下人。在許多表格關於籍貫的一欄裏，我寫的是與我所在的城市不一樣的一個位址。那是一個叫吉水的、距離我所在的城市二百公里之遙的南方小縣。而若干年前，我曾經在吉水工作時，寫的籍貫是「楓江鎮下隴洲村」。

　　那是吉水贛江之濱的一個村子。除了求學，我的童年和少年都在那裏度過。那裏至今住著我的父輩和兄弟。從這個村莊出發，我的親友遍佈故鄉的山山水水。得益於國家早年沒有來得及實施計劃生育政策，祖輩強大的生殖力衍生了我在故鄉龐大的親系。

　　他們是卑微的、底層的一群，是大地上匍匐的一群。而他們多麼渴望在天空中飛翔——城市就是他們常常窺視、仰望的天空。從農村包圍城市，是我的故鄉世世代代不死的心。城市擁有任何時代

都是最好的物質和精神資源：高層的行政機關，醫療，教育，物流，文化等等。因為求學、患病、購物或者厄運，他們暫時離開了鄉村，坐火車或汽車，沿著血脈的通道，秘密潛入城市，與我會合。鄉音或者他們口中的我在鄉村粗鄙難聽的乳名，就是我們接頭的暗語。

他們是我的另一個組織，掌握了我的血脈我的出身甚至更多的秘密檔案。我其實是他們安排在這座城市的臥底，是潛伏在城市內部的、為故鄉工作的地下工作者。我的衣冠楚楚人模狗樣從另一個角度上來說不過是為了便於開展工作的一種化妝術。一名潛入城市的臥底，這就是我在故鄉的組織掌握的檔案上的真實身份。

那個人站在那裏，手足無措。那個人無論頭髮臉龐和衣著都與那座很歐化的拱形的大門外觀和來來往往的高檔車輛極不相稱。那個人頭髮蓬亂，皮膚粗糙黝黑，面色愁苦，鬍鬚拉碴，皺巴巴的襯衫有一塊明顯的印記——顯然那是不習慣出遠門暈車嘔吐的痕跡。那個人的手裏提著一個髒兮兮的蛇皮袋，背上背著一床被子，被面的花色是嶄新而豔俗的那種。那個人的樣子就像他是一個難民。他的旁邊，是他的兒子，兩手空空，卻因為和他的難民父親站在一起感到尷尬萬分。

那個人是我的姨父。站在他身邊的是我的表弟。姨父看見我，臉上露出了不被人察覺的笑意。他的神情看起來有些激動，但是他並沒有像在故鄉的路上與我見面那樣大叫大嚷，而是竭力保持著克制，待我走近，他顯得訓練有素地慢慢伸出了手，輕輕地用鄉音喚

了我一聲——就像電影裏組織派來的人與地下黨員在敵佔區秘密接頭一個樣。

姨父生了兩個兒子。他靠著種幾畝地和做點小生意供兩個兒子上學。大兒子今年高考落榜，可他還想上學。前些日子，姨父從家鄉打電話給我，問我有沒有什麼辦法，讓表弟在省城上一所民辦大學。我說乾脆讓他出去打工算啦，去民辦大學上學能讀到什麼東西？再說那該要老大一筆錢呢，您現在負擔那麼重。可姨父說兒子想讀，做父母的，就成全他麼。從電話裏聽得出，姨父有一種為了兒子豁出去的悲壯意味。

我知道這是我的組織交給我的任務。我必須充分利用我的城裏人身份來完成它。接到姨父的電話以後，我費勁了心機搞到了這座城市幾乎所有民校的情報，內容從建校歷史、學校規模、師資力量、專業結構、收費就業情況等等無所不包。最後我把目標鎖定了在市郊的據說就業率在98%以上的某某大學。其實所有的民辦高校只要給錢就能上，但我不能讓姨父把辛辛苦苦積攢的錢往水裏扔。

在單位隔壁的飯館裏，我叫了兩瓶啤酒，姨父說路上車暈得厲害，什麼也吃不下。他幾乎沒動什麼筷子，只是一根接一根地抽煙。倒是表弟一個人自斟自飲把兩瓶啤酒給乾完了。我想，即使不是暈車，這檔兒他也不會有什麼胃口。這座不能被自己掌握的城市危機四伏，姨父心裏多少隱藏著對表弟前途命運的擔心。再說了，每年上萬塊錢的學費，對他不會是一個小數目。

我領著姨父父子倆打車來到了那所民辦大學報名處。正是報名的高峰時期，學校人山人海。姨父躲到偏僻處，費力地從縫合在褲

子上的口袋裏掏出一疊皺巴巴的錢來。辦完報名手續後，他手中的錢變成了幾張輕飄飄的收據。我看見姨父的臉，虛弱蒼白，他的手還有些抖。正是炎熱的九月天氣，他不停地用衣服的下擺擦汗。很多衣著光鮮的人從他面前走過時都露出了鄙夷和警惕的表情，彷彿他是一個被繳了械的俘虜。姨父告訴我，學費中的很大一部分，是租來的，要三分的利息。我說那該要還到猴年馬月？姨父咬咬牙說，什麼時候還得清先不管，兒子讀書要緊。

報完名，姨父就說要回去，說家裏的農活不能耽誤，好幾丘田等著灌水呢。姨父反覆與表弟說著囑咐的話，囉哩囉嗦，表弟都有點煩了。——我盯著表弟不耐煩的臉色，心想，如果這傢伙做了一名城裏人，早晚會成為故鄉的叛徒。

姨父當天來當天回。他坐上回家的班車的時候，天已經全黑了。

我不認識眼前的這個人，雖然他有著和我的故鄉契合的臉色和裝束。但他手裏拿著一張 X 光片。這張 X 光片就是此次我和故鄉在城裏接頭的暗號。他是我舅舅的「特派員」。他手中的在一個牛皮紙信封裏半露半藏的 X 光片是我舅舅的腰椎光片。舅舅是個泥瓦匠，在縣城的某個工地上打工。據春節去給舅舅拜年時和舅舅攀談，得知他在縣城幹得不錯，比在家種幾畝地強多了。可就在前幾天，他不小心從腳手架上摔下來，把腰椎給摔斷了。眼前的這個人是舅舅在工地上的工友。舅舅讓他帶話給我，要我去找省城的醫生問問，看能不能儘量不做手術。如果要做手術，他僅有的存款就要全被花光，那他的兩個孩子在縣城的讀書就會成為問題。

　　我從紙袋裏取出這張片子，在陽光下觀望。我看不懂這片子的受傷情況，但我知道，那裏藏著我的舅舅——我媽媽的弟弟的腰椎骨胳，它記錄了一個底層人的、靠手藝生活的莊稼漢的很可能使他永遠失去勞動能力的一次事故。它是我的故鄉關乎命運的一張秘密圖案。

　　我帶著舅舅的工友來到單位附近的一所大醫院。已是下午四點左右，專家門診已空無一人，我只好直接衝進了住院部。我找到了一名正在值班的骨科專家。我要讓我在不暴露身份的情況下從他的嘴中撬出有用的情報。我首先買了一盒價格不菲的香煙——這在某種程度上是一張城市通行證，也是證明我城市人身份的名片。我客氣地給他點了煙。我開始運用與城裏人交談的一套話語系統，以表明我和他是自己人。我儘量讓自己顯得鎮靜和有涵養，語言上既顯得謙恭又不失尊嚴。我臉上的表情也十分到位，沒有露出一點破綻。我費盡周折終於取得了他的信任、尊重和免費診斷。我成功了。

　　我聽到的消息是肯定要動手術，不然這輩子就廢了。當我表面不動聲色地提著裝了舅舅腰椎光片的牛皮紙袋走出醫院，我的腰椎忽然傳出了一陣劇痛。

　　並不是每一次組織都會派人來跟我接頭。有的時候會通過電話、手機等通訊設備。我手機或電話上顯示的電話號碼就是只有我才能破解的密碼。只要有來自故鄉區號的電話響起，我就心領神會，我知道，那是故鄉正在給我發出新的指令。

　　有一天，我接到了一個電話。電話裏是個中年婦女的聲音，帶著哭腔。她問我是否記得她，曾經住在離我家隔幾棟房子的地方。

她說我小時候叫他姑呢，她還經常抱我來著，我小時候長得可胖呢。可後來她嫁到了我村隔壁的村子裏。她說是從我在老家的父親那裏問到了我的手機號碼的。

說實話我對她並沒有什麼印象，只覺得聲音有點熟悉。再加上電話的信號不太好，她的聲音因為帶著哭腔有些失真，我就更不知道她是誰了。我已離開故鄉多年，故鄉的人和事，已有許多我記不起來了。但她的鄉音讓我對她的真實身份沒有產生一絲的懷疑。我知道，她是自己人。

電話裏開始絮絮叨叨地說事兒。她說她的兒子開長途汽車跑貨運，前幾天在廣州被別人的車撞了。她的兒子還住在醫院裏，傷得很重，肇事司機當場抓著了，可不知什麼原因，不久就放了出來。這場車禍從此找不著主了。兒子的傷還得治著，可眼看著治傷的錢又沒了。她在電話裏哭起來，說這都是因為咱們是鄉下人啦，咱們在廣州人生地不熟的，石頭擲天也沒用啊。聽說只要有人打個電話給廣州那邊就會認真辦理。你是咱村裏的能人，聽說在省城當大官呢，你就給我打個電話過去吧，那邊也是省城，你這裏也是省城，省城還有不聽省城的？求求你了大侄子救救命呀，事情辦成後我打幾斤麻油專門到省城感謝你呀──

我沒有辦法幫這個忙。她想得太天真了。在廣州，除了家鄉的一些打工仔，我並不認識誰，更沒有打個電話就能把事兒給辦了的能力。廣州是我鞭長莫及、根本無法染指的城市。我和那邊的城裏人沒有任何交情。我知道她正面臨的困境，可我一點辦法也沒有。我根本不是什麼官兒，我在城裏的身份只是一個靠寫字兒謀生的卑

微文人。而此刻，我成了她落水時想抱著的一根虛弱的稻草。我艱難地回絕了她。她顯得多麼失望！在電話的最後，她嘟嘟囔囔，語氣中充滿了對我見死不救的埋怨。

我知道我讓我的組織失望了。我想我的故鄉肯定會有一段時間對我的忠誠產生懷疑。他們會以為我背叛了他們。「哼，人家是城裏人了，哪裡會看得起咱們鄉下人」，故鄉的人在議論我時肯定會這麼說。我將因此暫時蒙受冤屈。但作為一名臥底，蒙受冤屈是常有的事。對此，我已逆來順受。

我的親友們紛至遝來。可為了做好一名臥底，我必須承受更多。我必須讓自己越來越像一名城裏人。我必須討好領導，團結同事，善待他人，以取得這座城市更多的信任，從而讓自己在這座城市紮穩腳跟。我甚至對單位的守門人都不敢得罪，親友們給我帶來了紅薯辣椒我都要分給他一些，生怕他把故鄉來的人凶性惡煞地堵在門外。我必須更廣泛地熟悉城市，與更多的城裏人交朋友，以獲得更多的資訊，竊取更多故鄉需要的情報。我必須擁有更多的資源：包括人際資源和資訊資源。我必須夜以繼日地工作。我的組織並不發給我所需的資金，獎勵以一個好口碑（精神獎勵）為主，而我必須掙下所有的活動經費（包括接待故鄉親友的食宿費、交通費和其他開支）。在這個城市生活，我常常為資金的緊缺而一籌莫展，為此有那麼幾次我的臥底身份差一點被暴露，有幾個朋友說我十分小氣幾乎從不請客簡直就像一個鄉下人。我當然會表面樂呵呵地滿足他們的「敲詐勒索」，可我內心的困窘，有誰知曉？一個臥底內心深埋

的悲涼，又有誰能知？我經常孤單地行走在這座城市的街頭，腳步遲疑，一方面對故鄉的命運憂心忡忡，一方面又為是否接聽顯示為故鄉電話、一直響個不停的手機而猶豫不決。

今夜故鄉又有人入城，說是半夜會來。從電話裏的聲音我知道那是我的一個遠親。他壓低著嗓音說他正在來城裏的夜班車上，可能要十二點左右才能到達。問他到底有什麼事，他欲言又止，顯然他說話不太方便。他的聲音在夜晚的班車上含糊不清，呼呼的風聲和車輪在地面行駛的尖銳聲音隱約可聞，很讓我有一些風聲鶴唳的感覺。他乾脆說電話裏說不清。等到見面時一切就知道了。

接電話的前夕，我剛剛送走了一批來城裏的親友。我家裏的餐桌上杯盤狼藉，我還來不及把一切清除乾淨。我在城裏用我微薄的積蓄加上對我來說算得上是巨額貸款買下的房子成了故鄉在城裏的秘密交通站。我坐在親友們沉重的身體坐得凹陷了的沙發上，一動也不想動。故鄉親人們的蜂擁而來已經讓我疲憊不堪。我經常是超負荷地為我的組織工作。老實說，我受夠了。但我想起我的故鄉依然在苦難中掙扎，我的親友依然螻蟻般活在蒼茫大地上，而我對他們的熱情款待和為他們的事情奔忙多少可以給他們帶來一星半點的希望和安慰，我就一點脾氣也沒有。是的，就像一名臥底不敢背叛他的組織，我怎麼會忍心改變對故鄉親友的忠誠，成為我貧弱不堪的故鄉千夫所指的叛徒？！

──今夜，我依然靜靜地坐在家裏的燈光下，心平氣和地等著入城的親友，將我家的門，篤篤叩響。

打工時代的婚禮

在深圳某中日合資公司的女工宿舍，我的堂妹默默打理著行裝。她的旁邊，是她只認識了一個多月的四川男友。

在她面前攤開的行李箱裏，依次整齊擺放著她的一些衣物，還有證件、一面小圓鏡、化妝品、幾本簡易相冊。衣物依然可穿，身份證當然還有用處，但那些諸如暫住證、員工證、剩下的飯菜票肯定已成無用之物，堂妹依然帶著它們，不過是為自己的青春歲月留下些許證據而已。映照在那面普通的有些斑駁的小圓鏡裏的，已經不再是當年那個青蔥、羞澀、雙目清澈的小女孩了，她化了淡妝的臉上已有了些許細密的不易察覺的皺紋。那幾本簡易相冊裏，更是清晰地記錄下她漂泊不定的往昔。其中有在深圳的世界之窗、她過去向人介紹稱之為「我們廠」的那家中日合資公司的大門前的留影，還有她被公司派到日本工作一年的工作、生活照。那是她最珍貴的記憶，已經成為她生命中的奇跡，夠得上她一輩子珍藏。在那裏，她說著一口因為得益於公司良好的語言環境學來的流利的日語，與日本的同事親密無間，沒有人知道她是一個才初中畢業的中國鄉村女孩。她還與一個日本小夥子戀愛，甚至到了談婚論嫁的程度，差一點成了一樁跨國婚姻的主角，後來因父母極力反對而作罷。現在那幾本簡易相冊裏，表面不經意地藏著她與那異國他鄉的年輕小夥

的合影也未可知。但是所有影像裏的一切，都已經成為她無可挽回的過去，就像其中的幾張，表面的色彩已經變黃，隨著時間的逐漸流逝，色彩將更加失真，相片中的人物和景色會變得模糊不清。這是沒有辦法的事。……

她提起行裝，在四川男友的陪伴下，向火車站走去——她攜帶著她的複雜難言的過去，要走向新的、不被她把握的、多少讓她憂心忡忡的未來。深圳，即將成為她模糊的遠景，恍惚的夢境。幾天前，她已向公司辭職，決定把自己嫁給身邊的四川小夥。而事實上，她對身邊這個一個多月前經別人介紹的、身材瘦高的四川男孩所知不多，據他說他高中文化，家鄉在離重慶大概四百里的一個小鎮，家境稱得上不錯……就像她雖然在深圳待上了十多年，可她對它依然陌生那樣。雖然他離自己心目中的白馬王子形象相差甚遠，可她已經年近 30，深圳這座花團錦簇的城市，已經耗盡了她最好的青春年華，粉碎了她全部的夢想。她像一朵花，在她懵懵懂懂的時候已經開過，現在，面臨凋零的危險。她沒有像許多勵志電視劇演繹的那樣，得遇貴人相助，成為深圳或其他城市街頭鬧市的某家美容院、花店、服裝店或者其他什麼公司的女老闆，或者早早遇上如意郎君，一起白手起家，最終過上富足美好的生活。她不過是一個普通的打工妹，是中國千千萬萬個打工妹中的一個。她要過上正常的生活，就必須結婚，生子，成為別人的妻子和母親。當有一天有人把現在的男友介紹給她，她還是被四川這個詞嚇了一跳，對她來說，那是一個多麼遙遠、幾乎難以企及的地方。可是她的年齡已經沒有多少選擇餘地了，何況，那個瘦高的男孩子看起來還文質彬彬，脾氣不

錯，是一個可以託付的人。在不到一個月的時間裏，他們定下了關
係，決定離開深圳這座本不屬於他們的城市，回到那個她根本沒有
到過的四川小鎮結婚，生活。而對她來說，這場婚姻無異於一場賭
博。想起這些，堂妹不免傷感，隨著火車的哐當一聲啟動，她的心還
是免不了猛然一沉。而她身邊的那個瘦高的臉色多少有些蒼白的男
孩，與其說是她將要委身的男友，不如說是命運派來押解她的差官。

　　——經過十多年的打工生活後，那個坐在從深圳開往四川的某列
火車靠窗玻璃的位置上的年輕女子，她的內心不乏少女對未來的美
好響往，可同時亦懷著孀婦的凜然和老婦的蒼涼。

　　我的農民堂叔有一天夢見一個黑色的燕子突然變得碩大無朋，
對他再三眷顧，然後飛起不見。當他回首，屋簷下已是燕去巢空。
他醒來覺得納悶，隨口向堂嬸說起，不料堂嬸竟和他做了一個一模
一樣的夢。而當日他家門前的大樹上，一隻烏鴉叫了三聲，一隻喜
鵲也叫了三聲。他們不知是吉是凶。接著他們接到了堂妹從四川打
來的電話。堂妹說起在四川生活一段時間以來的種種細節，那裏的
風俗如何如何，氣候如何如何，飲食習慣如何如何，未婚夫家的狀
況如何如何……她的感覺還不算糟糕，當然許多方面還有待適應，
請父母勿以為念。堂妹在電話裏宣佈了她的一個重大決定：他們已
定於一個星期後舉辦婚禮，請父母一定親臨，由於路途遙遠，婚期
迫近，不能親自回來接父母前往，請父母多多擔待。在電話裏，堂
妹不免哭了幾聲。電話畢。

　　堂叔堂嬸開始籌畫著去四川。他們先買了帶給堂妹的東西，那是一種叫南酸棗糕的家鄉特產，是堂妹的最愛，堂妹每年春節回家後返回深圳，都要帶上一兩袋，但此次，他們一次買了十袋，堂妹此去，不知何時可以回鄉，總得多備些才好。他們還給自己各買了一件羽絨服，以免面見親家自己太寒酸丟了女兒臉面，也為漫長的、冷暖難料的旅途保暖之用。堂叔買的是外套，花去一百；堂嬸買的是夾衫，花了五十。他們要在省城工作的堂侄（也就是我）給他們買兩張機票，原因是他們平常的生活半徑最多不超過百里，而此次路途遙遙，堂嬸暈車屬害，恐難以堅持，乘機往返，是唯一的選擇，即使花費巨大，但為參加女兒的婚禮，也只好在所不惜。

　　他們不日來到了省城。從火車站到我的住處正常情況下只要半小時，他們足足走了一個半鐘頭。我的住址，堂叔知道，幾個月前他還來過一次，但這次他還是走錯了，其間轉了好幾趟車。對習慣於鄉村生活的他們來說，城市就像一座岔路眾多的迷宮，其中方向，他們難以辨別。當我見到他們，他們臉上的慌亂還沒來得及退去，同時有了他鄉見故人的欣喜。當他們在我家坐定，他們頓時變得憂慮、哀傷。堂叔不善言談，而堂嬸原本是個快言快語之人，這時也多少有些閃爍其辭。他們說起對此次旅途的擔心：飛機將在今晚凌晨降落在重慶，而堂妹所在的四川小鎮，離重慶還有五百餘里。他們要順利到達終點，無疑是一場十分嚴峻的考驗。他們說起過去他們對堂妹婚事的預想：無論是城市還是鄉村，只要離家不是太遠，行車方便，就可以經常走動，互相照應，他們可以含飴弄孫，一家其樂融融。早年堂妹與日本小夥子戀愛，他們極力反對，也正是出

於這種考慮。而現在堂妹還是遠嫁他鄉，遠超出他們的預想。堂妹已是大齡，還能有什麼迴旋的餘地？這是堂妹的命，沒法子的事情。然後他們開始擔心堂妹的未來。堂妹孤身一人在異鄉，生活倒可以慢慢適應，但無親無朋，一旦與夫家發生矛盾，做父母的不在身邊，如何是好？吉凶好歹，風霜雪雨，只能是她一個人抵擋了！……說到後來，他們不勝噓唏。開始我在一旁艱難勸慰，最後也和他們一起保持沉默，氣氛未免有些沉悶。

晚飯後，我送堂叔堂嬸到了機場。我領著他們在候機大廳坐定，並幫他們換回了登機牌。當我返回，我看到他們坐在一群由金髮碧眼的外國人、一身時尚打扮的城裏人構成的旅客中間，臉上的孤寂和憂心忡忡異常分明，手中緊緊攥著的幾個塑膠袋顯得無比悲愴。那個裝了酸棗糕的袋子由於過於沉重提手不堪重負已經脫落。堂嬸不得不把它緊緊抱在胸前。彷彿她抱著的是一個繈褓，繈褓裏的孩子正在沉睡，對這個讓堂叔堂嬸驚慌失措的世界，絲毫不知。

……然後是堂叔堂嬸通過安檢。我看見他們在毫無表情的安檢人員面前，慌亂地把身上的東西悉數掏出：臨時借來的手機、鑰匙扣、打火機、香煙、用橡皮圈細細捆綁了的一小捲鈔票，甚至寫著他們將抵達的小鎮的位址和電話的紙條等等。他們把雙手高高舉起，由於毫無經驗，其樣子顯得十分無助，彷彿是繳了械的俘虜。

而在幾千里之外的四川省某個小鎮，一場婚禮即將隆重舉行。在那裏，他們將獲得極高的禮遇。

消失的村莊

　　民辦教師王大偉是二十多年來從我們村子消失的第一人。離開村子的時候，王大偉連一聲招呼也沒打——即使是對與他生活多年的妻子和他的一對兒女。這一點讓村裏人覺得王大偉這個人有些狠心。王大偉與我們確實是不一樣的人。第一，全村除了那些有了老花眼的老人為了生活方便偶爾戴一戴眼鏡外，王大偉是唯一的一個一天到晚戴著眼鏡的人。第二，王大偉經常在夜晚的月光下在村子學校門前的操場漫步，沉思，形狀如同鬼魅，有時還會長歎一口氣，好像是被天大的事給難做了——村裏半夜起來解溲的人看見他在月光下歎氣的樣子都會這麼認為。第三，王大偉經常對人們說一些莫名其妙的話，比如他說他要寫一本書，一本小說或別的什麼，那他這輩子就吃不完用不盡了。王大偉離家出走的第二天，村裏出外做篾匠的李四保還在另一個鎮上碰到過他，他們還說了好一陣子的話，可李四保並沒有發現王大偉離開村子的哪怕一點點跡象。王大偉離開村子已經二十多年了，村裏從沒有過他的任何一點音訊。王大偉的失蹤使他在鄉里做公辦教師的哥哥王大海養成了一個逛書店的習慣，幾乎每隔半個月，他都要到縣裏的新華書店看新出版的書。王大海以為王大偉既然有過寫書的念頭說不定在書店裏可以找到關於他的蛛絲馬跡，但王大海多年的尋找顯然一無所獲。王大偉好像

是故意躲了起來，存心不讓村裏人找到他。人海茫茫，一個人如果存心要躲起來，你就是花上九牛二虎之力也是枉然。王大偉既然鐵定了心要躲起來，他真寫了書也會用化名。書店那麼多書，要找到王大偉用化名寫的那本，其實是一件多麼困難的事。

接生婆李龍姑的兒子豆角是在去廣東打工的路上失蹤的。豆角去廣東坐的是火車，可村裏一起去打工的人在下車時竟然沒有發現豆角的蹤影——他的行李還在，裏面還有李龍姑親手煮的雞蛋。村裏人都猜豆角要麼糊裏糊塗在中途的某個小站下了車，要麼是坐火車坐過了站。豆角是個只有 16 歲的孩子，沒讀幾年書，又沒有出過遠門，豆角的失蹤就在所難免的了。再說了，鐵路線那麼長，每年都要裝載那麼多貨物那麼多人，丟個把人那並不是一件什麼了不得的事情。——也有人說，豆角是被一陣風給刮走的。豆角長得奇瘦，一陣風就可以刮走他，這就是他被村裏人喚作豆角的原因。豆角失蹤的消息傳到村裏，李龍姑和她的丈夫差一點就昏了過去。之後他們就經常離開村子，沿著去廣東的路線找他們的兒子。他們找遍了沿路的鄉村城市，世面倒是見了不少（盤纏幾乎是傾其所有），可兒子連影子都沒見著。他們每次出去都帶著一張硬紙——上面貼著 16 歲的豆角的照片，請人用毛筆寫著「尋找兒子劉曉春」（劉曉春是豆角的大名）。很多年過去了，那張照片至今也沒有換過。村裏人對這事很不以為然，都說如果豆角還活著，肯定已經不是照片上的樣子了，接生婆李龍姑夫婦這樣找兒子是瞎子點燈，白費蠟。

王細金是村裏最有錢的人。不僅在村裏，就是在縣裏，王細金都是出了名的有錢人。他擁有全縣用最齊全最先進的設備武裝起來

的一支打樁隊伍。這些年縣裏大搞基建，王細金確實賺了不少。可他再有錢也不能保證他的兒子就不失蹤。村裏人說，正是因為他太有錢了他的兒子才會莫名其妙地不見了。王細金的兒子在縣裏重點中學讀高中。王細金的兒子失蹤是在一個晚自習後。失蹤前他是和幾個同學一起走的。他們在路口分手都愉快地進行了道別。可他並沒有回到家裏，而從路口到他家裏只要五分鐘——王細金的兒子就在這短短的五分鐘的時間裏給丟了。這件事情有些蹊蹺，它不像是綁架，事後並沒有人以此向王細金索要錢財，也不像報復，王細金這些年來並沒有把什麼人得罪到要他兒子性命的程度。他兒子的失蹤是村裏的一個天大的謎。王細金有兩個兒子，一個大學畢業後在國務院工作，失蹤的是他的小兒子。人們都說，王細金的兩個兒子現在是一個在天上，一個在地下。兒子失蹤後，王細金打起樁來要狠得多。這些年來，他的打樁隊伍幾乎把整個縣的地都挖了一遍，可即使掘地三尺，他的小兒子還是生不見人死不見屍。

酒鬼李大哈子的女人是在一個夜裏突然不見了的。李大哈子的女人是一個善良賢慧的女人，才有才貌有貌，可李大哈子並不懂得珍惜。李大哈子喝醉了酒就喜歡揍他的女人，往死裏揍，經常揍得他女人青一塊紫一塊的。經常在半夜裏，李大哈子的家裏就傳出他女人的鬼哭狼嚎的聲音。李大哈子的女人在村裏就這樣熬了許多年，可最終還是熬不住了，在一個夜晚乘李大哈子又喝得爛醉如泥時丟下一對兒女走了。走的時候除了幾件換洗衣服，什麼也沒有帶，但留下了一封信，信上歪歪扭扭地寫著：帶好思（錯別字，應為「崽」——作者註）女，不要找我。（信紙上據說還有一大片淚漬）李大哈

子醒來後追悔莫及，想到女人曾有過上庵吃齋的念頭，就去遠遠近近的寺廟裏找，但一無所獲。有人說，就在他女人離家出走的前幾天，有個貨郎一直在村裏轉悠，他女人八成是被那個貨郎拐走了。村裏出過外頭的人說，貨郎操的是河南口音。河南離我們這裏太遠了，遠的就像是另外一個世界。讓把錢都拿去喝酒了的李大哈子去河南那麼大而且遠的地方找他的女人，這是一件很不現實的事。李大哈子的女人就這樣神秘地消失了，那個貨郎也從此再沒有來過。

除了這些人外，二十多年來村裏失蹤的人還有：鐵匠大四子的女兒喜梅子，上世紀九十年代末去廣東打工，開始進了一家毛織廠，來過信說因為嫌工資低和一個四川的女工出了廠，後來就杳無音訊；捕蛇人王三伢子他爹，患了老年癡呆症，在前年的某個下午，沿著牆角走著走著一不留神就沒了蹤影，至今家鄉十里方圓許多村子的電線桿上，還留著王三伢子貼的已經字跡模糊的尋爹啟事；六六陀去湖南販賣假煙，開始的時候掙了不少錢，後來又一次去了湖南，就再也沒有回來，據說走的時候身上帶了三萬塊錢；殺豬佬劉漢章的女人帶 5 歲的兒子去縣城走親戚，在大街上把兒子給走丟了，他女人從此發了瘋，看到五六歲的男孩就追著叫兒子，讓人看了十分難受，不過久了也就覺得平常不過了；最近失蹤的是鼻涕客王老五，因為在村裏開雜貨店掙了點錢，顯擺買了個手機，去年的某天接到了個莫名其妙的短資訊，說他中了一個獎金為七萬元的巨獎，他沒有告訴任何人第二天就悄悄坐班車去了市裡，然後坐上了去長春（短資訊上說的頒獎城市）的火車，從此不知所終……

　　從二十多年前的民辦教師王大偉開始至今，村裏失蹤的人共有十三人。這個數字是縣裏開展人口普查時統計出來的。村裏對全村人進行統計時，人們突然又記起這些人來。在村裏人的印象裏，他們還是出走時的模樣，比如王大偉還是那副戴著眼鏡在月光下散步心事重重的樣子，豆角還是 16 歲，瘦得就像一根豆角……不過，他們的面目有的因時間久遠而顯得多少有些模糊，有的卻清晰得彷彿昨天還見過他。對他們的去向，人們眾說紛紜，有說肯定是被人拐賣了的，有說可能早已死在外頭了的，有說或許因為加入了黑社會不敢和家裏聯繫的，有說……村支書劉大眼是這樣說的：「這些狗娘養的，他們八成是約好了的……他們是嫌我這個村支書當得太久了（狗日的劉大眼，竟然當了二十多年村支書！）。他們膩味我了，就一個接一個的去了一個我們永遠找不到的地方，重新建起了一個村子……」

　　——村裏所有的人都願意相信真有這樣一個村子在。那裏沒有愚昧，沒有貪婪，沒有拐騙欺詐，沒有暴力兇殺。人們在那裏繁衍生息。村子四周都栽滿了鮮花。

大雪還鄉記

一

衛國叔正要出門，看到我從車子裏鑽出，忙折回來與我招呼，順手接過了我遞上去的煙捲。問他嘴角怎爛了，他笑呵呵地說吃東西上火了。老棺材匠平順公坐在馬路對面的家門口，目光向我望來。他的牙齒所剩無幾，下頜前凸，背有些駝，像極了一隻老猩猩。我走過去遞一支煙給他，他煞有介事地夾在了耳邊，看我摁動了打火機，又慌忙從耳邊取下吸了。爹聽到車響，從屋裏出來，接過了我手中的行李。路上行人來來往往，從集上回來的，手裏提著年畫、菜蔬……雪水滴答，從屋簷落下，模擬了雨水。巷子泥濘，天氣陰沉。回到家裏，去年我親手書寫的對聯依在，雖然顏色褪了不少，死去多年的祖父在瓷像裏目光銳利，正是我年初離家時的模樣……我一時恍惚：我是不是從來就沒有離開過這裏？我的出門在外，是不是正像馬路上歸來的鄉親，只是剛剛出去趕了個集？

這是農曆十二月二十八，我回到了故鄉——江西贛江邊的一個叫下壠洲的村莊。它是父母以至我的整個家族的棲息地，是我生活

了二十多年的地方。它於我有著籍貫、姓氏、出身等等歷史的深沉意義。回家過年，是莊嚴的儀式，是精神的皈依。

二

故鄉儼然依然是我童年時的模樣。我隨便在田間地頭巷頭路口都可以找到與我的成長有關的記憶。我知道村莊的哪塊地我澆過水，哪個水塘我釣過魚，哪塊石頭上我蹲著扒拉過飯，哪條路上我拉過板車。

可我清楚地知道，我剛剛抵達的故鄉，已經不再是珍藏在我成長記憶裏的村莊了。理著怪異髮型的小夥子討回了外省媳婦，鄰居初中沒畢業的姑娘廣州打工幾年後嫁到了重慶。讀過高中的堂叔伏生在江蘇打工被公司派去印度、巴基斯坦做車床修理，前年村裏有個小夥子竟然把一個美國人帶回家過年。他們的命運千奇百怪，有人發財，有人落難，有人腰纏萬貫，有人死於非命。而村裏撂荒的田地越來越多，豬圈裏不再養豬了。各種紅紅綠綠的包裝垃圾遍地都是，環境是越來越惡化了。年輕人都出門打工，老人們在家帶著孩子，今年春節後鄰居浦太嬸告訴我，一過完年，丈夫和兒子媳婦都出去打工，她一個人要帶著四個孩子，其中一個只有 1 歲，一個只有 3 歲。娘說，只要年一過，一千多口人的村子，就會變得不到三分之一，有時隔幾棟屋都看不到一個人，荒涼得很。過去維繫鄉村的倫理習俗禮節都刪繁就簡，有的差不多要荒廢了。

　　馬路那邊停了一輛掛著廣東牌照的白色豐田轎車。娘告訴了我，是鄰居家的兒子賺了錢買的。但我離家多年，故鄉很多人，我已叫不上名字了。看到鄰居蒲太叔接了他家在廣州打工的老二背著行李從我家門口經過——他臉色蒼白，神情木訥，似乎驚魂未定。問及，說是暴雪，在廣州火車站堵了幾天，才回。他的兩個弟弟還滯留在廣州，過年可能回不來了。

三

　　四爺爺坐在火爐邊哭。他是個快 70 歲的老人了。我把手放在他的膝蓋上，以示安慰和分擔。他的家空空蕩蕩，分外陰冷。

　　對四爺爺一家來說，這個春節無疑是最痛苦和尷尬的。就在幾個月前，他失去了唯一的兒子，他的兒媳失去了年輕的丈夫。我的小堂叔，一個比我還小 3 歲的名叫群星的年輕人，在東莞為一家商場裝修時不慎從六樓摔下，當場斃命。四爺爺與三個女婿去了東莞，與商場老闆就賠償問題進行了艱難的談判，最後通過法律獲得了二十萬的賠償金。白髮人送黑髮人，幾個月來，四爺爺和四奶奶身體瘦脫了形，依然沒有從悲傷中走出來。

　　小堂叔的死使整個家庭失去了平衡，二十萬的賠償金更是引發了四爺爺四奶奶和兒媳的矛盾。四爺爺四奶奶擔心兒媳改嫁不同兒媳商量就把錢存入了銀行，兒媳因為不受信任更加悲憤。原本和睦的婆媳關係因此崩潰。公婆和兒媳反目，除夕即將來臨，團圓飯將成為全家情感最為嚴峻的考驗。

我把四爺爺四奶奶和小堂嬸叫到了一起。開始了艱難的勸說。

小堂嬸一個勁地哭。她邊哭邊訴說起往日她與小堂叔恩愛的細節。由於夾雜了哭聲，他們往昔的恩愛在敘述中變得破碎不堪。四爺爺依然哭著，彷彿一個做錯了事的孩子，一言不發。

我的勸說是否有一些效果？而我知道，此時任何人的安慰對這個被死神推入冰窖的家庭來說都是一叢溫暖的火。老人會老，小堂嬸也會有改嫁的那一天，而兩個孩子，一個 7 歲，一個 3 歲。這個家庭會有什麼方向？無人能料。我掏出兩百塊錢給小堂嬸，說是給孩子買點東西。

我走出四爺爺的家門。我想起這些年來，故鄉類似於這種事件又何止是四爺爺一家！我家老屋隔壁的細仔叔的女兒在廣州街頭被車撞死，火根家的兒子在廣州以偷竊為生，多次被人打得死去活來；我的另一個堂叔長珠在東莞做泥瓦匠從架上摔了下來，好歹撿回了一條命，可年紀輕輕就從此失去了勞動能力，目前靠賠償金生活……

巷子裏的冷風吹到我臉上，我下意識地裹緊了衣服。

四

我和堂弟繁民在我家的爐火邊對坐抽煙。我們兩兄弟一年沒見了。他在廣州給一家由本地人組成的裝修游擊隊做漆工。繁民比我小 10 歲，已經是兩個孩子的爹了。在我的鼓勵下，堂弟有了對來年進行展望的興致。他說希望新的一年他自己可以接到業務，嚐嚐做老闆的滋味。正說到開心時，他爹我五叔叔進來，向堂弟要錢。五

叔叔說，你的孩子放在家裏，你不交錢我拿什麼給他吃？生病了我用什麼給他看病？五叔叔說，還有，我身體殘廢了，做不得事也就賺不到錢了，你要開始給我和你娘生活費了。五叔叔說到後來，表情淒涼。

五叔叔剛過50，應該是年富力強的時候。五叔叔身體原本強健，兩三百斤的東西他背起就走，腰腿都不打顫兒。可是去年他得了喉癌，手術後總算保住了一條命，重農活卻幹不得了。他是一個非常好強的人，伸手向兒子要錢，也確實是迫不得已。因為做手術破壞了聲道，他的聲音怪異，體重八十公斤的人，發出的卻是類似於機械受到擠壓的聲音。

堂弟繁民開始辯解。他說他回來時沒有接到錢，老闆欠了他的錢呢。他手裏實在是沒有錢了。他說能不能寬限他幾個月，他到時一接到錢就寄回家來。說到後來，他的語氣近乎哀求了。

五叔叔陰沉著臉，出了門。堂弟抱著頭，坐在火爐邊，許久不發一言。

五

從馬路上傳來的摩托引擎聲不絕於耳。它不間斷地擊打著我的耳膜，讓我無法忍受。我知道那是回家過年的打工仔忙於趕集或訪友製造出來的聲音，可我總疑心那是不祥的鳴叫。它太快了，彷彿閃電，讓人不安和揪心。它太響了，原本沉靜的鄉村，因此像一頭受傷咆哮的猛獸。

聽著摩托車響，我無由想起前些時候電視新聞裏的那些被暴雪冰凍困在大大小小的火車站、高速路上的民工。

我一個人走出了家門。我承認我的心情有點亂。我想讓自己靜一靜。我踩著依然厚厚的積雪，沿著田埂來到了贛江河堤上。雪在我的腳下發出咯吱咯吱的響聲。雪依然潔淨，我的鞋子一點也沒弄髒。

我站在河堤上，看著贛江。雖然是冬天，可河水一改往年冬季的瘦弱、安靜，變得混濁洶湧，不可捉摸。據報導，因為連天大雪，雪水滙集，幾天前，贛江通過了西曆 2008 年的第一次洪峰。

我回過頭，看著依然裹著厚厚大雪的故鄉。聽不到摩托車嘟嘟嘟的響聲，大雪覆蓋下的故鄉，安靜，沉默，有著鄉村一貫的逆來順受和隱忍，甚至還有一點點悲傷。有幾支炊煙升了起來，那麼柔弱，卻又是那麼的不屈不饒和生生不息。

在鄉土中國的古代詩文中，雪從來都是吉祥聖潔的隱喻。「綠蟻新醅酒，紅泥小火爐。晚來天欲雪，能飲一杯無？」「忽如一夜春風來，千樹萬樹梨花開。」「燕上雪花大如席，紛紛吹落軒轅台。」……農耕文明背景下被賦予了美好寓意的雪，卻成了工業文明進程下讓南國陷入災難的罪魁禍首，電塔倒塌，飛機停飛，鐵路無序，多少亡命天涯的人被迫滯留他鄉。——我該是像古代文人那樣依然讚美雪的聖潔，還是該怨恨它的無情？眼前的故鄉，我是該比擬成一個在壓迫下咬著牙關壓抑著哭聲的人，還是一個點著炊煙的煙斗嚮往著來年豐收的人？

天地一片白茫茫。在雪面前，我這個長於修辭的人，突然失語。

六

　　廚房，臥室，門壁上、窗子上，香几臺上，到處都佈滿了烏黑的灰塵。我用手一抹，灰塵就把我的手變成了一隻黑手。我用稻草紮的帚子刷，灰塵就紛紛落下來圍著我跳舞。有一些落在我的頭上，臉上，有的甚至落到我的嘴裏。我吐了好幾口，可嘴裏有一種我說不出的味道。我提著桶子用抹布抹。看著濕濕的門窗我以為我抹乾淨了，可過了一會兒抹過的地方又顯露出一道道灰塵的痕跡。而水桶裏立即變成了醬油一樣的顏色。我不得不打來一桶又一桶的水。可家並沒有變乾淨的意思。

　　灰塵無所不在。那是一些永遠不被人知道的鄉村往事，一些塵封了的記憶，一些成為忌口的死亡，一些被遺棄的往昔，一些逐漸顛覆的倫理和逐漸簡化荒廢了的禮節？是遠去了的曾經被津津樂道的齷齪和已經不值一提的榮光，撕肝裂肺或者壓抑著的哭泣？抑或打工時代裏村子日日上演的生死離散，悲歡離合？……

　　我突然發現，始終有一種不可知的力量，妄圖把鄉村變成一座廢墟。

　　而每年除夕貼春聯的民俗，是否包含了一種勸阻的態度，隱藏了一種讓鄉村從廢墟中站起的力量？

　　我手上的春聯裏的那些祝福的話語平俗而溫暖。長壽、發財、如意、吉祥、春天，是故鄉寫在春聯上的關鍵字。那也是鄉土中國，千年的祈願。

今天是除夕。我開始忙起來。弟媳是湖南人，幼年喪父，她母親後改嫁廣東韶關，弟弟一家今年要在韶關岳母家過年，沒有回家。貼春聯的事兒就落到我的頭上。我因灰塵變得黑黑的手掌立即又被春聯染紅了。

而用春聯裝扮起來的故鄉，彷彿是一個盛裝的孩子，即煞有介事又喜氣洋洋。

雪慢慢化了。

七

吃過年夜飯。喝了一些酒。有點醉了。水生來看我了。

水生告訴我，他剛從巴基斯坦務工回來。他離了婚，原因是性格不合。他的孩子隨了是廣州本地人的前妻。他和我談起他在巴基斯坦的種種際遇，談起文學，談起《收穫》上的小說和《天涯》新左派知識份子的文章。

水生初中畢業後也去了廣州。他進過廠，開過飯館，折騰來鼓搗去，依然沒有找到自己最佳的位置。他愛思考，喜讀書，內心充滿了對未來命運的憂心忡忡和對自身身份的懷疑。每年春節，他都要找到我，和我談起他內心的種種疑問，期望我能解開他心中的癥結。

他和我談起新農村。他說，你會認為以後的鄉村會是一個什麼樣子？

我說，也許不遠的將來，所有的村莊在政府的幫助下都進行了新農村建設。鄉村道路整潔，通訊與城裏一樣便捷，衛生等等各個方面都進行了有效的管理，那些差不多要消失的民俗得到恢復，文化科技等方面都會得到政府的指導幫助，所有農民能享受到醫保等各項待遇，所有人都能自由地在城市與鄉村之間往來。許多進城務工人員學到了技術和管理回鄉創業，等等等等。

水生用一雙狐疑的眼睛望著我。

水生走了。他穿一件黑色的大衣，領帶紮得整齊，裏面的西服看得出價格不菲。這是一個講究儀表、有夢想的年輕人。如果是在城裏，你根本看不出他是一個才初中畢業來自鄉村的打工仔，而是疑心他是某個外企佔據高位的城市白領。

這樣的年輕人，會是故鄉的希望所在麼？

而我向水生描繪的鄉村盛景，會僅僅是一個永遠無法實現的希望麼？

電視上，一年一度的春節聯歡晚會開始了。

八

此起彼伏的鞭炮聲響徹了整個村莊。年就在鞭炮聲中來了。

這一天故鄉隱藏了悲傷和疾病。這一天不哭泣，不爭吵，不掃垃圾，不吃葷腥。人們都穿起了新衣服，臉上堆滿了和悅的笑意，在路上互相道著祝福。

　　我和家族裏的同輩一起去向長輩拜年。我看到堂弟繁民叼著煙捲，穿著嶄新的西服，其樣子就像他嚮往的那樣，是個發了財的小老闆，根本看不出他是一個被欠薪的民工。四爺爺笑容可掬，不斷地向我們這些小輩說著「高升」、「發財」的吉祥話語。小堂嬸也出來迎客，她的新衣明顯要比她的身材大了一碼，其樣子就顯得滑稽、喜慶，在我們雜亂無章的祝福聲裏，她因慌亂面色潮紅，完全是一副剛過門的新婚嫁娘的表情。他們一家人在這一天顯現出來的和睦、默契，讓我一時恍惚，似乎他們原本就是一個和睦的家庭，大前天他們在我面前的爭吵、哭訴壓根就沒有發生過，小堂叔的不在現場，並不是幾個月前在異鄉死於非命，而是正像村裏許多打工仔一樣，因為暴雪的阻遏，此刻正在他打工的城市飲酒作樂。

　　我在巷子裏穿梭，不停地向路遇的鄉親打著招呼，不費思索地說出祝福的話語。這一天，讓我感覺是如此的不真實。

　　路過曾經掛起過電影銀幕的鄉村禮堂，突然聽到一陣怪異的聲音。那是不同的喉嚨發出的聲音，可是非常整齊，彷彿遵命於一個強大的指揮。我走進了禮堂，看到一群老人，穿著各種各樣的衣服，但他們手捧的是一本相同的書。不用說，那是基督教徒信奉的《聖經》。

　　他們在唱詩。他們在中國的新年裏，向西方的上帝，用最虔誠的態度，唱著內心的讚美。

　　在他們的聲音裏，我最熟悉的故鄉，頓時讓我感到無比陌生。

九

　　初三的那天，我起得早。走出門外，天空的明朗和吸入肺裏的冷空氣讓我興奮了起來。前些天的那場據說是五十年不遇的大雪，終於換來了農曆 2008 年的第一個晴天。

　　我突然萌發了奔跑的衝動。我想趁著路上人跡稀少的時候，把故鄉作一次細細的打量。

　　我奔跑了起來。穿過幾條鋪滿了鞭炮碎屑的巷子，我來到了田野中間的路上。地上下了霜，故鄉覆蓋了一層薄薄的白霜，這使得故鄉看起來像一個大病初癒的人——霜，上蒼最小的女兒，有一張類似病人的脆薄、陰柔的面孔和安靜感傷的表情。冰凌借著霜使路上的泥濘變得堅硬，我的腳下發出咯咯的破碎聲。腳步聲仿佛石頭擊打在水面，從地面傳至遠方。

　　在草叢裏我坐了下來。草尖在風中搖盪。我凝視著我的故鄉，我生活了二十多年的村莊。此刻，太陽升起，路上空無一人。霜正在融化，對面的村莊炊煙嫋嫋，面目慈祥，有一種劫後餘生的寧靜。田野變得柔軟、潮濕，彷彿懷孕女人富有彈性的腹部，正傳遞著生命的律動。油菜花一點點地開了。不遠的小溪水流潺潺，聲音隱秘，宛如輕訴。即使經歷了那麼多的生死離散，在濕漉漉的朝陽下，我的村莊依然有一種驚世的美，讓我心動。

　　而不遠的墳堆裏，有一座新墳，魂幡在風中招搖。有人告訴過我，那是小堂叔群星的墳墓。

十

　　走親訪友。拜年飲酒。對著不同的親友說著同樣的祝福。這是親人團聚的時候，也是鄉情最為濃釀的時候。所有的人都把過去的種種不快壓在心頭，摩拳擦掌，把酒言歡。門前屋後、村口巷道，到處是醉醺醺的人們。

　　搓麻將的聲音此起彼伏。打工回來的人們用賺來的血汗錢在新年裏博取好運。新年的故鄉，好像一個巨大的賭場。

　　孩子。我要堂弟繁根 5 歲的兒子叫我大伯，他誇張地發出來的大叫聲逗得我直樂。繁軍的女兒頭扁扁的，眼睛小得就像一條細縫，最愛爬到放在廳堂裏的摩托車上玩耍。繁民不到 2 歲的兒子由於吃多了糖果小雞雞變得通紅。……以後的他們，會有一個什麼樣的人生？

十一

　　農曆初五，又到了告別故鄉的日子。來接我的車停在了馬路上。我提著行李，走出了家門。父親舉著長長的燃放著的鞭炮尾隨著我。聽到鞭炮聲，許多人都到門口探望。他們看到我，表情裏有一種最純樸的告別、祝福的善意。

　　汽車開動。我搖下玻璃，舉著手向窗外揮別。窗外，是我的故鄉。

故鄉啊，請讓我把內心最深沉真摯的祝福送給你。村莊每戶人家春聯上的好詞好句，都是我想說的，春聯上還沒有寫到的，我也要說出。

我祝福那些留守的老人和孩子健康平安，祝福年後就要奔赴異鄉城市的打工仔在外能受到善待，好運伴隨著他們。無論是在家留守還是出門打工，當星星綴滿天空，每個人都要保留夢想的權利。

即使已經日漸荒蕪，我依然要祝福我故鄉的土地，能夠風調雨順，糧食豐收。

故鄉，珍重。

爹娘入城記

一

爹打電話說他和娘已經到了，正在火車站出口候我呢。接電話的時候，我還在上班。——我真該死，竟然記錯了火車到達的時間。趕緊出門，攔了輛的士往火車站奔去。

遠遠地看見了爹和娘。花白短髮、身材瘦長、穿長褂長褲的是爹，個子矮小、穿一件紫色大花短袖汗衫（在廣東打工的弟媳所買）的是娘。火車站出口人流如潮，爹娘坐著，有點緊張，彷彿兩塊唯恐被潮水沖走的石頭。

叫一聲爹，再叫一聲娘。他們高興地答應著，一旁綁了腿的鴨子也歡快地叫了兩聲。除了這隻鴨子，爹娘還給我帶來了老家的米酒、花生。鴨子是爹娘養的，米酒是爹娘親手釀的，花生是剛剛從田裏收的。早在電話裏說了啥都不要帶，爹娘還是帶來了。他們說，要給兒子嚐嚐呢，要給兒媳婦和孫女兒嚐嚐呢。

我領著爹娘回家去。我在省城的家，爹只在我兩年前搬家的時候來過一次，娘一次也沒有來過。多次要他們來看看，他們總說沒空，田裏的莊稼要種呢，家裏的畜牲要餵呢。我知道，種種這些，

不過是爹娘的託詞，真實原因，其實是他們不習慣城市。他們曾經去東莞的弟弟家待了幾個月，每每說起，好比度日如年。可是現在，他們還是下了決心把地和畜牲都託給鄰居照看了，他們要上省城兒子的家看看了。

娘說要坐只要一塊錢的公交車。爹也在一旁附和。我知道他們要為我省錢。我不肯，說啥我也要讓爹娘坐一回小車。我攔了輛的士，把酒和花生放在後備箱，鴨子就用一隻手拽著。爹坐前面，我另一隻手緊緊抱著娘。

娘暈車了。娘曾經不暈車。有一次娘生病了，我接到消息後匆匆從省城趕回，找了輛小車去老家接她到縣城看病。在車上我也緊緊地抱著娘，娘開始讓我，後來她推開我的手，說一點也不暈。可是現在，娘暈了。我才想起來，上次的車窗戶是開著的，而現在窗戶關得鐵緊，車裏還開著冷氣。我要司機把車停路邊，打開車門，摟著娘走下了車。另一隻手裏的鴨子掙扎著，鴨毛在空中飛。娘在路邊嘔吐，表情十分痛苦。我說要不我們改乘公交，大車的空氣好。可這次娘不肯了。娘說，咱就坐這車回家，我要成全我崽的面子。

我要感謝司機，他是個好心人。娘的嘔吐物弄髒了他的車門，他並沒有表示明顯的不悅。之後，他關掉空調，打開車窗，把車開得很慢很穩。也許，他也有一個鄉下的娘吧？

回到家，娘一眼都來不及看就閉著眼睛躺在床上。我打電話告訴了中午因為上班地兒遠回不了家的妻子，說爹娘到了。我簡單弄了飯菜，和爹一起吃了。娘不想吃，娘說她先睡會兒，腦殼裏天地還轉著呢。

二

娘起來了，妻和孩子也都回來了。我們家祖孫三輩都齊了。我在省城的家啥時候這麼齊整過呢。殺鴨了，做菜。鴨子一半燉湯，一半用來炒。盛一碗鴨子湯給爹，再盛一碗給娘。我不停地給爹娘夾菜。

領著爹娘去超市買東西。給爹娘買了毛巾、牙刷。還給爹買了一雙涼鞋。爹腳下的涼鞋已經壞了，不能穿了，可爹還捨不得扔。爹穿了新涼鞋，舊鞋還用塑膠袋裝著，說要帶回家補補再穿。

爹娘在偌大的超市裡緊緊地跟著我和妻，彷彿兩個膽小的孩子。那些包裝得花花綠綠的商品晃得爹娘眼花。爹娘來到裝大米的桶子面前，放鬆了身體，情不自禁地各自抓起一把，燈光下看米的成色，還把幾顆放在嘴裏咬。

回到家，領著爹娘在屋裏轉，告訴他們淋浴蓮蓬頭的水閥左打是熱水，右打是冷水，煤氣灶閥門下壓後左旋是開，右旋是關。娘笨手笨腳地轉動著煤氣灶的閥門，火啪的一聲響，娘嚇了一跳。

囑咐爹娘的還有：早晚各喝一杯牛奶；在家裏不要給陌生人開門；出門要帶好鑰匙；過紅綠燈爹要牽著娘；把我和妻的手機號碼抄給爹娘，要他們貼身帶著，一旦迷路了，隨時找公用電話打電話給我們……爹娘一一應著，把寫了我和妻手機號碼的紙條小心地裝進口袋。

安頓爹娘睡下了。

三

清早被一陣索索索的聲音吵醒了，原來是娘在衛生間裏洗衣服。一家五口人的衣服，娘全洗了。爹靠在廳堂的躺椅上，戴著老花鏡在翻看我寫的書。

娘就是閒不住。很小的時候就記得娘是個閒不住的人。娘嫁給爹不久，爺爺奶奶就讓他們分了家，一間小房子一口鍋和幾個飯碗幾乎是他們當時的全部家當。爹和娘不算是很有能耐的人，他們要養家，要糊我們兄弟姐妹四人的嘴，只有拚命地幹活。從小的記憶裏，娘話不多，只是不停地洗衣服、餵牲口、做飯、下地、整菜園。不是扛著什麼出去，就是挑著什麼回來。娘個頭小，挑了東西身子就更小。娘的力氣也相應的小，娘挑起稍微重一點的東西就跌跌撞撞，和爹一起扛打穀機有時會跌倒在田裏，或者挑尿水去澆菜會滑倒在田埂上。摔倒次數多了，再加上生活的不堪重負，娘的脾氣就大，罵爹沒用，罵我們不乖，整個屋子都是娘邊摔東西邊罵罵咧咧的聲音，我家小小的房子，就像一個隨時要爆炸的火藥庫。罵完了，娘又變得沉默，做飯，洗衣服，餵牲口，下地。娘和爹憑著自己的雙手讓我讀了書，為我們蓋了一棟新房，生活在他們的手上，異常緩慢地一點點的好轉。

我從小就知道娘的苦，千方百計地體貼娘。師範畢業後，我把弟弟接到身邊讀書，並且承擔全部的費用。放假回到家，把工資攢起來，交給娘，買肉和魚。我調到縣城，結婚的那天，我把他們接

到縣城，讓他們啥事不要管，只做我最尊貴的客人。到了省城，我一再地邀請他們來做客。他們終於來了。

姐姐妹妹都出嫁了。弟弟高中畢業後去了東莞，也做得有樣子了。我和弟弟商量每年固定拿出一筆錢給爹娘養老。娘不再像過去那麼焦慮了，她的脾氣變得好了。脾氣變好的娘顯得慈眉善目，溫情脈脈。我想，現在的娘才應該是娘本來的樣子，而過去那個脾氣暴躁的娘，只是一個因為生活過於沉重被異化的苦命的女人。

生活有了改觀，可娘還是閒不住，依然做飯，洗衣服，餵牲口，種地。即使來到省城兒子的家裏，娘依然不肯閒著。娘趁著我們還在睡覺，起來把衣服洗了，在陽臺上一件件地晾開。

四

帶爹娘去看了家附近的高樓大廈，看了據說是亞洲第一音樂噴泉的秋水廣場。爹娘看什麼都覺得新鮮、好奇，嘴裏不時發出驚歎的聲音。

今天是週末。我和妻商量帶爹娘去城裏轉轉。我們決定帶爹娘去動物園。

上了公交車，我挨著娘坐下，依然用一隻手緊緊摟著娘，另一隻手捏著一個以備娘暈車用的塑膠袋。過了一會兒，娘推開了我。娘說車大，她不暈。娘笑著，向著窗外看路兩邊的房子、商店、車輛和行人。

　　先讓妻領著在動物園門口等著。我偷偷去買票。我知道，爹娘如果曉得去動物園要花那麼多錢，一定不肯去。昨天晚上，我就和妻說好了，她先領著爹娘在一旁等著，並且盡力轉移他們的注意力，不要讓他們看到我掏錢買票的舉止。

　　選擇來動物園，是我想作為農民，爹娘對動物天生就有感情。我記得，我們家的一條狗走丟了，爹會好多天不痛快；我們家的豬病了，娘會像我們生了病那樣難受。我不騙你，我親眼看到過，有一次，娘餵的豬病了，娘坐在一條小凳上，哭了一個上午。

　　爹娘在動物園裏，看猩猩，看魚，看各種各樣的飛禽走獸。他們果然高興。他們會不由自主地在動物的柵欄前駐足，用老家的與它們的學名不一樣的稱呼喚叫著它們，揮舞著雙手逗弄著它們，嘴裏輕輕模仿著動物的聲音。──他們的樣子，真像是兩個孩子。

　　動物勾起了他們的記憶。在關著老虎的籠子前，爹說，他曾經碰到過老虎呢。有一次夜裏走山路，月光下一隻老虎就在一條小河的對岸，真的是虎視眈眈地望著爹，一會兒就轉過身去鑽入灌木叢中。灌木叢裏，呼呼的那個響，就像有一千把刀過前！娘說，她十多歲在老家，看到過豺狼。她去山裏拾柴，看到一條豺狼咬著一隻野雞往深山裏走，尾巴拖著地。爹說，很多年前生產隊曾經在莊稼地裏打死了一隻野豬，整個生產隊的每戶人家都分到了一塊野豬肉呢。娘說，有一次她在地裏幹活，突然一隻黃鼠狼竄過來，嚇了她一大跳。這畜牲，跑得可快呢，一身的黃毛，金亮！

　　我敢肯定，與動物的關係，沒有人比農民更親近。他們因為離土地太近，血脈裏依然保留著人類善待動物的天性。我在一旁，聽

爹娘講起我從沒有聽過的故事，心想從此對爹娘的瞭解又多一些些了！

走出動物園的時候，我發現我買給他們的礦泉水瓶子裏的水還剩了大半。花錢買的水，他們覺得金貴，捨不得喝。

五

上班回來，在離家不遠的路上看到娘。娘穿著妻給她買的新衣服，一隻手在背後抓住另一隻手的胳臂，在路上慢慢走，兩隻手下意識地晃悠。娘看到我，咬著下唇笑了。問娘，爹呢。說正在睡覺呢。──那是我一生中看到的娘最悠閒的姿態。可娘的背還是彎著的，那是過於沉重的勞作，給娘留下的烙印。

我與爹差不多高。我讓爹穿著我的衣服。一件類似迷彩服的圓領汗衫，一條迪奧多納的深藍色運動休閒短褲，穿在爹的身上，爹顯得有幾分帥氣呢。──爹年輕的時候確實是個帥男人。

晚飯後，看到爹和女兒坐在沙發上說話。爹煞有介事地說著蹩腳的普通話，讓我開心極了。我偷著樂的樣子不小心被爹看到了，爹很羞澀。

寫稿子到半夜，看到爹娘房間裏的電風扇還在轉，悄悄進去關了，輕輕地給他們蓋了薄被。爹娘睡得香，一點兒也不知道。

爹和娘兩張枯葉似的臉上漸漸泛出光來。眼睛也比剛到城裏亮一些。爹娘說，崽家裏的營養好呢。不像在老家，吃頓肉要到三里

路遠的鎮上買。爹還誇張地用手揪起依然乾癟的腰，說看看，長肉了呢。

六

爹躺在躺椅上，突然跟我說，他想去機場看飛機。

記得老家的天空偶爾會出現飛機。有人突然看見了，叫了一聲「飛機！」，田裏所有勞作的人都會停下手裏的活計，手搭涼棚向著天空望去。如果是噴氣式飛機，就會有許多人，在田裏癡癡地抬頭，直到飛機在天空中留下的那條長長的氣帶慢慢消散。但是讓全村人都遺憾的是，老家天空的飛機太小了，比麻雀都要小許多，只有蜻蜓那麼大，陽光下發著銀色的光。──肯定是那時候，爹就有了一個心願，想看一次停落在地上的飛機。

娘正躺著午睡，一聽要去機場，就一骨碌爬起來，問去一趟要多少錢。我說不遠處有直接去機場的車，我和爹來去只要四十元，一點不貴。娘說，要四十元！咱不去了！

我不聽娘的。我給機場的朋友打電話，要他等我們到了後帶我們進機場看飛機。我推著爹往屋外走。爹的腳步有點期期艾艾。走到半路，爹說想上廁所。路邊沒廁所，爹說那我們就回家去。我知道爹說上廁所是一個托詞，爹是和娘一樣心疼四十元車費。我索性把手搭在爹的肩膀上，摟著爹向去機場的大巴的站臺往前走。

──我和爹命為父子，情如兄弟。

　　爹是個好脾氣好心腸的男人。鄰居誰家的傘散了架，他會找了一根鐵絲穿上；誰家的狗竄到我們家，爹總會扒一口飯在地上給狗吃了；誰欺負到他頭上了他不作聲強忍著；誰對他好，他一輩子都心裏記著。

　　小時候，我是爹的小幫手。爹是個好手藝的篾匠，沒事的時候，我經常在我老家屋後的巷子裏給爹抽篾。爹在前面把腳架在高凳上抽篾片，我捏著篾片的另一端在後面來回跑。我和爹配合默契。爹說，沒有一個徒弟比我兒子更讓我覺得順手。每到年前，爹會帶我走村串鄉去打爆米花，以賺取我下一個學期的學費和春節的開銷。爹搖爆米花機，拉風箱，我把柴；爹用膝蓋壓爆米花機，我抓袋。每爆完了一個村莊，爹就挑著爆米花機和風箱，我挑著麻袋和爐子，一大一小走在去另一個村莊的路上。

　　記憶中爹只打過我一次。我 9 歲那年，偷了家裏的錢，買了些亂七八糟的東西。爹發了狠，把我綁在樓梯上，用繩子往死裏抽我，邊抽邊聲色俱厲地說「叫你不學好，叫你不學好！」打到最後，我一個勁地哭，爹也哭了。

　　爹把希望寄託在我身上。我初中畢業沒考上高中，不想讀了。爹不肯，領著我走了十五里山路到在鄰鄉一所有名的中學教書的老師家裏去，求著那位老師幫忙帶我去那所學校復讀。我記得爹當時的樣子，唯唯諾諾，生怕因為自己嘴笨說錯了話，把我的前途耽誤了。正是爹當時的樣子刺激了我，我一改平常吊兒郎當的樣子，發狠讀書，最終考取了學校。

長大後，我和爹互相攙扶著，支撐起這個家。在我 22 歲那年，爹患上了慢性腎炎。那時爹沒有錢，我在鄉村當老師，也沒錢。爹想放棄治療等死。我咬著牙緊緊握著爹的手說，別放棄，我來給你治。我找來許多藥典，訪了許多郎中，結合爹的身體情況，綜合了許多藥方，自作主張地為爹配了一付方子，並到山頭田邊，為爹採草藥。後來，我們村裏有許多患慢性腎炎的人都死了，可爹奇跡般地好了──或許，上蒼被我的孝心感動？

不管我到了哪裡，每回到家，我都會和爹一起坐下來聊聊天。我和爹都有說不完的話。我聊我的工作，爹會告訴我村裏頭發生的各種各樣的事。我們一老一少相談甚歡。雖然年齡各異，但村裏幾乎所有的人都說，我和爹形象酷肖！

──我和爹等在去機場大巴停靠的站臺邊。機場大巴遲遲不來，一場雨眼看就要來了。天空烏雲密佈，狂風捲地，閃電如蛇遊走。爹跳上了一輛回家的公交車，我只好緊緊跟上。

後來我幾次勸說爹再去機場，可爹說什麼也不肯了。爹到底還是捨不得讓我花費那四十塊錢。

爹看飛機的心願沒有完成，我很難受。

七

爹娘說要回去了。爹說老家東園那丘田的禾苗怕是乾死了，園陂那丘肯定長出了許多稗草。娘說請鄰居幫忙照看的畜牲可能瘦

了，還有家裏有個房間的窗戶好像忘了關，這幾天下雨雨水肯定劈進房裏了。

我和妻極力挽留他們，可他們堅持要走。我知道，爹娘是想家了。

爹娘已經完成了到省城看看兒子的心願。可是城市並不是他們的家。他們並不願意在城裏待下去。他們沒法在城裏找到認同感。

只好給他們買了車票。下午三點二十七分的火車。我向單位請了半天假，在家裏陪著爹娘，幫他們收拾行李。

和爹娘有一句沒一句地聊天，心裏卻湧起了對他們的擔心。他們在做兒子的家裏待了半個月，享受了一番難得的短暫的天倫之樂，又要回到那個只剩下他們兩個老人的家了。像幾乎所有天下爹娘一樣，他們年輕時為了讓兒女們有出息做牛做馬，可是兒女們真的一個個離開了家門，他們的晚景會如何的孤單！沒有人陪著他們，他們會不會把日子過得粗簡潦草？生病了，他們會不會瞞著不打電話告訴我們？

我從錢包裏抽出五百塊錢，說回去用這錢買點菜吃。

爹娘死活不肯要。他們一唱一和，說著不肯要錢的理由。爹說在這裏這些天花了你們不少錢呢。娘說你們在城裏，煤氣水電都要錢，人情往來交朋結友都要錢，買的房子每個月還要向銀行繳貸款，這錢就像水一樣，哪裡經花！爹說你們每年給的錢還剩大幾千呢，娘說我們在老家，不需要什麼花銷的。

我說這錢你們拿著。錢用掉了我會去賺。

爹娘說，我們知道崽賺錢不容易，每晚都寫到半夜才睡。

反覆勸說爹娘，爹娘只好收了。

整整一個上午，爹娘再也沒提錢的事。看爹娘的眼神，好像有什麼事情他們串通好了刻意瞞著我。我覺得不對勁，走到爹娘的房間拉開床頭櫃，竟看見我給的五百塊錢赫然放置其中。

我拿著錢朝爹娘吼，這只是我請朋友吃一頓飯的錢！逼迫他們收下。爹娘看他們的小伎倆被揭穿了，都悻悻地笑著。又經過一番推揉，爹娘總算是不情願地收下了。

送爹娘到火車站。買了站臺票和他們一起上了車，把他們安頓在座位上了。爹娘趕著我，說快去上班，別誤了工作。

我沒有走，站在過道上，反覆交待在火車上的注意事項，告訴他們上廁所怎麼開關門，擺在行李架上的行李下車時要記得撿，錢要小心保管，車開了不要把頭伸出車外。還有，回到縣城一定要在縣城的姐姐給我打電話。

我突然感到非常難受。我看到這一對生我養我的人在歲月面前的不堪老態，看到這兩個為生活耗盡了精血的老人在人群中的孱弱無助。他們攙扶著我走到了今天，可我對他們的回報除了僅僅作為一個安慰，其實一無是處。我是他們的兒子，可我並不能日日在他們身邊，護衛他們終老。對天下兒女來說，所謂對父母至孝，是幾乎不可能完成的事。

我走下了車，直到火車開動爹娘在玻璃背後的臉徐徐遠去，才告別了站臺。

晚上迫不及待地打電話給在縣城的姐姐。姐姐說爹娘到了，一路平安。娘接了電話，說：「那五百塊錢，依然放在床頭櫃裏，夾在

蟲子（我女兒的乳名）的一本舊作業本裏。別責怪我們，算是我們給孫女兒買東西吃的零花錢好不？」

我趕緊打開床頭櫃，翻開娘說的那本舊作業本。果然，那五百塊錢，五張經過了爹娘的手、還透著爹娘體溫的紙，依然整整齊齊地擱著。

爹！娘！

周家村筆記

族　譜

　　國有國史，縣有縣誌，村有族譜。周家村，這個位於中國江南中部、藏匿在一座叫做麓峰的小山陰影處的普通村莊，被幾乎所有人稱為老太公的族長家裏，珍藏著一部近一尺厚的族譜。那是周家村先祖遺贈給所有後裔的信物。它用文言文的書寫方式，詳細記載了周家村的緣起（據說周家村的人是周文王的後裔，唐天寶年間從陝西華陰遷徙到此）、山林、地產、墓葬、宗規祖訓，以及所有死去和活著的人的姓名、血緣、婚配和子嗣，死者則增述了卒年和葬址。它是遠比那座現實中的叫周家村的村子更為詳備的村莊，因為它是用時間構築的紙上故鄉。它不僅容納了生，還接納了死。它有著遠比現實中空間意義上的周家村更為複雜的運命、玄機。它記錄了周家村這個表面普通的村子千百年來隱藏在血脈裏的生死觀念。它比現實中的周家村更為長久，更有歷史感，更加遙遠、蒼茫。而現實的周家村，也許不過是族譜上的周家村的一個影子，一個幻象，一個微型的沙盤。那些不在現實的周家村現場的先祖在族譜中都長幼有序，面色高古。聽老族長說，他有時半夜裏會偶爾聽到族譜中傳

來的呼吸和咳嗽聲。而對老族長的這一關於貌似幻聽的講述，村裏幾乎所有的人都不加懷疑。人們有理由相信，長壽的生物會成精，記錄了一千多年歷史的族譜，自然也會有不同凡響之處。人們每說到族譜，都是一臉莊重敬畏的表情。事實上村裏人對族譜難得一見，只有在大年初一那一天，老族長才會雙手捧出它，放在祠堂正中的桌上。在他的主持之下，村裏年長的識文斷字的人恭恭敬敬地把昨年全村新添子嗣的姓名、生辰續上。那一天祠堂擠得水泄不通，人們紛紛趕來目睹一番族譜的尊容，並聆聽老族長及各位長老煞有介事的講古。而他們講述的內容，無疑都與祖先和族譜有關。那是一場深刻的訓示、教誨，人人垂手儀立，彷彿宣講的牧師面前虔誠的教徒，那本近一尺厚的、表皮近乎脫落的族譜，就是全村人禮拜的《聖經》。而依照祖制享有珍藏族譜功德的老族長，自然成了全村人的教父。他平日弓著背剪著雙手在村頭巷尾遊走，表情裏有一種神權天授的意味。他腰間掛著的那把鎖著族譜的箱子的、無比光亮的銅質老式鑰匙，彷彿皇帝的權杖。他成了周家村精神領袖式的人物，幾乎所有的人都臣服於他，他的話也因此有一種一言九鼎的威力，連上級任命的村支書都要敬他三分。如果把周家村當著一個小小的國家，那挾族譜以令族人的老族長就相當於君主立憲制的國體下的君王，而村支書不過是代他行使權力的首相。而事實上，那位 87 歲高齡的老族長是一個相當和善的、慈眉善目的老頭，他既不發號，也不施令，整天無所事事，在村頭巷尾的陰影中走動，享受著村裏人對他的尊敬，偶爾逗弄牆角的年輕母親懷裏的嬰兒，風中隨手擦

下不慎流出的鼻涕。因為老族長的不作為，整座周家村便有了一種無為而治的意味。

春 天

村口的那棵悶聲不響的桃樹突然有一天哎喲一聲叫了起來。樹旁周繼仁家剛剛開學的女兒渾然不知，拿著新課本坐在門口咿咿呀呀地讀書。而滿樹花骨朵的桃樹上膽大盛開的一朵桃花，像極了小女孩讀書時一張一合的嘴唇。

幾場雨水之後，地面是更泥濘了。而村前池塘裏的水光更足了，似乎可以引來點燈。

大片大片金黃的油菜花使周家村湧動著無邊的情欲。村中住著的周惠生家年前娶進門的媳婦已經有好一陣子沒來紅了。她的身子有些發軟。她想她很可能是懷孕了。為此她多少有些驚慌。

而她新婚的丈夫已經乘年後的班車去東莞打工。她對他的思念正如青草漫生，無邊無際，欲罷不能。

春天，天空雷霆滾過。燕子忙於築巢。不諳世事的蝌蚪在水中嬉戲。種子開始發芽。村裏人的額頭顯得光亮了許多。

而蚯蚓要從地底下爬出，在田埂上邁步。它無聲，軟足，動作遲緩，帶著亡靈的氣息。

而草叢裏在驚蟄過後的雷聲中醒來的花蛇有火焰的斑紋。

一個失蹤多年的人突然回到了故鄉。對自己的過去，他守口如瓶。沒有人知曉他曾經做下的一切。而故鄉宜於悔恨，春天宜於修復。

——春天，叫周家村的村莊重新復活，在桃花枝上的雨滴後面，那活過一千多年的村莊，又一副嬰兒的模樣。

女知青

女知青走在回周家村的路上。她搽脂抹粉，畫唇描眉，打扮得妖裏妖氣。她的頭髮甚至也染成了城裏人時髦的栗色。對這個行走在周家村路上的、妖精一樣的女人，周家村的人不免有幾分好奇。人們漸漸從她的業已變形的身段和五官中看出當年生活在村子裏的那個人的影子——當年那個叫小歡子的姑娘，腰桿細細，皮膚白皙，聲音甜美，脾氣超好，講一口你儂我儂的話，年齡二十左右了吧？幹起揮鐮割稻、挑土修堤等等重活並不遜於本地的村姑。後來她成為周家村學毛選積極分子周樹才的妻子，和一個女嬰的母親，幾與周家村的農婦無異。最後，他們離了婚，小歡子帶著女兒返了城。周家村上了年紀的人搞不懂，這個妖裏妖氣的女人是不是當年的小歡子。有人嘗試著低低地叫了一聲，沒想到她非常痛快地答應了。——事實上，她等著這聲叫喚已經很久了。全村人對女知青變得親熱了起來。

女知青來到了周家村。她想找回當初返城時來不及帶走的一隻箱子——一隻老式的藤條箱子。

村支書周年苟率領村幹部撬開了周樹才的門。周樹才家的大門緊鎖，他本人也去了廣東打工。而那隻箱子就在周樹才家的樓上。

撬門是不得已的辦法。(這使得整個場面像個莊嚴的儀式:所有人面對一隻老式的藤條箱子,神情莊重,和祭祀的場面頗有幾分相似。)

周年苟親手把箱子打開。箱子裏的灰塵轟的一聲散開。人們看到箱子裏的物品:一疊已經影像模糊的黑白照片,一面水銀剝落的小圓鏡,一把齒間還遺留著一兩根長黑髮的木梳,一把印了「抓革命促生產」紅色字樣的依然嶄新的白搪瓷茶缸,還有一本封面起霉的紅寶書,以及一疊散落在箱子裏的書信⋯⋯

女知青在周家村住了三天。是村委會排的飯。最後她帶走了這隻箱子。

女知青一直沒有向周家村的人說出她與周樹才生的女兒的現狀。那團從周家村遺落的骨血,因為女知青的刻意隱瞞,至今下落不明。

一個偷情故事

大多數青壯年都已離開周家村去城裏打工,老人、孩子和少數的壯勞力成了留守人員。住村子後面的鰥夫周茂才就是其中的一位。周茂才前兩年死了妻子。他的日子過得寡淡得很。他總想著把生活過出點味兒,最近,他特別想把幾棟屋前的羅小美搞到手。他已不滿足兩人路遇時的眉來眼去打情罵俏。羅小美長得好看,皮膚是曬不黑的白,兩個奶子鼓得像誘人的包子,一點都不像生過孩子的人。更關鍵的是,羅小美的老公年後也去廣東打工了。他從羅小美的眉眼裏就可以看出羅小美肯定也是寂寞難耐。某個夜晚他裝作

上茅房的樣子出門悄悄繞到羅小美的家門口。路上有幾條狗警惕地望了望，結果發現是他之後就都悄沒聲地走開了。倒是牆角的幾隻青蛙向他叫了兩聲。

他敲開了羅小美家的門。可事情並不依他所願。他遇到了麻煩。麻煩並不出自於羅小美，而是出於她10歲的兒子。她兒子半夜被尿憋醒了。他看到了周茂才。他還依輩分叫了一聲「茂才伯」。衣衫不整的周茂才頓時亂了方陣。周茂才從羅小美的家中躥出奪路而逃，這一次，巷子裏的狗再也忍不住發出了驚慌的吠聲。

周茂才一宿未眠。他知道羅小美的兒子成了一個炸彈。這顆炸彈一旦炸響，後果將難以設想。而羅小美肯定要想辦法把炸彈的引線掐斷。羅小美會想出什麼辦法來呢？周茂才在床上翻來覆去也想不明白。

第二天清早，羅小美在巷子裏罵街，說是她家一隻祖傳的銅香爐被偷了——曾經有一個古董販子向她出價一千元她都沒捨得買呢。這天殺的賊就知道欺負他們孤兒寡母！羅小美揚言偷盜者如不乖乖給她送回銅香爐或者一千元錢她就要告官，送他去坐牢。羅小美的罵街聲裏詳細描繪了偷香爐者的外貌，任何人都聽得出她指的是周茂才。

周茂才最後承擔了賊名，他託人向羅小美送去了一千塊錢。

周茂才偷雞不成反蝕米。周茂才好長時間都像霜打的茄子。他面對村裏人的取笑嘲諷都悶聲不響。他甚至從家裏找出一本破爛不堪的《三國》每天裝模作樣地翻看，到了晚上，他就把自己灌得酩酊大醉，再也大門不出。

周茂才一直想不通的是：羅小美的家裏是不是真的有過這麼一個銅香爐？

在這個青壯年大多出去打工、只留下老人孩子的村莊，正當壯年的周茂才的眼神裏除了委屈，還有一種無邊的，寂寞。

葬　禮

周宏遠不諳世事的孫子又一次把手偷偷伸到周宏遠的腳底去給周宏遠撓癢癢，可周宏遠一動不動，根本沒有給孫子一點點回應。他的孫子委屈得哭了起來。小孫孫不知道，他的爺爺已經死了。——周宏遠躺在床上，雙目緊閉，嘴巴微張，臉上既沒有對生活的怨氣，也沒有不捨和悲傷。相比平日那個面色黧黑脾氣暴躁整天怨天尤人的叫周宏遠的老頭，眼前的他脾氣要顯得溫順一些，臉也要白一些。人們有理由認為，真正的周宏遠已經隱形逃匿，而躺在床上一言不發的周宏遠只不過是那個逃跑的周宏遠的軀殼。

淨身、更衣、入棺……周宏遠身穿嶄新的玄色壽衣，頭戴禮帽。這使得他更是與那個整天在村裏晃悠的叫周宏遠的糟老頭相距甚遠——他看起來更像是一個舊時代有頭有臉的鄉紳。他躺在棺木裏，身旁擱著一根嶄新的文明棍，其滑稽的樣子讓許多人忍不住想笑。當在一陣嗩吶聲中棺木合上，墓釘重重地敲打下去之後，周宏遠就徹底地隱匿在黑暗中了。他的面容開始成為回憶。人們更加疑惑，這個躺在棺木裏的人，是否真的在周家村活過？——他是否真的在他人的菜地裏偷摘過一把韭菜？是否真的曾經趁著鄰居離開村莊，

潛入過鄰居媳婦的被窩裏過夜？他的額角上是否真的有過一個疤痕，作為他曾經與人打鬥過的印記？人們甚至懷疑，在亂哄哄的葬禮上的那具漆黑的棺木裏躺著的是否依然是周宏遠。也許叫周宏遠的死者已經化妝遁土逃匿，而現在棺木裏已經空無一人。也許現在在裏面躺著的是另一個不知名的死者，或者是已經死去多年的某個人，甚至是這個村莊建立以來的所有死者。那些死者，都已經變成了一個個影子，此刻正在周宏遠的棺木中，飲著葬禮上的酒相談甚歡，或者在葬禮上聽從嗩吶的召喚翩翩起舞。當我們按照沿襲的禮數滿懷悲切地為周宏遠送別，他們肯定會滿懷欣喜地列隊迎接。今夜，他們和我們在同一個屋子裏，可沒有人能夠看見他們。他們都沒有重量，沒有聲音，也沒有輪廓。人們有理由認為，周家村的每一次葬禮，都是獻給所有曾經在周家村活過的死者。

而對周家村的人來說，真正的周宏遠並沒有死去，他不過是出了遠門。他的脾性和溫度，依然被周家村精心保存。人們談起他來，依然用一種和顏悅色的語氣。

──周家村的人說一個人去世不是說「死了」，而是說「走了」。對周家村的人來說，死亡就是一場遠行。所以，也就無所謂過度悲傷。

鄉村教師

周家村的人每經過村子前面稻田中央那座書聲朗朗的小學校都要變得斯文許多。他們的腳步不由自主地放輕，說話的聲音也不由

自主地放低。他們和站在學校門口的老師打招呼的時候,臉上都堆滿了笑。因為與全村人不一樣的是,小學教師是這個村子裏唯一吃工作飯、有國家身份的一群人。

鄉村小學只有六七個教師,但他們足以構成周家村的另一個強大的存在。他們每天刷兩次牙(而在周家村,人們最多早上刷一次牙),熱愛洗澡,梳得整齊的頭髮散發出好聞的洗髮水的味道,皮膚也要比村裏人白皙。他們在課堂裏上課,說著和電視裏差不多的普通話。他們穿著皮鞋,即使夏天,也穿著襪子。他們大多戴近視眼鏡。他們即使穿平常衣服,也要比村裏人穿得乾淨好看。他們都是好脾氣的人,比起那些動不動就對自己的孩子拳打腳踢的人,他們似乎有超常的耐心。

把自己家的女兒嫁給學校的年輕男教師可能是所有周家村成年女子父母的願望。而年輕的民辦女教師無疑是村裏留守的光棍們的偶像。他們的薪水並不高,但他們的特殊身份足以讓全村人嚮往。

周家村小學的年輕教師中,剛剛師範畢業沒兩年、教三年級數學的劉祥玉做了周家村也是當教師的周坤元的女婿,教一年級語文的民辦女教師郭媛媛被村裏開拖拉機的周小三勾引到手。長絡腮鬍子、下巴刮得鐵青、被學生私下裏稱作「掛麵」的黃文生一直敞帚自珍,待價而沽。而其實,他暗戀的女子生得皓齒蛾眉,可是已經嫁到了鎮上,每次看到她從學校旁的小路上回周家村娘家,黃文生都是一副茫然若失的表情。

我就是周家村的鄉村教師中的一個。我得以娶周家村賣豆腐的羅娣英大嬸的女兒為妻。而相比我的妻子,也許我更愛我的岳母。

她對我比對她的親兒子還要好。她親手做的豆腐，是我至今為止認為最好吃的。

醫　生

大多數時候，周樹保都會待在他的診所裏，等待著病人的到來。村裏人有了感冒發燒、腹瀉腹痛什麼的，就都到這個小小的診所，讓周樹保量量體溫，聽聽胸音，察看眼白和舌苔，然後拿回些藥丸子，或者就在診所裏掛點滴。

如果來看病的人碰上周樹保不在（那通常是農忙季節，周樹保去田裏幹活了），就要在他的診所等上個把時辰。等不及的只要在村口朝田裏的方向喊一聲：「樹保醫師！」周樹保就是隔得再遠，也聽得見，因為當病人或者病人家屬在村口喊話，田裏其他幹活的人就知道村裏又有人患病了，都會把他的喊喚接力樣的傳到周樹保的耳中。這時候，周樹保就會擱下手上的活，急急地趕回他的診所，洗淨手上的泥巴，開始量體溫，看病象，開藥。

周樹保的診所其實是他家的老宅子的後院，並不大，只有二十個平米左右，屋內佈置也極簡單，唯一個藥櫃、一張辦公桌和四五張供病人打點滴用的躺椅，但這一點也不妨礙它成為周家村的類似命門的重要場所。

周樹保臉黑，平頭，他平常不穿白大褂，裝束舉止和一個普通農民沒什麼兩樣。但他是周家村唯一的醫生。這決定了他在周家村的特殊地位。幾乎所有人都念叨著他的好處：

二十多年前，周年苟只有幾歲大小的兒子患了急性肺炎，高燒四十一度，脈象都差不多停止了，周樹保一支強心劑，讓他得以起死回生。現在，他開上了拖拉機，還娶了村裏小學的民辦女教師郭媛媛為妻；

周泰元的老婆和婆婆吵了架一下想不開喝了農藥，周樹保為她洗了腸，救了她的命。現在，她也成了當婆婆的人了！

周聖忠的老婆難產，村裏的接生婆束手無策，周樹保臨危受命，硬是把孩子從孕婦的肚子裏生生拽了出來，母子俱獲平安；

……

周樹保熟悉村裏每個人的病史。他自然成了周家村相當受尊重的人。村裏無論誰家做紅白喜事，他都有酒份；晚上田裏放水，人們都會先讓他家的田地灌滿水。

我也曾經是到周樹保診所求醫的病人。有一次，我患了急性支氣管炎，到周樹保那裏拿了幾顆小小的藥丸。幾天之後，我得以痊癒。但有一點讓我很多年之後都耿耿於懷：就這幾顆小小的藥丸，周樹保收了我三塊五毛錢。要知道，我不僅是他的小兒子的語文老師，還是他的大女兒的未婚夫。直到我們結婚時，他把一台冰箱作為他女兒的陪嫁送給我，我才原諒了他。

賭　徒

周坤發過去是一個有說有笑的人，而最近，他變成了一個沉默的心事重重的人。周坤發過去是一個沒有不良嗜好的好脾氣的人，

最近他成了一個賭徒。他幾乎每天都會到周潤保家去。而全村人都知道，周潤保是個勞改釋放人員，曾經因偷竊被判過有期徒刑三年。他的的家裏差不多就是一個賭窩，村裏那些遊手好閒以逸待勞的人，都把周潤保當作他們的據點。他們在周潤保家裏賭博，或者密謀幹一些不三不四的勾當。而現在，老實本分的周坤發，成了周潤保家裏的常客。從周潤保家裏傳出的消息講，周坤發每次下賭注都狠，讓旁邊觀賭的人都心驚肉跳。到過周潤保家觀賭的人都說，在牌桌上目光兇狠的那個人，根本不像是平常老實本分的周坤發，倒更像是電影裏一擲千金的賭徒。人們差不多認為，周坤發要瘋了。

有人試圖阻止周坤發。他的兄弟長輩甚至平日和周坤發交好的人，都跑到周坤發家裏去勸說，要他不要再繼續賭下去，但周坤發不是沉默不語，就是把前來勸說的人罵出門去。

後來，再也沒有人敢去勸周坤發迷途知返，村裏人每談起周坤發都搖頭歎息，都說，一個好好的人眼看就要毀了。

周坤發到周潤保家裏賭了一個月，輸了將近五萬塊錢。

五萬塊，正好是周坤發的女兒周園秀一條命的價。就在一個月前，周園秀在廣州打工被車撞死了。肇事車主給周坤發賠了錢，五萬塊。

周坤發敢用這錢買酒買肉砌新房，扯佈置衣過新年？周坤發感到每一張票子，都有女兒的魂在上面。每一張百元大鈔上的紅顏色，都是女兒的血染成的。他不敢花裏面的任何一張票子。他選擇了把這錢花在賭桌上了。

輸了五萬塊錢的周坤發把自己右手的小拇指給剁了。

周坤發又變成了過去的周坤發了。他有說有笑，老實本分，不喝酒，不抽煙，不打牌，也不再與周潤保來往。只是，他右手的小拇指短了一截。

周坤發被剁掉的那一截小拇指並沒有丟掉。只有周坤發知道，它埋在女兒周園秀的墳裏。——周坤發想，有自己的一截小拇指陪著，女兒應該要少些寂寞吧？

暴雨中

雲在天上變得越來越重了，也越來越低了。眼看就要挨到屋頂了。

風開始在空中奔跑，速度越來越快。

閃電開始時並沒有聲音，只在天邊突然迸開，像一根老樟樹的根，分叉，有長長的鬚。

田地中央的樹，此刻像一個挨了自家男人的揍披頭散髮呼天搶地捶胸哭泣的悲傷婦人。

閃電再閃，雷就炸開了。那個撕心裂肺的痛呀。

所有的人都被趕到了屋內。平常人來人往的大地上此刻清了場。有還沒來得及回家的螞蟻，在路上急急地走。

然後雨下了。瘋狂的雨！就像鞭子，抽打在周家村的身上。或者像顯形的命運，讓所有的人都被迫服從，雙唇緊抿，全身戰慄。

時間消失了。大地一陣抽搐。沒有人知道，此刻自己身在何處。

　　叫周家村的村莊在暴雨中用腳緊緊地巴住泥土。欄裏那條暴烈的牛牯此刻的目光是多麼沉靜！

　　而那輛停在路口的拖拉機就像是一隻卑小的螞蟻。它平日裏的嘣嘣嘣的巨響，要麼熄滅於自己的喉嚨，要麼被天空收走。

　　暴雨中，所有的悔恨、罪惡、抵牾都被滌蕩乾淨。兩個不久前結下冤仇的壯年男子，在暴風雨過後冰釋前嫌，握手言和。

懷念一個愛讀《三國》的老人

在商業大廈的上空我猛然看到

我爺爺的面孔。我一眼

就能認出他來：一個沒有童年的老人。

……他曾經為他識文斷字而自豪，

但這世界上早已沒有他的立足之地。

——西川《方圓數里》

一

　　我的祖父是一個愛讀《三國》的人。——他熟悉《三國》中的每一個細節。我這麼說一點也沒有誇張。我不止聽一個人這麼說起過，我的祖父對《三國演義》一百二十回中的每一回都如數家珍。他熟悉《三國》裏的每個重要人物的脾氣、使用的兵器和與之相關的事蹟，就像熟悉他生活中的每一個人。他甚至能夠完整地背誦出裏面的許多詩句和精彩章節。

　　我的祖父遠不是滿腹經綸、動不動就對時局高談闊論的飽學之士，也不是家中藏書萬卷的書香門第的後裔。他只不過是個農民，一個略識文字的農民。因為他的父親在故鄉開了一家雜貨店，家境

還不算太壞，祖父年少時讀過幾年私塾。可是後來，祖父並沒有依祖父所願成為吟詩作賦知書達理的白面書生，他成了一個鄉村屠戶，一個與時局毫無關聯的鄉村手藝人。

我的祖父年輕時多少還是有些過人之處。他生得膀粗腰圓，體型彪悍威武，儼然古籍裏的壯士。他的力氣非常人所能比，曾經與人打賭，搬起祠堂裏約三百斤重的鐵鐘圍著天井邁步；又用牙齒咬過一大籮筐黃豆鐺鐺鐺上樓。他甚至徒手打死過蟒蛇，其場面至今被人說起都嘖嘖讚歎不已。他還懂得一些拳腳，喜歡與故鄉方圓十里八鄉的江湖人士切磋武藝，再加上他重情義，講義氣，便與許多人都成了拜把子的兄弟，甚至離故鄉百里的吉安府都有他的金蘭之交。可是他的脾氣並不是太好。他一不順心就會暴跳如雷，有誰得罪他了他會提著削骨尖刀把人追得抱頭鼠竄，讓二十世紀三十年代初的故鄉雞飛狗跳。而他高興的時候，他豪爽的無遮無攔的笑聲可以傳過好幾條巷子。

我的祖父天生是個軍人胚子。我想如果祖父參了軍，他會成為一個許世友式的英雄也說不定。祖父成長的年代，正是亂世：軍閥混戰。中原大地狼煙四起。毛澤東率領秋收起義隊伍浴血羅霄。然後是抗日戰爭和解放戰爭。然後是中華人民共和國宣告成立⋯⋯

故鄉所屬的吉水，亦是一塊烈士噴血的戰場。位於贛江以東的離故鄉百餘里的水南鎮，正是以毛澤東麾下大將黃公略命名的公略縣治所在地，毛澤東撰文讚賞的、與方志敏式的根據地齊名的李文林根據地的創建者李文林，就是吉水人氏。而跟隨毛澤東馬上奪天下者，更是數以萬計，後來成為共和國少將的吉水人，就有十多人。

　　亂世從軍，正是熱血男兒建功立業的坦途。狼煙四起，正召喚天下英雄中原飲血華山論劍。英雄不問出處，壯士起於草莽，雖戰死疆場又有何哉！腦袋掉了碗大的疤，二十年後又是一條好漢。

　　祖父沒有成為一名軍人是因為命運。他曾經兩次磨刀霍霍要投奔軍營，第一次，他走到紅軍正在招兵買馬的鎮上，並且真的穿上了幾天軍服，可還沒有走上戰場，身體一直像牛一般壯實的祖父竟然莫名其妙地生了一場大病，他不得已被部隊遣送回了故鄉。第二次，祖父與村裏的一幫壯實男子走了幾十里路去投奔紅軍，可正遇上軍營已按計劃招滿了人，暫時又沒有足夠的糧草養活更多的人，花光了盤纏的祖父和鄉親無奈只好返回故鄉。

　　祖父沒有像古籍裏寫得那樣得遇貴人相助，被能夠左右歷史的人慧眼相識。他多少有些時運不濟。祖父後來再沒有行伍參軍的打算。當然其中的玄機不甚了了。也許是與太祖父從中作梗，要留下祖父為他延續香火有關，也許兩次投軍失敗以後，祖父自認為自己天生沒有行伍的命，便含恨絕了念頭。

　　從此，娶妻生子，種地殺豬，直到終老。這是命運的著意安排，祖父焉能不從？

二

　　大約在上世紀三十年代中期行伍參軍的夢想破滅以後，我的祖父託人到吉安府購買了一套《三國演義》。他花了三塊半銀元。這對一個鄉村屠戶來說，算得上是一筆不菲的開支。至今依然活著的祖

母每說到這事就忿忿然：「這老棺材！」——他花上三塊半銀元買下的，為什麼不是《水滸》《紅樓夢》或者別的什麼？這其中隱含了祖父怎樣的趣味和機緣？

　　……遙想上世紀三四十年代，一盞昏黃的煤油燈下，我年輕的祖父勞作之餘，床頭振衣坐起，拿起其中的一卷，小心打開昨夜折疊的地方，又開始了對《三國》的閱讀。滿紙的烽煙四起，而深夜展讀的祖父如坐擁江山的君王，所有的文字都化為英雄和美人，城池和兵馬，刀槍劍戟和時運玄機：關雲長青龍偃月刀，溫酒斬華雄；張翼德大鬧阪橋，一吼亂曹營；曹孟德橫槊賦詩，文韜武略；趙子龍單騎救主，義薄雲天；周瑜潯陽點將，英姿勃發；諸葛亮羽扇輕搖，江山漸改顏色。城池霎時易主，主公危在旦夕。上天助我草船借箭，錦囊妙計又解重圍。屋內半夜沁涼，而紙上正與馬超格殺的許褚裸露的背上熱氣騰騰。窗外雨聲潺潺，而書中喊殺聲震天。眼前突然一道鋥亮的寒光，不是春天穿過窗臺的閃電，是一千多年前月夜某條神秘小徑上大刀的折光。天下合久必分，分久必合……欲知曹阿瞞性命如何，且聽下回分解……身邊的祖母在睡夢中發出了一聲不滿的嘟囔，而祖父用手沾了點兒口水，把書翻到了又一頁。窗外天色微明，而祖父依然沉浸於掌上的春秋，毫無睡意……

　　在上世紀三四十年代幾欲頹敗的中國鄉村，故鄉的一幢老宅子裏，祖父享受著浩大的精神盛宴，與千年前的英雄風雲際會。這個滿懷凌雲壯志卻時運不濟的年輕農民，他現實中未竟的夢想在《三國》中得以一一實現。他時而是守城的悲劇將領，時而是攻城的慷慨壯士，時而是老謀深算的帳中謀臣，正為將自己慧眼相識於草莽

之間的主公制定國策大計，時而又是兩軍交戰中的使臣，在他人帳下巧舌如簧……同樣是鄉村屠戶，同樣有一身好力氣和火爆脾氣，祖父彷彿是未發達時的張飛，依然在幹著剎牛殺豬的營生，而張飛正替代著祖父，在蜀軍帳下聽令，率領十萬將士浩浩蕩蕩走在行軍的路上。……故鄉老宅子裏磨得光亮的屠刀，正適合挑戰陣前叫囂的對手，而稻田裏開始變黃的稻子，正可以用作秋後三軍將士的糧草……

憑著一套《三國演義》，祖父的凡常生活變得無比生動了起來。我彷彿看見燈光下祖父嘴角毫不自知的笑意，他滿是血絲的眼睛變得無比光亮……——一套《三國》，在祖父的年輕時代，是可以澆胸中塊壘的烈酒，是冬天裏的暖陽，是炎熱夏季裏的穿堂涼風，是對應於平庸現實的壯闊夢境。

而現實中命運對祖父的捉弄遠沒有結束。二十世紀五十年代，一場災難降臨在我們整個家族頭上：我的故鄉是一個八姓雜居的村莊，各姓之間的爭鬥此時借助政治的烽火到了白熱化的程度。曾姓在鬥爭中處於劣勢，太祖父因此被故鄉定為「地主」。太祖父不多久就含恨死去。而到了六十年代「文化大革命」爆發，我們整個家族才知道這頂帽子到底有多重。

我的祖父五花大綁，跪倒在全村人的面前。帶刺的篾片，一次又一次抽打在他被剝光了衣服的脊背上。他寬闊的脊背，頓時血肉模糊。鄰里鄉親組成的人民振臂高呼聲震天，而祖父一言不發。人們突然發現，當年那個提著刀把人追得抱頭鼠竄的血性漢子，那個提著三百斤重的鐵鐘或者咬著一大籮筐黃豆上樓在眾人的注目中得意非凡的角色，瞬間變成了一個打不還手罵不還口的可憐蟲。

他的親兄弟──我的大祖父由於不堪忍受折磨上吊自殺，他沒有流一滴淚水。人們罵他「封建」──所謂「封建」，不是指他的思想多麼陳舊保守，而是「封建霸頭」的簡稱──我的祖父低頭認罪，對所有人的辱罵都逆來順受，對哪怕3歲孩子的笑臉相迎。

祖父知道他不能死。他殘忍地活著，就是為了讓由他衍生的整個家族免去傾巢覆卵之災。

而此時，唯一能給祖父帶來安慰的，恐怕就是他年輕時候日日閱讀的《三國》了。聽祖母講起，他有時整夜整夜地閱讀《三國》。

風吹動著眼前的煤油燈。燈光危險搖盪。床前祖父的陰影沉重如山。他被鞭撻過的脊背隱隱作痛。他把頭再一次投進《三國》的紙頁中。──他是否把自己當作三國中的黃蓋，認為所有的鞭撻只是上蒼對他實施苦肉計？或者自己就是正被刮骨療傷的關羽，疼痛過後所有的傷口都會癒合？他是否認為苦難一定會過去，就像《三國》所揭示的，世界合久必分，分久必合？

而祖父在文革中讀《三國》的感受，從沒有向任何人說起過。在祖母的描述中，祖父一直沉默寡言。除了知道他在苦熬，沒有人知道他心裏在想什麼。

──他會想些什麼呢？

三

我的祖父終於在二十世紀七十年代末把全家帶到了安全地帶。然後他迅速走向了衰老。經過了「文革」前後長達十數年的忍氣吞

聲，他晚年的脾氣變本加厲。他罵他的也已成家立業的兒女們，絲毫不顧及他們做了大人的臉面，有時甚至到了在飯桌上摔碗的程度。他動不動就對祖母吹鬍子瞪眼睛，經常提了鍋灶瓢盆一個人單過，把自己搞得滿臉鍋灰手忙腳亂狼狽不堪才肯甘休。他的意識裏似乎總有一個遠比他強大的對手，他想打敗他，而他根本看不見對手到底在哪裡。他的焦躁和暴烈既由此而來。

但祖父疼我。他面對我時的眼神裏總是充滿了他難得的慈愛。他把親戚來看他時帶來的餅乾、糖果一股腦兒地給我吃。他讓我陪他睡覺，他身上的那種鄉村老人才有的煙火氣息讓我至今依稀可聞。我挨了父母的揍，他聞訊後會急急趕來，大聲斥罵我的父母，然後滿巷子尋找天知道躲到哪裡去了的我——他在巷子裏迴盪的喚喊聲充滿了焦慮和牽掛。他還給我講《三國》：「只見張飛倒豎虎鬚，圓睜環眼，手持蛇矛，立馬於橋上，厲聲大喝：『我乃燕人張翼德也，誰敢與我決一死戰！』聲如巨雷……」「欲知孔明此去如何，且聽下文分解。」一個平常的夜晚在祖父拿腔拿調的聲音中陡然變得充滿懸念，意味深長。黑夜之中，聽著祖父的鼾聲，我睜大著眼睛，對遙遠的歷史，充滿了嚮往。他還教我背誦《希世賢文》，指望我從中學會些做人的道理。他教我練習拳腳，希望我能藉此強身健體。他中風後給我做示範動作時幾欲摔倒的樣子讓我至今想起就忍不住要笑出淚來。

可我小時候是一個簡直無惡不作的孩子。我打架，偷竊，裝神弄鬼，刁鑽狠毒。我曾經把一個與我打架的同學胸前的圓珠筆拔出毫不猶豫地插進了他的太陽穴。我還對一個長輩破口大罵，咬牙切齒地揚言要殺了她。我曾經把父母僅有的十塊錢偷來全部買了糖

果，父親發現後把我吊起在樓梯上用牛繩將我抽得半死。我還經常在晚上躲在黑暗處嚇我的伯母大嬸們，有幾次把她們嚇得魂飛魄散，呼吸不勻。我幹了壞事會經常整夜整夜地不回家，鄰居家的豬圈就是我最好的避難所。我還有點好逸惡勞的德性，為了逃避勞動我會躲在自己家的樓上。我像隻過冬的老鼠在樓板上的稻草堆裏蓄滿了可以吃的東西。一旦「有難」，我就會偷偷溜到樓上，心滿意足地過著自認為豐衣足食的日子。

幾乎所有的人都討厭我。我的班主任經常讓我跪在華主席的像前。我去老師辦公室交作業，我的數學老師會打開抽屜告訴我他的辦公室裏不會放錢。全校老師把我當作反面教材對同學們進行說教。我整天不落屋父母從來不會找我。有一次我的父親盛怒之下傷心欲絕地說生了我這樣的兒子不如絕種。

為什麼我會變成這樣一名不良少年？我的故鄉是一個資源短缺、弱肉強食的地方。由祖父祖母衍生的家族這時候已經膨脹成了幾十口人。我的父母天性懦弱，成天受村子和家族的人揶揄，甚至欺負。由於從小見多了親人之間的傾扎和故鄉人性之中的惡，我內心與生俱來的溫度逐漸散失。我變得好鬥，叛逆，歹毒，沒心沒肺和薄情寡義。

只有祖父疼我。——我不知道祖父對我的是出於人性中共有的舔犢之情，因為我是他的長孫，是他百年之後要端著他的祖先牌位護送他上山的人；還是祖父從我身上看到了他小時候的影子，好鬥叛逆的我正是他少年時代的翻版？或許，不管我多麼頑劣，可依然是我的整個家族歷經種種磨難後看到的一個希望？

可我對祖父對我的好並不領情。

為了能經常可以吃到親友們買來探望生病的祖父的食品，我竟希望祖父永遠病下去。

因為怨恨他沒有及時喊醒我看村裏後半夜放的電影，我暴跳如雷，號啕大哭，破口大罵。我竟然罵他「封建」！我記得他當時有點尷尬，可他並沒有發作，反而像個做錯了事的孩子。

他中了風的那個晚上，他躺在床上口齒不清，親友們圍在他的床前，我不僅沒有表示應有的難過，反而在聽到他把剛進門的大姑父的名字「茂香」喊成「茂德」時，我忍不住嘿嘿嘿地笑出聲來。

他快要死的時候，我竟然在他還沒有嚥氣的空隙，快步跑到村裏的曬場，向正等在那裏的人發佈關於祖父的消息。我對他們眉飛色舞地說，快了快了。我說最多半小時，祖父就會死。他現在吸進去的氣比呼出來的少。我還煞有介事地打了個比方，我說，比如他現在呼出來的是六口氣，吸進去的就只有五口了。等到他呼出最後一口氣時，他差不多就死了。

……

至今想起來，我是多麼的少不更事啊！

四

祖父死於 1982 年農曆七月初五。那一天他理了個髮。剛才他還和比他年輕得多的理髮師談笑風生，說古道今，可隨著理髮師收拾好工具離開家門，祖父突然就不行了。他的髮鬚平整潔淨，而他的

身子軟得就像一灘爛泥，即使在場的我、堂哥和四叔三人奮力把他架起，也是無法站立。他瞳孔裏的光像水波一樣急速散去。當他一躺在床上就迅速陷入了臨死前的昏迷。一個時辰之後他呼出了他在人世間的最後一口濁氣。他死了，死前沒有任何掙扎的痕跡。

淨身，更衣、入殮……祖父脫下了他平日的那身十分老舊的黑粗布衣衫，頭戴禮帽，身穿一身嶄新黑亮的對襟壽衣，樣子就像是一名有頭有臉的舊式鄉紳，正陷入赴會前的閉目養神。他的與身份不合的裝扮多少讓不懂事的我覺得有幾分滑稽。而他的表情安詳沉靜，滿是皺紋的臉上既沒有終於脫離苦海的欣喜，也沒有被迫與親人永別的悲傷和無奈，更沒有一生壯志未酬的不甘。這個脾氣暴烈不肯服輸的男人，臨死前終於露出了他難得的好脾氣——他向死神悉數投降，雙手握在胸前束手就擒。他死的時候 69 歲。

時光荏苒。今年我 36 歲了。我沒有如家人所擔心的那樣，成為一個盜賊、罪犯或者潑皮。正好相反，我成了一個好人，一個正直、善良的人，一個懂得敬畏的人，一個內心充滿暖意的人。我重情義，講義氣，喜歡廣交朋友，頗有些祖父遺風。而憶起童年，我是何等的羞愧、懊惱難當！我知道，是祖父對我的疼愛重新點燃了我內心的溫度。——他當年種在我心裏的那棵叫愛的種子，至今已經成材，搖盪著溫暖日光。可以這麼說，祖父的疼愛，對我無意於拯救。

我想念我的祖父了。我想他對我的好，想他身上鄉村老漢特有的煙火氣息。我有很多的問題想問祖父。我想他為什麼叫少年的我讀《希世賢文》、練武術，他究竟希望我成為怎樣的一個人？我至今成為了一個以寫作為生的人，是否已讓他滿意？如果當初我不是

年少無知,他還有多少秘密會向我傾訴?會有多少道和術要向我傳授?

也許是受了祖父的影響,我也成了一個愛讀《三國》的人。我以為,一部《三國》,既有張飛大鬧阪橋關雲長溫酒斬華雄的英勇,亦有呂布愛貂蟬式的英雄和美人之間令人唇齒生香的愛情;既有國與國之間的相互傾扎爭鬥,也有英雄與英雄之間肝膽相照的生死友誼。國家與個人,陰謀與智慧,生與死恩與仇愛與恨,令人奇妙地整合在這一百二十回構成的奇書之中。它不僅關乎政治、經濟、文化、軍事,甚至氣象、醫術、宗教等等也皆有涉獵。它不僅是中國古代三國時期群雄逐鹿的藝術再現,更有對中國歷史規律的生動揭示。

今天,當我捧讀《三國演義》頗有體會的時候,我想面對面地與祖父交流彼此的閱讀感受。我不知道祖父對《三國》中的哪個人最為喜歡,是張飛嗎?祖父與張飛有太多的相似:他們一同生於草莽,一同身陷亂世之中,一樣是屠戶,還一樣有一身好力氣性子都急躁。當然也許是那個赤膊與馬超格殺的許褚。祖父也喜歡舞刀弄槍,如此的與對手快意比試武功,定也是祖父最為嚮往的了。關雲長、趙子龍義薄雲天,一生重情義、講義氣的祖父把他們當作立世楷模也說不定。還有,祖父年輕時讀《三國》,與他在飽受屈辱和鞭撻的知天命之年的賞讀,心境上有哪些不同?一部《三國》,讓他從中學會了什麼?他的為人處事(他一生從未有負於人),與《三國》又有何關?

我想祖孫二人在故鄉的陽光下對談《三國》，一定是一件非常有意思的事情。可是，祖父已經不在了，永遠的不在了。

至今祖父死去已經二十多年了。在我的故鄉——江西吉水贛江邊的一個叫下隴洲的村子，祖父曾經生活過的痕跡已經基本上消失殆盡：

他曾經被叫了六十多年的名字已經鮮有人念起。

他的後代已經住進了嶄新的樓房裏，他曾經居住過、點著煤油燈夜讀《三國》的老屋已經頹圮。

與他同輩至今活著的老人們也都差不多要忘記他，每每說起他來總是含糊其辭，模棱兩可。他的形象甚至在仍然活著的年近 90 的祖母的記憶裏也是支離破碎，每當我向祖母打聽那些與祖父有關的陳年舊事，祖母總是嘟嘟囔囔，口齒不清，彷彿她的那座叫做記憶的園子已經荒蕪一片。

經過時間的改頭換面，我的兄弟們已經沒有一個人長得像他，當然也沒有一個有著像他一樣的壞脾氣。

即使是在我——曾經得到過他最多的疼愛的他的長孫的記憶裏，他的模樣也已經有了幾分模糊。我不記得他在世時是否愛飲酒，疲乏的時候是否會抽上兩口煙，他高興的時候是一副什麼樣子，悲傷的時候又是怎樣。

他的遺像（根據他在世時唯一的照片所繪）就擺在我老家房子裏的香案上——他頭戴禮帽，目光陰鬱銳利，彷彿是傳說中兵敗受縛的義軍首領。每次過年回老家，我都要盯著他看了一遍又一遍。

我的眼前總是一陣恍惚：這個人是否真的活過？他曾經有過怎樣的愛好和趣味？他還有多少事情不為我所知？

——時間無情，當我們回首，它的懷抱中，總是飄蕩著亡靈的身影。人世如廢墟荒涼，當我們置身其中喊上一聲，遠方傳來的，只是空蕩蕩的回聲！

《三國演義》卷首那首〈臨江仙〉讓人百感交集：

> 滾滾長江東逝水，浪花淘盡英雄。是非成敗轉頭空，
> 青山依舊在，幾度夕陽紅。
> 白髮漁樵江渚上，慣看秋月春風。一壺濁酒喜相逢，
> 古今多少事，都付笑談中。

五

我只有把對祖父的懷念，寄寓在《三國》之中。每當捧讀《三國演義》，我知道，我所閱讀的，不僅僅是千年前的英雄傳奇，也是我祖父的蒼涼一生。

而那套幾乎陪伴了祖父終生的《三國演義》，至今已經殘缺不全了，就像祖父整個的人生，已經不復完整。

祖父臨死前一年念叨得最多的就是他曾經花了他三個半銀元買下的《三國演義》。他多次痛恨自己的輕率，把它借給了鄰村一個並無多少誠信的人。祖父借給他的時候，還多少留了個心眼，留下了六卷，原本是做好分兩次出借的意思。但那個人一直沒有還給祖父。

並且，自從把《三國》借走了之後，這個人再也沒有在祖父眼前出現過。也許那個借書的人壓根就忘了他還書的承諾。對他來說，不過幾本破書而已，還不還算不得多大的事兒。是啊，在上世紀八十年代初的鄉村，哪裡再找得到像祖父那樣熱愛《三國》的人呢？

祖父只有日日催促我的父親和叔叔，要他們去向那個借書的人家裏專門索回。可是我的父輩們早已厭煩了這個老頭的囉嗦和暴躁。對他們來說，他們已經受夠了。他們壓根沒有按照祖父的意思去做過。也許他們誠心不想讓祖父得逞。而在中風之後，祖父無力的雙腿再也邁不出自己家的門檻了。

祖父死的時候沒有留下任何遺囑。他死去多年後，祖母偶爾夢見他，也是彼此間形同陌路。我想他早已經厭煩了這個世界。他已經完成了他一生的使命。而對他年輕時買下的《三國》的牽掛，可能就是他最後的心願了。

幾年前，我在老家的櫃子裏翻到了那剩下的六本《三國演義》。那是極老的版本，全圖繡像豎版繁體印刷，每個頁碼都標有「大上海書局藏版」字樣。金聖歎眉批，茂苑毛宗岡序始氏評。每一本經過時間的浸淫濡染都成了醬色。許多頁碼破損程度不一。一些頁碼還保留了祖父當年的折痕。揭開有簌簌的脆響。

——我雙手捧著這六本《三國》，就像捧著一件聖器，一件傳世的珍寶。我知道，那是祖父曾經日日誦讀的經書，也應該是我們在磨礪中分蘖的整個家族的見證。他珍藏了祖父的呼吸與心跳，脾性與溫度，人格與信念，遺恨屈辱和離合悲歡。如果我相信人的精神不死，那祖父的英靈，就常駐在這《三國》之中。

　　曾經幾次差點夢見祖父。我看到了他的背影，他頭戴禮帽，手成文明棍，身體依然魁梧彪悍，正向前疾步行走，正是我少年見到的模樣。我在夢裏拼命喊他，也許是夢裏的風太大，他總不肯轉身，讓我一睹他往日的容貌。我的喊叫聲越發凌厲，彷彿裂帛，可祖父越走越遠，轉瞬不見。在夢裏我絕望地哭了。醒來，滿臉全是淚水。半夜裏我索性披衣坐起，任憑淚水在黑暗中橫流。

　　今夜，我又想起我的祖父了。我小心翼翼鄭重其事地翻開六本殘本《三國》，以此感應祖父的魂魄，在字裏行間尋找他輾轉的軌跡——

　　祖父。我輕輕地喚了一聲。我頓時聽見了我的血脈中傳來巨大的回應聲。

一路向南

　　這是一個冬天的雨夜——一個讓底層人揪心和認命的濕漉漉的夜晚。車窗外，夜黑如漆，雨大如注。車頭上的刮雨器奮力地分開又合攏，馬達在雨中發出沉悶的低吼，彷彿那輛後六輪半成新的解放牌大貨車是一頭壞脾氣的騾子，在雨水的鞭打中，怒氣衝衝地打著粗重的響鼻。車燈照亮的道路，因此顯得幽晦不明，前程，變得吉凶未卜。而汽車的搖晃使車輛恰好有了搖籃的效果，我身後那張逼仄的骯髒的臭烘烘的小床上，正傳出了如雷的鼾聲。它來自於一個未婚男子肥胖的身體。這個原本清瘦的年輕人，自從幹上了長途司機這一行，身體竟然不可思議地迅速發胖，就像一個患了浮腫症的人那樣，彷彿無窮無盡的道路是一根吹氣管，把他的身體給吹成了氣球——他的身體裏充滿了對他幹的這一行當的怨氣。貨車的主人，一個姓楊的身材高大沉默寡言的中年漢子，此刻正一臉凜然地把握著方向盤。他有著與旅途相得益彰的黧黑皮膚和輪廓模糊的臉龐。由於長年身陷異鄉和旅途，他頭髮稀少，滿臉皺紋。許多年來，他像一個陀螺，被生活驅趕著在路上不停奔波。

　　「再跑兩趟就過年啦！……年底運價高，每趟可以賺近三千元呢。可跑完兩趟後，價再高我也不跑了，就等著舒舒服服過個年呢！這狗日的天氣！」（老楊語）

　　車子一慢再慢，最後停了下來。前面車輛的車牌號在前燈的映照下由遠至近，最後變得無比清晰──透過車尾的泥漿看到，它來自河南。它的後斗高高堆起，車上的貨物，用彩色篷布蓋得嚴嚴實實。那是一輛東風後六輪貨車。夜以繼日的長途奔波，使這輛泥漿滿身的貨車看起來就像一個蓬頭垢面的流浪漢。而它的前面，是更多的車輛──被迫停歇下來的等待通行的車輛，足有七八里長，數千輛之多。馬達聲和燈光使整條道路就像臥著一條呼吸粗重閃閃發光的長龍。而在更遠，無數汽車的前燈發出的光柱，穿過了重重雨幕，正不明就裏地向著堵車現場奔來。

　　通過對前面車輛下車方便的司機大聲問話得知，前面出車禍了。兩車相撞，三死一傷。

　　雨水依然傾盆而下，打得車頭嘭嘭作響──聲音急促，淒厲，令人驚悚。數千輛汽車馬達響著，車燈把整個雨夜照得慘白，彷彿靈堂前的白色燭光。──巨大的車隊，構成了一支龐大的的送葬隊伍，讓我駭然。

　　而此時老楊響起了輕微的鼾聲。他太疲倦了。車禍造成的堵車正好讓他有了短暫的休息時間。他的頭歪在座椅上，嘴巴微微張開，而雙手依然緊緊地攥著方向盤，狀如烈士。我脫下上衣，輕輕給他蓋上。

　　此刻，在這些車輛中，有多少司機借助這場車禍陷入了睡眠？而巨大的雨聲和馬達聲，將他們午夜的鼾聲，無情淹沒。

　　清晨我們來到了南康。雨停了。從故鄉江西吉水到南康，只有短短二百多里的路程，可我們走了整整一夜！貨車停在了一個路邊飯店前。而此時飯店前的空地上，已經停泊了六七輛掛著故鄉車牌的長途貨車。

　　老楊和已經醒來的胖子跳下了車。他們的頭髮蓬亂乾枯，面色如土，而他們的表情，竟有著回到家般的愉悅和輕鬆。他們大聲與飯店的主人──一對穿著潔淨的老年夫婦打著招呼，與已經在飯桌上就坐的其他人用我熟悉的鄉音調笑，而那些人用同樣的表情和鄉音與他們回應。很顯然，這裏是他們相約的據點。他們大聲咒罵著天氣，說起造成長時間堵車的那場車禍，以及他們的一些共同的零碎的話題。而我想，在門外，那些老朋友般碰面的機器騾子（貨車），是否也會用我們所不知道的方式進行問候？

　　胖子和老楊用門口的水管洗車，洗臉。他們的毛巾烏黑粗糙，和他們的臉相得益彰。借助洗臉的間隙，我從車頭正在滴答滴水的後視鏡裏看到，我頭髮凌亂，滿臉皺紋，表情陰鬱，兩眼佈滿了血色，與那個習慣在書桌前想入非非的書生判若兩人。

　　早上我們三人吃了一盤紅燒豬腳，一盤豆腐燒肉，一盤魚，一盤青菜，還有一個排骨湯，我們甚至還喝了一瓶叫烏雞酒的度數很低的酒。早餐是那麼的香甜！

　　貨車依然滾滾向前。天色竟然出奇地好，異鄉冬日的陽光透過車玻璃照在身上，舒適宜人。在路上，我看到：（1）在一輛嘟嘟嘟冒著黑煙的三輪車的後斗，一名裹著毛巾、衣服漿洗得乾淨的老婦，

正抱著孩子打盹。彷彿她不是身在顛簸的路上，而在鄉村安靜的廳堂。（2）有兩個人抄著手站在一輛四腳朝天的長途貨車旁邊，他們的神態既顯得百無聊賴，又似乎束手無策。他們的神態令人生疑：他們是這場車禍的當事人，還是無所事事的旁觀者？（3）我們的車停了下來。兩個穿著交警制服的人走過來撕下罰款票據，老楊從車窗探出頭掏錢遞給了他們。施罰者與受罰者之間，無比默契，讓我瞠目結舌。（4）一個路邊的農貿市場人山人海，而從裏面出來的人，他們的籃子裏裝滿了香燭、鞭炮、年畫……空氣中，因而彌漫著越來越濃郁的年味兒——這種氣息只能讓一個深陷旅途的人陡增無形的焦慮！（5）一輛長途臥鋪車相對開來。透過車玻璃，我看見，車上那些疲憊不堪神色恍惚的面孔，和堆滿了整個行李架的各式各樣的行李箱包。而車廂表面佈滿了穢物，顯然那是旅客暈車嘔吐的痕跡。——一群亡命天涯的人又將回到故鄉。有誰能知道他們內心裏寄居他鄉的悲涼？（6）一隻小豬旁若無人地穿過馬路，它慢騰騰的步履，彷彿它是一名風度翩翩的鄉村紳士，或者欲圖謀不軌的剪徑之徒。而老楊如臨大敵，換檔，減速，小心翼翼地讓過了它。類似滑稽劇的一幕不免讓我猜想：對一名長年在路上的人來說，或許任何的小閃失，背後都可能隱藏著讓人意料不到措手不及的兇險？……

晚上八九點鐘左右我們到達廣東紫金縣城。紫金縣城上空繁星滿天，彎月斜掛，一條銀河穿過天際。晚風溫暖，行走在闌珊的燈光下的人們，有的穿著夏季的拖鞋，有的穿著無袖的睡裙。昨夜急

促的雨水、寒冷的天氣、車禍、長時間的堵車，恍如隔世。——紫金，即是我們車上的大米要抵達的地點。

前來接車的是一個三十多歲的年輕人。他身材不高，臉上寫滿了生意人才有的精明。他用我們的鄉音與我們交談，當他轉過頭招呼卸車的當地工人，用的卻是我所聽不懂的當地的土話。這讓我愕然。聽老楊說，年輕人是紫金人，童年時曾因饑荒跟隨父母逃難到了我的故鄉吉水，受過很多苦。廣東改革開放後，他回到了家鄉，利用吉水豐富的大米資源和多年來建立起的人際關係做起了大米生意，發了大財。

年輕人大聲吆喝著搬運工人，手裏拿著電子計算器，口中唸唸有詞。他牛氣沖天的樣子，已看不出早年背井離鄉的淒苦悲涼。望著他的身影，我費力地猜想這個承受過命運如滄海桑田般巨變的人幽深的內心——隨親逃難的淒苦路程，竟然構成了今日財富的甜蜜通道，禍福之間的須臾轉換如鹹魚翻身，這在他心底會留下怎樣的印記？早年的逃難生活和今天的腰纏滿貫，對他而言哪一個更加真實？……

米店一盞明晃晃的燈下，堆滿了大米——米袋子上的文字標示著故鄉吉水不同的大米加工廠家的廠名和電話。它們飽浸了故鄉人的汗水。而故鄉，已在千里之外。

我們在紫金吃了晚飯，重新啟程。卸下了貨物的貨車空空蕩蕩，在深夜喑啞的道路上發出哐當哐當的銳重聲響。

貨車緩緩碾過凌晨的東莞市石碣鎮街道。它經過一個門口豎著綠色郵筒的郵政所（綠色郵筒裏，盛裝了多少還來不及郵走的異鄉人的歡氣、哭泣以及點滴的欣喜？），某個工廠的女工宿舍（宿舍外面裙裾在晨風中旗幟般飄揚，而它們的主人尚在夢中，依然在作最後的短暫沉迷，未曾從昨日的疲憊中醒來）……最後停在了一個菜市場旁邊。我不知道已經開始喧囂起來的菜市場是否一如紫金有來自故鄉的大米出售，但我知道，我的許多鄉親，就寄居在這座城市的屋簷下，等待著用汗水兌現夢想。

石碣，即是我搭乘老楊的貨車來廣東的目的地。我兩年沒見的弟弟，我的父母親牽掛不已的弟弟，就在這座城市出沒。

弟弟從一盞昏昏欲睡的路燈下閃出，邁著我熟悉的內八字腳向我們奔來。

他瘦了。一件圓領短袖汗衫穿在他身上，顯得空空蕩蕩，彷彿他的衣衫兜滿了異鄉的風雨。他的脖子比起兩年前在家時顯得細長！而他的臉上，有一種令對他非常熟悉的我陌生的、混合了亡命徒和嬉皮士的表情。兩年前，他高考落榜，隨著民工潮懵懵懂懂來到了廣東（赴廣東打工，基本上是故鄉農村青年的唯一出路）。兩年來，他在工地上扛過包，在電子廠做過工，應聘到惠陽一家藥材公司上班，不滿足公司分配的倉庫管理員的工作，跟一群四川仔跑單。後與四川仔發生爭執，險遭群毆，深夜逃亡到了石碣，乾脆在石碣待了下來，受聘在一家印刷公司跑業務。——弟弟在廣東兩年的經歷，超過了他在家鄉二十年來的全部！

即使弟弟在寫給家裏的信中談起他的變故用的是輕描淡寫的口氣，但這足以讓老實巴交沒見過世面的父母揪心。兩年來，由於雙手空空，弟弟沒有回過一次家。他的有家不歸使我們每年的年夜飯都吃得沉重。又到年關，弟弟又說不回家過年。我在父母的催促下來到石碣，就是為了給父母帶回一個弟弟平安的消息。

我們來到弟弟租賃的住宅──我由此見到了一個一無所有的打工仔的「家」：一個十多平米的房間裏，唯一床，一桌，一凳。兩個旅行包放在空地上，因為裝滿了東西而顯得鼓鼓囊囊。桌子上的一台舊黑白電視機，是這個房間裏的唯一的奢侈品。兩把紅色塑膠杯中斜立的牙刷，已經變形，顯然是用了很久的緣故，但還沒有來得及更換。另一把牙刷的主人，是弟弟在信中提到的他的女友，來自湖南，當我們走進的時候，她早已洗刷完畢，正忐忑不安地從床上坐起。

中午我們在弟弟那兒吃飯。弟弟的女朋友弄了一桌子的菜。我記得廚房內弟弟的液化氣罐小極，和故鄉常見的泡菜罐子差不多大小，除了方便搬動，我找不出買這麼小的煤氣罐的理由（而弟弟人生的下一站，將會在哪裡？）用來裝酒和吃飯的碗卻碩大，且花色不一，顯然是東拼西湊的緣故。

我們用大碗喝著啤酒。弟弟寡言，但幾碗酒下肚之後，他的目光逐漸變得銳利，彷彿一個牌桌上紅了眼的賭徒，讓我想起在來的旅途中疾速鞭打在車玻璃上嘭嘭作響的雨水。他說起他現在還顯得多少有些渺茫的理想（比如掙多少多少錢，蓋怎樣怎樣漂亮的房子），似乎是為了讓我安心，用的卻是那種賭氣的口氣。而我變得沉

默，兩年沒見，眼前的弟弟讓我感到陌生。以哥哥的身份初見他的同居女友讓我多少有些尷尬。而回憶往事和祝福未來都似乎顯得多餘。我喝酒，吃菜，心裏一片茫然。

吃完飯，我們告辭。當貨車發動了引擎，我看到弟弟和他的女友在車下揮手。弟弟似乎有些手足無措。他兩腳向內站立的樣子顯得局促。汽車發動時的風吹動著他原本就顯得過於寬大的衣衫，汽車的徐徐開動讓我在瞬間產生了錯覺：彷彿弟弟瘦削的身體，是一架正在被風托起的骨質薄脆的風箏……

下午我們到達了廣州。進入廣州城交通線赫然的六車道上，奔跑著寶馬、本田等豪華車輛。我們乘坐的滿面灰塵的大貨車，在這些車輛中間，和一名灰頭垢臉的民工在一群儀表堂堂氣度非凡的富翁中間沒什麼兩樣。

我們把車停在城外的一個停車場。在停車場內，我又看到在南康見過的那些車輛。而他們的主人，那些我見過的來自故鄉的面孔，已不知去向。按規定，貨車只有晚上才能入城。一個下午的空餘，正適合我帶老楊他們去中山南路拜訪舊友金。

坐在公交車上，我打量著車窗外的廣州城。廣州城街道上樹木蔥郁，空氣中透著南方的冬天才有的暖意，櫛比的高樓似有生命，讓人彷彿聽見它們拔節的聲音。我知道，這是一座充滿了夢想和奇跡的城市，是不斷製造神話傳奇的城市──一座似乎掌握了煉金術的城市。她的身體內蘊含著毀滅和重建的激情。她就像是一座巨大的磁場，吸引著千百萬人從四面八方向她奔來，哪怕有著燈蛾撲火的命運也在所不惜。

轉了三次車後，我看到了金——戴副眼鏡、西裝革履的金。他的樣子，遠比在故鄉要光鮮、體面，只有我知道，他內心的破碎。

金是一名作家，還在故鄉的時候，就在許多文學報刊發表過小說和散文，因此聲名鵲起。幾年前，他離開了故鄉，來到了廣州。他滿懷信心地希望在人們的口碑中遍地黃金的廣州能成為他的夢想之城。然而他輸了。從此他沒有再寫一件像樣的作品。他依然靠手中的筆活命，可他寫下的都是他曾經所不屑的長篇新聞報導和胡編亂造的採訪錄。他輾轉於報刊社、出版社之間，故鄉的朋友們總是不停地聽到他辭職的消息。由於長期在外飄蕩，他的家庭也出現了讓朋友們不解的變故：他與妻子離了婚，而在過去，他們看來是多麼恩愛的一對。他的兒子與他形同仇人，曾有一次，他回到故鄉，朋友們設計安排他與他正讀初中的兒子見了面。我永遠忘不了那一次尷尬的見面：他的兒子雙拳緊握，仇恨的眼睛裏溢滿了淚水，彷彿是一頭準備決鬥的小公牛！而他彷彿一名作錯了事的孩子，在一旁低著頭不停地表達著歉意……他的健康也一度受損：通過檢查得知，他患了嚴重的肺病。現在，他除了夢想（也許還有一筆聊勝於無的積蓄），已一無所有。而當年的夢想，是否也已被這個在路上的人揮霍一空？

金在一家排檔招待了我們。我們喝著珠江啤酒，有一句每一句地聊著天。我們談起了故鄉的朋友。一些零散的往事。為了讓晚飯吃得輕鬆些，金甚至聊起了他在廣州的一些趣聞，報紙上的小道消息……說到高興的時候，他還像過去一樣呵呵呵地笑起來，像個孩子。後來我們說到了讓我和他得以結識的文學。他說他還在寫小說，

還在寫……說到還在寫，他的聲音突然變得咬牙切齒，惡狠狠的表情彷彿他是一名屠戶。——金說起話來已沒有過去那樣聲若洪鐘，語速如激流般激越飛揚，而是變得緩慢，飄忽，甚至還透著身在病榻上的人的力不從心。

我知道對金來說，堅硬的現實和飄忽、脆弱的夢想的天平早已傾斜，而他無法掌握之間的平衡。金如一個立於危崖的歷險者。除了手中的那枝筆，他已經輸得精光。他成了一個無家可歸的人。我突然想起崔健的那首《紅旗下的蛋》：現實是塊石頭，而精神是枚蛋。我不知道，在堅硬的現實面前，金的內心，是否還能像一枚蛋，有著孵化新的希望的可能？

我惟願金所說的還在寫作不是一句謊言。對一個浪子來說，寫作可能是抵達故鄉的另一種方式。我惟願他傷痕累累的內心，能夠在他用筆構建的溫柔故鄉裏，得到些許的修復和撫慰。——儘管文學在這個物欲橫流的時代裏，受盡了冷落和嘲諷。

一盞鍠亮的燈把貨場照得亮如白晝：水泥裸露的灰色屋頂。凌亂不堪地隨意擺放著的裝滿了貨物的紙箱。我們乘坐的貨車停在中央，好像一頭饑餓的等待餵食的巨型怪獸。幾名民工模樣的中年男子正在把紙箱往貨車上揹運。而他們的影子，在地上移動，悠長，黑暗，沉重，彷彿一群苦命的幽靈，正在結伴進行一場永無終點的旅行。

而在另一盞燈光照亮的室內，空氣潮濕，悶熱。蚊子的聲音仿若雷鳴。幾張雙層的簡易木床擺在三面的牆邊。床上的被子亂七八

糟，依稀可以看見幾本封面圖畫庸俗不堪的非法出版的雜誌。牆上胡亂釘著幾張搔首弄姿的不知名的女人像。一個身體瘦弱的漢子正在自來水池邊沖澡。幾個男子正在打牌，間或發出我無法聽懂的爭吵。他們的臉上，或多或少地貼上了紙條，顯示他們在不同牌局中的輸贏程度。其中一個，臉上的紙條已經將他整張臉遮蔽，顯然他是輸得最慘的一個。——這種簡單的遊戲正構成他們生存境況的隱喻：無論他們是萍水相逢還是結伴而來，他們的命運在這個貨場卻有著驚人的一致。對他們來說，人生就像他們手中的紙牌，他們渴望借助好運氣翻身，可是他們透支了夢想，可得到的總是白條，何時才是兌換的日子？

半夜，貨物裝滿了貨車。老楊發動了引擎。貨車開動，我回頭看見，那幾個搬運了一夜的中年男子正坐在地上休息，用衣服下擺擦滿臉的汗水。而那盞燈依然錚亮不熄。它似乎要將所有異鄉人的夢境和命運，洞穿和照見。

廣州逐漸遠去。一路上燈盞依次熄滅如花朵凋落。裝滿了貨物的貨車，呼嘯著滾滾前行。

回家。回家。我知道我腳下的路，就是無數故鄉的打工仔每年年底帶著他們的斬獲和傷痕奔赴家鄉的纏綿旅程，也是他們背井離鄉來到廣州的命定的長途。只有少量運氣垂青的人士可以將它變成成功者才可以佩戴的金腰帶，而對大多數人來說，它不過是捆綁他們上路的繩索。它是供夢想滑翔的跑道，也是抽打在無數時運不濟的人身上的鞭子。在這條路上，岔道眾多，稍有不慎，就會有誤入歧途的可能。

而身後那張逼仄骯髒的臭烘烘的小床上，胖子在睡眠中不斷地翻身，彷彿一個正被追殺的人急於掩藏自身。他偶爾的酣聲，粗重，急促，充滿了生活在底層的人們長籲短歎的意味。我想起了那幾個搬運的中年男子。靠出賣力氣為生、疲憊不堪的他們此刻是否已經入睡？他們在那個潮濕悶熱的房子裏的睡眠，是否會一如胖子，發出粗重、急促的鼾聲？在睡夢中，他們是否會忘記自己當下的不堪處境，把夢裏的星星當作自己的鑽石摟在懷裏？

貨車轟鳴。車燈照得路面一片慘白。有車遠遠地對面開來，我似乎聽到了路上傳來的無數踉蹌的腳步聲。

⋯⋯

那是 2000 年冬天。我乘著一輛解放牌後六輪大貨車去了一趟廣東。我記得貨車的車牌為贛 D35368。貨車的主人老楊，一名 1979 年退伍的老軍人，一個有著十多年車齡的老司機。我記得一路上他給我說起他開著這輛貨車的幾次死裏逃生的經歷：有一次，他在去河南的路上遭遇了大霧，不慎與一輛裝載電線桿的貨車車尾相撞，一根電線桿穿過車玻璃邃然頂在了坐在副駕駛位置上的同伴胸前，這個七尺男兒竟抱著流血不止昏迷不醒的同伴嚇得號啕大哭了起來！又有一次，他把車停在路邊下車方便，不料有一輛大客車直衝過來，把他的貨車蠻不講理地撞下了路旁的田地裏！據老楊自己說，他當時嚇得腳上的鞋子都跑掉啦！還有一次，他遭遇了搶劫。劫匪只有零星收穫，原因是他將幾萬元貨款藏進了貨車後斗下的工具箱裏⋯⋯我記得老楊說起這些故事顯得輕描淡寫，說到開心時，

他還笑！而老楊一點也不知道，他的這些故事，讓我一路上懷著怎樣的不安！

而我們平安地去，又平安地回來。

──謹以此文紀念 2000 年冬天的旅行，並祝福天下所有揣著夢想常年在路上奔波的人們：平安。

永遠的暗疾

一

　　二十多年後，當我想到要把當年發生在故鄉的那場瘟疫描寫出來，我不知道我的文字是否會驚動因為這場瘟疫而死去的長眠於地下的幽靈。但我把這樣的寫作當成一種承擔。正如卡繆在《鼠疫》裏寫的那樣：「他之所以這樣做是因為他不願在事實面前保持緘默。」

　　事情得從我的父親說起。父親那年 32 歲。正當壯年的父親身體壯得像一條牛，體重達一百四十多斤，村裏人都驚奇同是吃五穀雜糧，父親的體格卻何以如此強壯。他力大無比，可挑一百八十斤糧食健步如飛。生產隊裏再疲逞奸滑的牲口，到了父親手裏都是威猛角色，原因據說是它們懼怕和它們同樣威猛的父親。

　　可有一天，父親像往常一樣犁完地回來，第二天，他躺在床上掙扎了很久也沒有爬起來。他發現他滿身的力氣竟然一夜間跑得無影無蹤——他甚至連獨立完成小便這樣的力氣都沒有了。他的全身竟像炭火一樣滾燙。他的一百四十多斤重的身體竟像棉花一樣輕。

　　疾病的到來幾乎沒有一點徵兆。聞訊趕來的村醫在父親的床前忙得滿頭大汗後一籌莫展。這個在故鄉以醫術高明聞名的、後來曾

把我瀕死的弟弟搶救過來的人，竟對父親的病束手無策。他得出的結論是，父親得的是一種怪病──他行醫幾十年從沒聽過和見過的一種病。

幾天後父親開始吐血。開始是小口小口的，後來變成大口大口──血在他的身體內似乎沒有耐心待下去，紛紛匯集他的肺部，然後相邀著往喉嚨湧來。他甚至想在親友的幫助下翻個身也不可能，他稍微轉動身體血就會汩汩地往外流，好像他的身體是一塊吸飽了血的海綿。一間潮濕陰暗光線微弱的老房子裏充滿了血腥氣息。從一個很小的窗戶漏下的五月的陽光照在父親慘白而瘦削的充滿恐懼的臉上。他的床前圍著我的祖父祖母叔叔嬸嬸們。父親大口大口吐血的樣子讓我的家人感到害怕：他們相信，用不了多久，父親就要把他身體裏的血全部吐掉的。

父親得怪病的事瞬間傳遍了故鄉的每一個角落。故鄉人自然而然地把前段時間村裏發生的一件怪事聯繫起來：生產隊組織壯年男子在滿是亂墳的叫東園的荒地上挖掘建造學校的地基，竟在又乾又硬的深土層挖到一條只在陰濕地裏生活的黃鱔。黃鱔當場斷為兩截，並且流出殷紅的血。而當時挖到黃鱔的男子，就是我的父親。村裏人由此有了一個說法：這塊地在整個村莊的地形中為龍身。黃鱔即龍之幻化。大家的鐵鍬傷及龍脈了。村莊要大禍臨頭了。

恐懼迅速籠罩著故鄉。緊接著的一件事實使這種恐懼加劇：全村二十多個男子病倒，其症狀和父親的一模一樣。

瘟疫的發生就是這樣讓人措手不及。那一年是 1975 年。1975 年的故鄉充滿了一種令人作嘔的血腥氣。1975 年的故鄉就像一盆

火，二十多個發著高燒的壯年男子是這盆火中滾燙的炭——恐懼是火盆中尚未燃燒的黑的部分。對疾病的不可知衍生的恐懼使巫術和迷信在故鄉開始大行其道。風水先生、神漢和花小姐（民間相傳可以通陰的女子）有了很大市場。恐懼迅速蔓延到了故鄉方圓的村莊，所有鄰村的人要經過我村都捨近求遠屏息掩面小心翼翼繞道而行——似乎如果呼吸急促腳步沉重瘟神就會附體纏身。

這件大事在縣誌「大事記」裏是這樣記載的：1975 年，楓江鄉下隴洲村（我的家鄉的名稱）發生勾端螺旋體病，發病二十二人，死亡兩人。

——後來聞訊紛紛從公社、縣、地、省趕來的醫生和衛生專家證明：所謂的挖斷黃鱔傷及龍脈之說純屬無稽之談。發生瘟疫的真正原因是當時正值春耕，田裏大量使用農家肥使勾端螺旋體病菌大量繁殖。病菌一旦侵入人體，就會迅速在身體中肆虐。而病菌侵入人體的通道，是鄉村漢子們在農活中因受傷而留下的腳上的創口。

以土為命的人，哪一個身體上沒有一兩個未癒合的傷口？！

二

1975 年我只有 4 歲。4 歲的我，記住了在這場瘟疫中喪生的兩人的名字。隨著年齡的漸增，我知道了在瘟疫的陰影下掙扎的兩家人的命運。二十多年後的今天，當我想到要把它描述出來，我為生命在死神面前竟如此脆弱和渺小感到深深的震驚。

在 1975 年故鄉的那場瘟疫中死去的兩人，名字分別叫玉生和雲貴。

　　玉生是我家鄰居。玉生兄弟三人，他排行老大。1975 年時他已結婚，有一子一女。他的父親喜傳解放前是個鴉片鬼，把一個挺有錢的家都化為一縷輕煙。他的母親是個勤快麻利、任勞任怨的女人。

　　玉生塊頭大，他身上的力氣就像水一樣多。並且他能吃苦，全村聞名。他的好脾氣更是成為村裏女人們埋怨自己丈夫時的佐證。在他父親手上敗落的家因為他的勤苦發生了轉機：娶了媳婦，生了崽女，家裏人氣旺了，並在我家隔壁蓋起了一棟新瓦房。──他因好脾氣贏得了愛情，因勤苦扶起了他家本已搖搖欲墜的尊嚴。

　　然而瘟疫來了。玉生把他身體內的最後一滴血都吐光了。等到省地縣的醫生來到村裏，病菌已經全部毀壞了他的肺腑肝脾。玉生對命運如此的安排有一萬個不甘。他含恨而去。他咽下了最後一口氣可眼睛總不肯閉上。他死後，他的媳婦經常在半夜大汗淋淋地醒來，原因是又在夢中看見死鬼臨死前那雙睜開的含恨的眼睛。他家那棟由他親手砌起的瓦房內，經常傳來他母親與他對話的聲音──他母親說，他經常在深夜回家陪伴她。──小時候，玉生家經常鬧鬼讓我的童年有了深深的恐懼。

　　玉生死了，他失去了支撐的家從此又成了一片廢墟。──不久他因抽鴉片患上嚴重的哮喘病常年咳嗽不斷的父親喜傳死去。他的媳婦改嫁給村裏的老單身漢。他的兒子在 10 歲那年得腦膜炎死了。──他的兒子是我童年的玩伴，他的死讓我感到悲傷。他被他的二叔扛在肩上去鄉醫院看病的路上遇見我時還給了我一個調皮的微笑──那是一個不知死亡將至的懵懂的微笑。他的大弟娶了個潑婦，每天把家裏鬧得雞犬不寧。他的二弟因為掙不來討媳婦的錢，至今

年近 40 依然未婚。他的母親，一位面色愁苦的鄉下老女人，年逾 70 依然扛犁背耙，下地勞作，以維持殘存的生命。他的女兒遠嫁他鄉，因為久不相見，不知命運如何。

我至今依然記得玉生患嚴重哮喘病的父親——那位曾經年少輕狂老年痛失愛子的名叫喜傳的老人冬天經常坐在我家牆邊曬太陽的情景。老人穿著一件翻著白色羊毛領的已經骯髒不堪的羊毛棉襖（那時他曾經闊過的唯一證明），骨瘦如柴，目光空洞而絕望，間或大口地喘著氣，咳嗽起來就沒個完讓人揪心。——那是一種十分乾燥的咳嗽，好像是一塊龜裂的大地發出的呼喊。他的咳嗽讓我小小年紀就明白了，什麼是苟延殘喘。

想起玉生的父親從患哮喘病的喉嚨裏費力發出的咳嗽，想起玉生的母親那個扛犁背耙的形同灰燼的背影，我就忍不住想起余華的小說《活著》中的福貴。——鄉村從不缺少這類苦難的題材。——死亡就像推倒了多米諾骨牌。隨著玉生的死去，他的家族無可阻扼地滑向苦難的深淵。

雲貴是在這場瘟疫中死去的第二人。我至今記得他的死亡的現場——我有生以來經歷的第一個死亡現場。在村裏西邊的那個幾十畝地大的曬場上，曬墊搭成的人字形帳篷下，同樣壯年的雲貴，被瘟疫奪取了最後一滴血和最後一絲呼吸的雲貴，就躺在那具還沒有來得及上漆的白森森的棺木裏。棺木旁邊是散落的稻草，還有他的在太陽下搶天呼地的母親。我第一次知道了悲慟竟然可以讓一個人坍塌——他的母親竟然哭得沒有人樣，五官和身體都已變形，全身都浸在了悲嚎聲和淚水裏，狀如鬼魅。六月熱辣辣的陽光從天上潑

下來，我卻分明感到了帳篷下棺木裏以及他的母親身體裏死亡和悲慟的寒氣。帳篷四周幾乎沒有任何人，瘟疫收去了所有人的同情，死亡已成為已經風聲鶴唳的村莊的最大禁忌。——除了年僅 4 歲的我。

我不知道我當時是怎樣從家裏走出來的，也許因為父親的病已經把家裏人都忙壞了而對我無暇顧及。我呆呆地站在荒涼的曬場上，看著這駭人的一幕，不感到炎熱，竟然也沒有恐懼，只是充滿了無辜和委屈。沒有一個人理我——死者雲貴沉浸在死亡賜予的永遠的陰涼之中，他的母親沉浸在痛失愛子的悲慟之中，緊閉的大門裏的人們沉浸在無邊無際的恐懼之中。一種徹心徹肺的孤獨包圍了我。陽光下我看到了自己的影子，竟然透著徹骨的寒冷。——從 5 月到 6 月，我的村莊在死亡線上已經掙扎了一個多月。

死亡襲擊了年僅 4 歲孤立無援的我，並成為我心中永久的珍藏，就像一道傷口，留下了永久的烙印。至今我竟然清楚地記得這令人心碎的一幕！

死亡也同樣推倒了雲貴的家。他的妻子也改了嫁，不同的是，她嫁到了外縣，徹底遠離了這個讓她傷心的地方。他唯一的兒子竟然在 20 歲那年神秘地死亡——據說有算命先生早就算到他活不了20 歲。他的父親前幾年也去世了，這是我打電話回家父親告訴我的。這個好端端的家，現在只活下來了一個人——他的母親，活在一種沒有任何盼頭得不到任何安慰的光景裏。這個因駝背幾乎貼著地面走路的老女人，就像一隻巨大的背著一副重重的殼的蝸牛——那副殼裏珍藏著無數的悲傷和對命運安排的怨氣，還有支撐著她頑強活著的對死神的極端仇恨。

　　妻嫁子亡，兔死狗烹，兩家人的命運竟是如此的相似！他們的命運讓我至今想起來十分後怕。我常常想，如果父親那時候沒有活過來，我該是一個什麼命運？至今我會在何方棲息？命運的手掌會把我推向什麼樣的深淵？（這種發問讓我常常半夜披衣坐起，不寒而慄。）

　　我清楚地知道兩個在瘟疫中喪生的人家的命運，記得雲貴死亡的現場，我卻不記得這場瘟疫中的其他點滴。二十多年後當我妄圖打撈起我 4 歲時這場瘟疫的記憶——發生在我的出生之地的那場驚心動魄的戰鬥，我的鄉親在死亡線上的絕望掙扎……我竟然發現一切是徒勞的。我對那場瘟疫並沒有多少印象。我甚至連父親是否得過這麼一種病表示懷疑。在關於老家那棟潮濕陰暗的房子的記憶中，大口大口吐血的父親總是不在現場。我的關於父親疾病的故事來源於依然健在的祖母和母親。這是怎麼一回事呢？——人的記憶到底有著怎樣的密碼？

　　說我對父親缺乏感情是不恰當的。父親曾在我 22 歲時患過慢性腎炎，當時家裏缺乏去大醫院治病的錢，並且這種病在現代醫學裏是一種根本治不好的病。為救治父親我竟然到處拜訪民間郎中，尋訪良方良藥，買來大量的醫書。郎中開的藥方，我都一一在醫書中查找和核對每一種藥的藥性和毒性，甚至自作主張增減劑量，並且親自到田埂地頭山間水旁採摘草藥。藥煎好後每次都督促父親服下。我為救治父親不顧一切的樣子，像個瘋子。父親的病就這樣奇跡般地痊癒了。村裏有患這種病的人因為缺乏救治後來病情加重轉入尿毒癥死亡，父親竟又一次活了過來。

可我竟對父親 1975 年患病的歷史一無所知。作為他的兒子，1975 年已經 4 歲的我應該常常在他的床前的。可我的記憶中竟然沒有一點關於這個事件的影子。難道⋯⋯難道只有死亡才能夠得上資格被最初的記憶收藏？

三

父親後來奇跡般地活了下來。他得到了來自省地縣的醫生的及時救治。而祖母的解釋是另外一個樣子：在外工作的三叔回家看望父親時帶來了不知從哪裡弄來的兩隻碩大的百年老參，病急亂投醫的父親用最後一點力氣把兩隻人參熬的參湯全部喝光。──是那兩隻人參救了父親的命。

父親奇跡般地活了過來。可從那場瘟疫中活過來的父親已經與以前大不一樣了。──他的體重銳減，從此再未超過一百二十斤，並且體弱多病──好像他是一塊經過焚燒的木炭，充滿了灰燼。過去，他伶牙俐齒，瘟疫過後，他變得口訥目呆，目光空洞迷茫；瘟疫之前，他好強自尊，而之後，他成了一個打不還手罵不還口的人。在村裏受了別人欺負，有人打抱不平，他悶聲不響的樣子反讓人懷疑自己多事；瘟疫前，他是一個手腳麻利的人，之後，他成了一個動作遲緩的人，好像疾病使他身體裏的馬達減速。農村實行聯產承包制之後，因為他的遲緩，我家的責任田裏，經常傳出母親的怨罵──這幾乎成了故鄉田野上一道人人熟知的風景。對父親的瘟疫前後的巨大反差，人們說，那場瘟疫讓父親病傻了。

望著父親這個幾近灰燼的沉默身影，我這樣猜想，也許那場瘟疫，已經讓父親透支了所有的力氣和勇氣，也許，經過了那場生與死的慘烈搏鬥之後，外表鄙瑣的父親甚至比別人更有一種臨深淵而無畏的勇氣，他對生命有了比別人更深的理解：只要活著，哪怕像在那場瘟疫中喪生的雲貴的母親一樣的活著，就是對死神的最大蔑視，就是贏得了生命最初和最後的尊嚴，而所謂的那些人世間的蠅營狗苟，於他並不值一提。或者，他總是懷著從那場瘟疫中活過來的僥倖，深刻地體會到活下來的幸福，對生命充滿了珍愛和感恩？

——從我 22 歲那年父親患慢性腎炎那件事得知，父親其實是一個對生命充滿憐惜、對人世懷著暖意的人。他表情凜然，能嚴格按我的囑咐按時服藥，堅守這種病所要求的相當苛刻的飲食禁忌，常常靜聽身體裏的症狀，對我言聽計從，像個孩子。

以上權當我的妄自猜度。我不知道父親對 1975 年的那場瘟疫有著怎樣的記憶，我不知道，作為同年的病友和曾經的鄰居，玉生是否半夜從墳地裏爬起找過他與他交談。父親總是對那場瘟疫守口如瓶。1975 年的瘟疫已經成了父親的禁忌。即使在寫這篇文章前我打電話回家向父親詢問，父親除了告訴我當年他發病的一些症狀，拒絕回答任何問題。

四

可父親並不知道，4 歲時發生的那場瘟疫已經成為我的身體裏永遠的印記。它使我對死亡和疾病有了一種近乎神經質的敏感，每

一場類似於感冒發燒咳嗽的小恙都讓我感到自己的身體像一朵輕飄的棉花，就像父親患病當年那樣，都讓我有了一種赴死的悲烈。每一個與我有關或無關的人的死亡，都會讓我感同身受，4 歲時的那種徹心透骨的孤獨和寒涼就會瞬間充滿全身。記得一次出差途中，我親眼目睹了一場車禍，一聲巨響之後，當滿頭是血的司機從像被揉碎了的紙團一樣的汽車中爬出來又轟的一聲倒在地上時，讓同行的人詫異的是，外表強壯高大的我竟然不能自持，痛哭失聲。

4 歲時發生的那場瘟疫構成了我的內心最初的黑暗。那是一團有生命的黑暗，我所經歷過的每一場疾病和我耳聞目睹的每一次死亡都使這團黑暗變大加深。我的身體因此成為一個越來越大的黑洞──黑洞裏盛滿了我對死亡近乎本然的恐懼。在一篇文章中我這樣寫道：「（黑洞）彷彿隨時都有坍塌的可能。這在外表一點也看不出來。有一天人們會聽到一聲巨響──耳朵聽不見的一聲巨響。」──對死亡的恐懼造就了我悲憫的心態，並且使我有了一種與年齡遠不相稱的類似老年人才有的悲涼和沉靜表情。它甚至影響了我對生活的趣味和對整個人生的設計。在我的人生呈現出更多的可能時，我竟然毅然決然、不合時宜地選擇了做一名寫作者。──我常想，如果生命是如此的脆弱，人生常有不測，那寫作，是不是讓生命更強大和綿遠的最好方式？

……

卡繆在《鼠疫》中說：「鼠疫桿菌永遠不死不滅，它能沉睡在傢俱和衣服中歷時幾十年，它能在房間、地窖、皮箱、手帕和廢紙堆中耐心地潛伏守候，也許有朝一日，人們又遭厄運，或是再來上一

次教訓，瘟神會再度發動它的鼠群，驅使它們選中某一座幸福的城市作為他們的葬身之地。」

——就像曾經發生在 1975 年夏天故鄉的那場瘟疫，似乎從沒有離開過我的故鄉。它在玉生、雲貴兩家幾十年來的厄運裏，在包括父親在內的從 1975 年走過來的故鄉人的身體裏，成為潛伏著守候著的永遠的暗疾。

疾病檔案

之一：鞭炮

　　我們全村過年的鞭炮都是到三巴子的鞭炮作坊買的。三巴子做的鞭炮一炸一個響，不像集市上購買的那些身份不明的產品，經常發生斷節、漏硝、引線潮濕等質量問題。所以每至年末，三巴子做的鞭炮總是被搶銷一空。這使三巴子十分得意，每年春節前後，三巴子在睡夢中聽著自己做的鞭炮在全村的各個方向炸響，逐漸形成此起彼伏之勢，總是興奮得難以入眠。而這種時間非常短暫，緊接著三巴子開始為即將到來的春天憂心忡忡。因為每到油菜花凋謝、柳樹發芽、蛙鳴如鼓的春天，三巴子就會感到內心有猛獸醒來。猛獸在身體裏焦躁不安地躓行，即使他使勁用雙手按住胸口，都無法阻止它狂亂的腳步——他會不間斷地夢見女人，她們面目模糊，卻清一色的大奶子大屁股，光著的身子像蛇一樣舞動。每一次他從夢裏大汗淋淋地醒來，都會發現褲襠裏佈滿了讓他羞於啟齒的可疑的液體。半夜醒來的三巴子往往再也無法入眠，聽著從田野裏傳來的蛙鳴，他顯得心煩意亂，春天的夜晚因此變得格外漫長。這就是三巴子害怕春天來臨的主要原因。三十多歲的三巴子從來沒有碰過女

人，這不能不說是個天大的缺憾。三巴子長得相貌堂堂，臉龐輪廓分明，唇上的鬍鬚濃密黝黑。按理說三巴子這樣出眾的長相會讓很多外村的姑娘趨之若鶩，但三巴子沒有這樣的福分。其中問題，主要出在三巴子那雙形同虛設的腿上。三巴子是一個雙腿患有小兒麻痹症的殘疾人，一個一輩子只能拖著小方凳在很小的範圍內行走的可憐蟲。他拖著小方凳弓著身子一步步艱難往前挪動的樣子，和一隻青蛙大體相似。大概從一歲那年，三巴子發過一場貌似普通的高燒。開始他的父母──村裏的鞋匠洪遠夫婦並沒有察覺，在他應該蹣跚學步的年齡，他的父母發現，他的雙腳就像兩團棉花，根本無力站立。到醫院檢查得知，三巴子患了小兒麻痹症──這就是洪遠夫婦精神麻痹所付出的慘痛代價。洪遠夫婦為之痛不欲生懊悔不迭卻又無可奈何。三巴子就這樣在時光的挾裹下被迫漸漸地長大。在艱苦卓絕的成長歲月裏，三巴子讀過幾年書（這大概是因為他的父親鞋匠洪遠想以此作為對他的補償），甚至在洪遠的殘酷訓練下奇跡般地學會了游泳──據說這是被全村人稱為「怪物」的洪遠教會的逃命術，以備村子旁邊的贛江萬一決堤之需。當然，三巴子還學會了做鞭炮……春去冬來，三巴子長成了一個除了雙腿以外其餘部件都壯實無比的男子。而因為他殘廢的雙腿，村裏村外包括像果實一樣長熟的姑娘在內的所有人們，都對他的壯實俊俏視而不見，只在春節前後，鞭炮聲響起的時候，人們在誇讚鞭炮響亮的同時，才會偶爾說起造鞭炮的三巴子的手藝。而一過春節，三巴子獨身一人，守在空空如也如同廢墟一樣的鞭炮作坊裏，神態沮喪，內心無比空虛。剩下的日子，他會從收來的用作製造鞭炮材料的廢紙堆裏找出

幾本舊書翻閱，藉此打發難挨的時光。在某個與往昔並沒有什麼不同的春季，有過幾次潮濕粘稠的讓他羞於啟齒的夢境之後，狂躁不安的三巴子腦海中突然跳出一句話：「我是一顆裝滿了火藥的鞭炮／等待轟的一聲爆響」，他信手找來了筆，在一張廢紙上記下了它。因為讀書不多且久沒寫字，他寫得七扭八歪，並且「爆響」的「爆」字寫成了「暴」，「的」寫成了「得」。但三巴子突然發現他寫下這句話之後，他心裏的那種莫名狂躁的情緒略有緩解，身體裏的猛獸好像受到了某種安撫，陡然間變成了一頭在春光淋漓的春天的小溪邊散步的、目光柔順了許多的小鹿。他繼續寫：「我愛一個女人／用100萬響鞭炮的熱情」，寫完這句話，他老衲般枯寂的臉上竟然湧上了一股笑意。他寫到：「我是一顆裝滿了火藥的鞭炮／拔去了引線」，他的眼角竟然不由自主地流出了兩行清亮的淚水。他突然感到自己從中得到了些許安慰，並且自以為發現了一個可以安然度過春天的辦法。他從此一發不可收拾，在幾本殘破的空白本子上記下了大量的句子。他不知道他寫的是詩，他自己稱之為「歌」。在他寫下這些句子的春天裏，他的心情竟然變得平靜無比。他依然會在春天裏夢見女人，但她們一律穿上了節日裏的服裝，向他表示了天使般的溫柔笑意——雖然一覺醒來，他仍然無法記清夢中女人的相貌。而他寫下的那些句子，錯字連篇並且雜亂無章，「愛」和「鞭炮」是其中使用頻率最高的詞語，字裏行間充滿了濃郁的硫磺味和硝煙氣息。他寫下的每一個字的筆劃都顯得張牙舞爪，彷彿受傷的野獸在荒原上踐踏出的零亂腳印……

　　──當我有幸讀到三巴子的那幾本「歌」集，我雙目潮濕，憂傷難禁。

之二：村妓

　　在過去，村裏人都說篾匠王長珠的女人樊金花是打燈籠都難找的媳婦。而現在在村裏人的口裏，樊金花是一個十足的蕩婦，一個人皆可夫的爛貨。十多年前，當篾匠王長珠把樊金花從幾百里外的鄰縣的一個地方帶到我們村，整個村子都受到很大的震動，村裏的青皮後生嫉妒得眼珠子都要噴出血來。樊金花是那種一看就知道是長得好看的女人：眼睛好看，走路的樣子好看，皮膚的那個白，跟城裏的那些太陽曬不到的像妖精樣的女人幾乎沒有兩樣。就連她的那口與村裏人不同的鄉音，後生們都覺得像鳥叫一樣好聽。（因為這事，村裏人都對篾匠這門手藝有了新的看法，學篾匠的人明顯增多，直到去廣東打工成為時髦才冷落了下來。）樊金花不僅模樣長得好看，她還是一個看起來十分成實的的女人。樊金花嫁給王長珠時王長珠家還是一貧如洗，可樊金花一點也沒有嫌棄的意思，與王長珠起早摸黑，裏外操持，生兒育女（他們先後有了一對兒女），有一股鐵了心要把一輩子過下去的架勢。人們都說狗日的王長珠討到樊金花這樣的女人做老婆是前世修來的福氣。可一天早晨，樊金花對王細珠說要買點肉去了鎮上，她這一去並沒有買回來肉，而是把自己當成一塊肉直接送進了地痞張良的家裏。──張良是村裏最壞的惡棍。打架、鬥毆，遊手好閒，偷雞摸狗，賭博嫖娼，敲詐勒索，簡

直是無惡不作。人們都說他在鎮上蓋的房子裏的每一塊磚頭，都來自他的巧取豪奪。人們說到惡棍張良，沒有不咬牙切齒深表痛恨的。就連張良的妻子，也因為不堪忍受跑到廣東去打工常年不回。可樊金花竟然和張良這樣的人滾在了一起！

樊金花住進張良家後，從此與張良公然同居，成雙成對在公眾場合出入，臉上搽脂抹粉，嘴裏發出讓正經人掩耳的浪笑聲，樣子就像個十足的蕩婦。王長珠的同族長輩們出於對自己家族名聲的維護，先後腆著老臉去鎮上張良家對樊金花進行勸說，可都被樊金花罵得狗血噴頭臉面全無。樊金花破口大罵，用盡了世界上最惡毒的話語。挨過樊金花罵的老人們從鎮上回來後都說樊金花是一條發了瘋的母狗。而過去，他們說起樊金花來，不是豎起大拇指就是嘴裏「嘖嘖」作聲。樊金花住進張良家裏後並沒有多長時間，張良就讓樊金花淪落為一名娼妓。用惡棍張良的話說，他不是一個自私的人，好東西他從不一個人享用；世上的好東西不是一個人說了算，所有人都說好才是真正的好東西。從此，惡棍張良儼然成了一個店鋪的老闆，他所兼任的，還有這個店的推銷員角色。張良在鎮上變得忙碌了起來，神態也變得莊重了許多，好像他是一個正兒八經的生意人。他經常在鎮上拉著趕集的村裏人推銷樊金花。村子裏據說有很多人因為貪圖樊金花的美貌，成為光臨張良家裏的常客。這些人中，有鄉村醫生李寶林、捕蛇人劉枝山、小四輪司機周三、在鎮上開藥鋪的曾林水、殺豬佬劉漢章、村幹部王紅傳、退伍軍人羅細生，以及許多業已成家立業的當年眼睛噴血的青皮後生……張良根本不愁他的生意會不景氣，他脅迫所有光臨過他家但又都顧及臉面的人，

成為他家的常客。而因此獲得的嫖資，都用於張良的揮霍。張良還
不滿足於此，為「擴大業務」（張良語），他還帶著樊金花先後到縣
城、廣東、上海，接待過打工仔、老頭、鰥夫、小商販，甚至乞丐、
神經病患者……為張良掙下了一筆不少的收入。因為長年累月接
客，樊金花的身體有了不小的變化，她的身體逐漸變肥，原本好看
的腰身就像水桶。她彷彿是一個患了浮腫症的病人，眼皮鬆弛，眼
圈發青，總是一副沒有睡醒的樣子。再後來，她的身體又急劇變瘦，
就像一根柴火棒那樣，目光呆滯，迷離，原本白皙的臉變得幽暗、
赭黑。村裏所有光臨張良家的人，都從過去的欣欣然躍躍然變成了
如喪考妣。人們都說，樊金花是沒救了。──讓村裏人疑惑的是，
惡棍張良是怎樣把樊金花搞到手的？張良得意地回答了大家的疑
問。他說，他只用了幾條裙子。張良說到裙子，恨不得在鎮上裝一
個喇叭，以誇耀他的能耐。張良說樊金花曾經非常想要一條城裏女
人穿的裙子，王長珠以在村裏穿裙子顯得不正經長輩們看不慣為由
拒絕了她。他們還為這事大吵了一架。而張良勾引樊金花的伎倆就
是許諾給樊金花買許許多多的裙子。這個事情不知真假，但樊金花
來到鎮上以後一年四季都穿著裙子，有百褶裙、連衣裙、大擺裙、
吊帶裙、一步裙、套裙、筒裙……身體瘦骨嶙峋的樊金花穿著這些
裙子在鎮上走動，就像一隻長著一對大而無當的翅膀的病懨懨的蝴
蝶。（而過去一身肥肉穿著裙子的樊金花，極像一隻身體難看的懷孕
的母蛾）……

　　──樊金花做了張良的姘頭後，村子裏所有人都為王長珠抱屈。
而王長珠的嘴就像上了一把鎖，人們根本別想從他的嘴裏探出一點

點對這件事的態度。人們發現樊金花去了鎮上以後王長珠就變成了一個啞巴，並且總是一副心事重重的樣子，他很少在人群中出現，沒有過哪怕一聲笑聲。人們都不知道王長珠葫蘆裏賣的是什麼藥。……在今年春節，王長珠找到了回來過年的我。他滿嘴酒氣，眼睛裏充滿了仇恨。他一落座，就說要我代他擬一份離婚訴狀。他開始喋喋不休地訴說。他開始陷入對過去美好的（也是痛苦的）回憶。他說到他們當初談戀愛的光景，說到結婚，生兒育女，他們過日子的許多細節。他顯得語無倫次，顛三倒四，幾乎不能自持。當說到樊金花做張良的姘頭，他突然提高了音量，他說至今已經整整兩年了，樊金花從沒有回家看過他和他們的一對兒女。他說兩年來他一直在等著她，其間只要她回來一次他就會看在過去的情分上不計前嫌接納她，不管她怎樣被村裏人唾棄。可她沒有回來，沒有回來，一次也沒有。然後他說到了愛情（他的嘴裏竟然發出了古怪的笑聲）。他說他這輩子最大的錯誤就是不該和樊金花談戀愛，他暗地裏反覆告誡兩個孩子，永遠不要和別人談什麼愛情。愛情是一種最不可信的東西，一個人即使今天說愛上你，明天他（她）也會愛上別人。一個人即使今天因為和你戀愛成為你的新娘，明天她同樣可能成為十足的爛貨。他喋喋不休地說著，彷彿要把憋了兩年的話一氣說完。每次說到樊金花，他叫的不是名字，而是一口一句「賣×的」，他說這個詞的時候，咬牙切齒，充滿了委屈和怨恨（好像他的舌頭是一條吐著信子的毒蛇）。在喋喋不休的訴說中，他的佈滿淚痕的臉上的五官都變了形，而最後他說出的每一個字，都變成了最惡毒的詛咒。

之三：儺面

他是村裏一對殘疾夫妻的兒子，一對聾啞人的兒子。他的父親是聾子，母親是啞巴。這樣一對夫妻的兩張木訥的臉，就像是兩張村子簷頭到處可見的毫無生氣的儺面。他的名字叫周聰明，而為他取名，遠不是他的聾啞父母所能為，而是村裏一位愛管閒事的退休教師的傑作。他的名字對他父母並無意義，他們或許在心裏把他叫成另外一個什麼也未可知。但那個無所事事自恃其高的退休教師卻認為非常有意義（聰，眼明耳靈口巧心活曰聰，明，心如燭火曰明），退休教師還為取了這個名字得意了好一陣子──這故事有點讓人誤以為是抄襲廣西作家東西的小說《沒有語言的生活》裏的情節。東西的這篇小說在文壇上火得不得了，據說還被改編成電影《天上的戀人》。但他和他的聾啞父母以及那個無所事事的鄉村教師並沒有生活在天上，而是生活在一個叫周莊的我曾經教過書的村子裏。他的父母和村裏大多數人一樣，靠幾畝責任田過活，除了天生聾啞，生活平淡無奇，並沒有可供拍成電影的素材。正如那個愛多管閒事的退休老教師所祝福的那樣，他不僅非聾非啞，而且聰明伶俐，性格乖巧，惹人喜愛……人們都說，老天把在他父母那兒欠下的靈氣都給了他啦！

當然，這都是以前的事。他已經是個年紀四十多歲的成年男子，一個平常女子的丈夫，兩個孩子的父親。在周莊人的印象裏，他是一個對種莊稼沒有多少興趣的不正經的人，一個不務正業遊手好閒的人，一個滿世界嬉皮笑臉地晃蕩的人。他不侍莊稼，但這個聰明

的人有著自己的活法，總是幹出一些讓人啼笑皆非的事情來，比如村裏出遠門的人常看見他在縣城車站賣諸如中南海密聞、致富資訊、夫妻如何提高性生活質量等等之類的封面照片淫蕩印刷質量十分糟糕的地下印刷品；在鎮上他的身份是個賣老鼠藥的地攤的主人。這個手無縛雞之力的人，甚至常把自己打扮成黑社會的角色，經常在上衣內裏的口袋裝一把紅柄塑膠髮梳，半路上車後依司機或售票員坐下，裝著不經意地露出像刀具的髮梳紅柄，嘴裏說著充滿匪氣的話語，把司機和售票員嚇得不敢收他的車費。幹這種事，他總是頻頻得手……

　　這也是以前的事啦！現在，他主要在廣州、深圳、海南等沿海經濟發達城市出沒。在這些城市的火車站、汽車站、偏僻些的街道，總能看到他泥塑般的身影。他身穿一件不倫不類的長袍，頭髮捲曲，表情木訥（一個過去表情活泛的人變成了一個木頭人），面前擺著寫著十二種的印刷和質地都不倫不類的十六開的紙片，紙片上寫著十二生肖關於健康財運愛情禁忌等關乎命運的內容。還有一個豎立的硬紙牌上寫著：周公後裔，天生聾啞，得先祖真傳。一個算命的聾啞人身上具有的不可知性（神秘性）總是會引起人們的好奇，以及許多為命運擔憂的人的興趣，好像他就是無常的命運本身。他的攤子前總是圍著許多人。很長時間，他的生意都堪稱不錯。他的裝扮不會露出一絲破綻。有人在攤子的東頭問價，他故作懵懂的頭顱會從西頭慢慢移動，然後假裝突然看到問價者，伸出三個手指緩緩擺了擺——每張三元。他的表情和動作和天生聾啞人無異——他把他父母的儺面戴在了自己臉上。他承認說這得益於他的父母。一對聾

啞人的兒子，成了一個裝聾作啞的人。一對聾啞人的兒子，在屬於他的時代，從他的父母身上找到了生活的賣點。他每天不錯的收入使得他在這些城市吃香喝辣，頻頻出入價格不菲條件不錯的旅館，偶爾還會到咖啡館喝上一杯。他成了周莊見過世面最多的人。他每次回到周莊講述外省故事總是引起村裏許多人的興趣——每次回到周莊，他就把戴在臉上的儺面摘下，重新現出村裏人熟悉的活泛的神色（甚至比過去還要眉飛色舞）。他說咖啡的味道很苦，旅館的妓女很多。他說一個人只要聰明，任何東西都可以用來換錢，他就是將他的父母的天聾地啞賣了個好價。他的講述充滿了一個成功人士才有的自信。他的話遠比過去要多得多。他成了周莊的一名聒噪者。但周莊的人對他的聒噪抱以足夠的理解和耐心，都說，這個人怕要憋壞啦！——

如今的周莊，這個叫周聰明的人的聾啞父母和那個無所事事自以為是的退休教師都已作古。人們的觀念都已變得通達，對他的態度也有了改變，已從過去的鄙夷換作了對成功者的尊重。只是村裏的孩子對讀書的興趣略有減少。這是沒辦法的事。這個過去文風不錯的村子，在我於周莊教書的三年裏，竟然沒出過一個大學生。

之四：失聰者

一個失去聽覺的人，讓人覺得他就像一棟年久失修、大而無當的老房子，有著油漆斑駁的窗櫺和白蟻悄悄蛀空了的柱子。就連落進廳堂的陽光也是喑啞的，零散的，灰塵，在陽光中肆意飛舞，而

裏面，空無一人……或者說，他是一座堆滿了陳年舊物的倉庫。一個失去聽覺的人，是悲哀的，痛苦的，怨恨的，委屈的，憂心忡忡和認命的，這和一個一夜之間輸得精光的賭徒沒什麼兩樣。一個失去聽覺的人，會回憶起往日的歡鳴，雞鳴犬吠，妯娌間莫名其妙的爭吵，村邊的老樟樹下黃昏漢子們粗野的調笑……六月的田野此起彼伏的蛙鳴，就像是一場聽覺的盛宴！而現在，他們都變得無聲無息，好像是世界在他面前患了失聲症。那些殘存在他身體裏的往昔的聲音，隨著時間的推移，會越來越失真，直至一片模糊，就像一個因放了很久已嚴重破損了的老唱片，最後，只剩下呀呀的、渾濁的聲音。他會反思自己的一生對世界的傷害，比如他會歷數曾經踩死螞蟻的數量，若干年前為追殺一隻亡命逃竄的田鼠時顯現出的蠻狠，過年時用鋤頭把一條日日與他相伴的土狗活活打死時的兇殘……企圖找到一絲關於因果報應導致他失聰的線索。而這些是徒勞無益的。隨著他失聰日久，他的表達越來越荒蕪，越來越辭不達意，就好像他所說的話，是一群橫衝直撞的野馬，沒有人能知道它們的方向。他因此被迫發明了一套簡單的、只有他的親友才明白的動作，以彌補他因為失聰最終導致失語的缺陷。他的動作怪異，表情誇張，就像傳說中的野人那樣。有了這套動作之後，從此他再也不肯說一句話，好像他是一個天生的聾啞人。他的嘴巴像是長滿了荒草（事實上，自從他患了失聰症以後，他逐漸疏於打理自己，鬍子拉碴，臉色看起來更為赭黑，拙重）。有一段時間，他熱衷於傾聽，會格外留心人們背著他（或當著他的面）的竊竊私語，交頭接耳，甚至高聲談笑，為自己因為不能參與其中而心懷酸楚。後來，他逐

漸與村裏所有人疏遠，悶聲不語，臉上保持著謙卑的惶惑的笑容，哪怕對欺負他成了聾子戲弄他的人也是這樣。他的內心漸漸被陰影所遮蔽。他成為了村裏最孤獨的人，一個與世界無關的人，其舉止形狀，與一個古代的隱士大抵相似。他的樣子，就像一隻出土的年代不詳的、雙耳破碎了的黑色陶器……他趕著牛在地裏勞作，除了偶爾無精打彩裝模作樣地揮揮鞭子，再難得聽見他說出哪怕一個渾濁的詞。而他精於侍弄莊稼，經常為莊稼拔去稗草，他家的莊稼因此比別人家都長得茂盛，可他無法把他耳朵裏的雜草拔除，讓聽覺像莊稼一樣吐穗揚花，這不能不說是個天大的遺憾。他卻依然不可思議地保持著看電視的愛好，在他的面前，時光倒流，重新回到默片時代。他竟然看（不是聽）得有滋有味，並且會發出莫名其妙的「嘿嘿」之聲。這種本發自他的內心的聲音，因為久不操練或者失去耳朵的監督、控制，顯得怪異，令人驚詫愕然，有時會引起全家人的哄堂大笑，而久了也就聽而不聞。他從沒有放棄拯救的努力。他信奉吃啥補啥的道理，長期使用銀耳、白木耳、黑木耳以及各種動物的耳朵。多年以來他的聽覺並沒有得到一絲的恢復，而這已經成為了他的一個習慣。他的親友來看望他，都會自覺地為他送來一付付耳朵，有時是鎮上屠戶的肉案上的一付豬耳，有時是山裏人獵殺的麂子（或者野兔）的耳朵。他會津津有味地把它們一一送到嘴中。這個人的所思所想──他的悲哀與歡樂，他的憤怒與孤獨，已不被人們所關注。或許，他在聆聽自己內心的秩序？

　　──至今為止這個可憐的人已經失聰多年，而村裏人依然記得他在一個早晨突然失聰時的反應。這個一向蠻狠有力的中年男子，因

為突然聽不到任何聲音嚇得大哭起來。他的哭聲充滿了絕望和恐怖，並且沒有節制，和一頭即將面臨殺戮的豬沒什麼兩樣。他曾經到過很多地方治療，可他花光了他屠宰畜牲賺來的錢財，最終卻一無所獲。這個一直以殺豬為業刀法最乾淨俐落的屠戶，從此連殺一隻雞的勇氣也沒有了。他的屠具至今已經鏽跡斑斑。雖然現在，因為聽不到畜牲們臨死前的慘叫，他下起手來完全可以更狠一些。——現在，這個雙耳形同虛設的人，竟然令人啼笑皆非地成為一名基督教徒。當基督教在村子裏開始盛行的時候，他混跡於信奉者隊伍之中，並且臉上的孤獨感若有減少。牧師煞有介事地向村裏的信奉者傳經佈道的時候，很容易看見他在人群中雙手垂立如儀滿臉敬畏的可笑模樣。或許還帶著一絲絲重新獲得聽覺的祈願，他一臉沉默、看起來十分嚴肅的表情，使不知情的人完全會認為，他是村裏最虔誠的教徒。

之五：導遊

……我們是在古村的一條老巷子的拐彎處遇見他的。他的皮膚有點赭黑，印堂有些幽暗，好像凝結了隱情，眉宇間有著一種為他所不知的憂傷。他的裝束甚至都有些古怪，衣服已經褪色，並且寬大如袍，他的身子因而顯得孱弱和飄忽，好像他是寬衣廣袖的古人。他在古村青石板巷子的陰影中躑躅，就像一個夢魅，或是古村的衣冠圖上復活的先人。他一副心事重重的樣子，似乎是內心結滿了壘塊。他尾隨在我們身後，不失時機地向我們做自我推介。「我是本村

×氏第三十四代孫。」他說道。他的口氣中不無誇耀的成分。「幾年前，我專注於古村歷史的研究，閱讀了大量的古籍。」他說道。「先祖一千三百多年前從皖南遷徙至此，世代耕讀傳家……出進士三十二名，舉人無數，皇帝賜封誥命無數……」他說道。他的聲音混濁，有些口齒不清，又夾雜了濃郁的鄉音。在一座明代的官邸前，他講道:「先祖×××生於 1450 年卒於 1489 年字民翹號雪峰為×氏的第二十代孫……1484 年中進士後授監察御史清貧自守忠直剛介時人誦之曰此白面御史骨鯁也可慶司風紀者得人……」──他的語調怪異，缺乏停頓和節奏，卻井然有序，這意味著他剛才所唸的，是一段意義不被他掌握的經文，卻有了一種源自遠古的哀傷，就像這些從他的嘴裏吐出的文字，是一群面目模糊的亡靈，或是一支送葬的隊伍喑啞前行。然後他說起古村的建築格局，還有青石門楣上的典故。他說起廳堂上的鎦金字畫，或者遠去的民風民俗（言談間充滿了今不如古的歎息）。他說起經過誥封的貞婦的風流傳說（這真是讓人啼笑皆非），以及還鄉的官員的趣聞軼事。……他的訴說，甚至比這更多。他說起古代的戲文，神情激越，語言飛揚，這讓我們懷疑，他的講解中有了添油加醋的成分。「每年都要請戲班子唱戲。……每到春節，人山人海，鑼鼓喧天。……」他說道。他的表達越來越快，有些失控，令人驚駭，而他無暇顧及，沉浸其中。彷彿他的喉嚨是關不住水的龍頭，或是剎不住車的奔跑。宛如一個溺水的人，語言，成為他身體多餘的部分，而他必須拋棄它，才能贏得拯救。或者說，他的內心是一個深不可測的老井，舌頭，是抵達井臺的水桶。他的內心被舊物堆滿，而訴說，成了把舊物搬出的唯一可能。所以越到

後來，他的講解變得越發可疑，鄉音越發濃郁，甚至有些信口雌黃，並且偏離了對風景的解說，而有了更多傾訴和自言自語的成分。「瞧瞧這口井，從井臺邊的繩子的勒痕可知，這是一口時間久遠的老井。」他說道。他陷入了沉思，臉上竟有了短暫的神往和迷離。「去年，我們村有人抓到了一隻二三十斤重的烏龜。……據說那是村子初建時先祖放進去以疏通下水道的。」他說道。他的解說，似乎是設置了無數個陷阱，而他在最大的陷阱中（古村的建築格局就像一個巨大的迷宮），不能自拔。這是一個被老去的時間（歷史）佔據內心的人。他不知道，自從幾年前他開始追逐古村的歷史，古村中的時間和陰影，已如夢魘，或者皮膚上的紋身，與他如影隨形，揮之不去。惶恐與黑暗，一次次地把他的內心占滿，老去的先人，一次次在他的內心復活，並且構成了他心中的壘塊，和他的言說中迷宮的部分。他的內心，始終徘徊著古代建築投下的暗影。哦，他被一種莫名的力量挾裹、逼迫，他多麼希望獲救，而他無法抵禦……

　　——在他的喋喋不休的解說中，我們結束了對古村的參觀。我們向他握別（他的手掌冰涼！）。他戀戀不捨，神態突然變得沮喪無比，嘴角喃喃自語，身體虛弱得幾乎可以擰出水來。……我們的汽車發動了引擎，絕塵而去。透過車後的玻璃我們看見，他頹然地站在村口，孤立無援，手足無措，舉起的手像是風中無力的枯枝。來自他體內的黑暗，正一點一點地，把他吞沒。

之六：豪宅

　　這是一座極盡奢華的現代建築──一座彩色的、三層樓的房子。一樓匾額上寫著「亞細亞商場」紅色字樣。門口四根鎦金圓柱矗立，威嚴，氣派，金碧輝煌，像真正的商場那樣。中間的兩根柱子上寫著「財源廣進　生意興隆」的對聯。潔白的牆上有櫥窗，櫥窗內展示了電飯煲、摩托車之類的商品。商場的門已經打開，說明開始了營業。二樓匾額上寫著「帝豪歌舞廳」和「的士高」的中英文字樣。樓頂懸著一個舞廳專用球狀彩燈，地板色彩斑斕，有彩光流轉的熱鬧感。也有吧台，也有包廂，也一定會有音樂。第三樓是一套四室兩廳的住房。有冰箱彩電器以及影碟機電話空調等等，高檔家用電器一一俱全。地上鋪有地毯。門前立著兩個女子，年輕，貌美，濃妝豔抹，十分妖冶。匾額上寫著「功德圓滿」。整座建築：有彩色迴形樓階，紅色琉璃瓦頂，飛簷翹角，雕樑畫棟。結實，精緻，巧妙，獨具匠心，富麗堂皇。這樣一座豪宅，該花多少錢呀？「一百多元呢，幾十里外的鎮上買回來的。」王老漢的兒子說。王老漢的兒子一臉得意。王老漢的兒子蹲在門口，一邊大口扒著飯，一邊去趕旁邊表情好奇的雞群。──你該知道了，這是一座紙房子。是王老漢的兒子用來孝敬死去的王老漢的。王老漢是我家鄰居。王老漢生前木訥本分，是村裏最老實巴交的一個人。王老漢生前沒過過一天好日子，早年喪妻，一生在土裏刨食，像牛一樣賣力，卻活得像狗一樣窩囊。不過現在好了。一經火化，王老漢就成為這座「豪宅」的主人了。他要開商場了。他要邀人跳跳的士高國標或者其他

什麼舞了。他要財大氣粗吃香喝辣摟嬌抱小街頭巷尾緋聞不斷過著現在的老闆過去的皇帝一樣的日子了。他要苦盡甘來了。我真為王老漢高興。而現在紙房子就放在王老漢家的房子門前。相比那棟三層樓的「豪宅」，王老漢家的房子要寒酸得多。那是一座散發著年深日久氣息的老房子，斑駁的牆體，到處是令人不安的碎縫。現在，因為有了紙房子的點綴，老房子也有了一點點喜慶的味道。

之七：色盲

我村的楊金苟是一個十分有意思的人。自從他跟著同村的做包工頭的劉二眼去城裏做泥水匠之後，他的那些趣事就不間斷地從城裏傳來。——楊金苟不會過馬路。楊金苟被車撞了。楊金苟被城裏來來往往到處都是的汽車嚇出病來了。楊金苟後來又被車撞了。楊金苟後來病又好了（跟說繞口令似的是不是？）。據從城裏回來的人講，楊金苟在城裏過馬路的樣子令人感到十分好笑：表情悲憤，身體前傾，腳步倉皇零亂，像一隻草叢間奔跑的受驚的野兔，一隻被追趕的老鼠，一名踏著戰友的屍體躲著敵人的子彈衝過防線的無名的游擊隊員，一個亂世中逃命的人（而在過去，他是一個喝了酒喜歡倒披著衣裳把地踏得山響的人）。——楊金苟不會過馬路。面對紅綠燈，他不知道是該走還是留。紅燈停，綠燈行，這種小孩都知道的生活常識，卻形成了楊金苟在城裏的最大的生活障礙。楊金苟的消息讓村裏人隱隱地為他擔心。果然，在他到城裏的不到半年的時光裏，他就出了兩起車禍。第一起車禍是他被一輛黑色的轎車撞倒

了。準確地說，那輛轎車並沒有撞倒他，而是在離他大約十釐米的地方剎住了車——剎車聲尖銳，刺耳，令人驚怵。可楊金苟卻摔倒了（這種場景終於發生，而在此之前，事故在他腦海裏像一場戲已經多次預演）。事實上，他毫髮未損。楊金苟發現這一點後並沒有在地上繼續躺下去（全村人都知道，楊金苟不是一個死皮賴臉的人，相反他相當要面子），而是迅速爬起來，毫不理會驚魂未定的司機的謾罵，沒事一樣混跡於行人隊伍中。然而事情沒有他想像的那麼好，那一聲尖銳的刺耳的剎車聲從此始終在他的身體裏迴盪。他從此落下了那種難於啟齒的病：他再也無法像過去一樣堅硬地進入他妻子的身體。——從城裏回來的人講述的楊金苟的故事真是讓人啼笑皆非。他在家裏的地位一落千丈：在過去，每天從工地回到家後，他可以一邊抽煙一邊看電視，而現在看電視的人換成他那已經在城裏手袋廠上班的妻子了。他必須包攬幾乎全部的家務——洗衣服、做飯、買菜、修理壞了的電器（他身上的零件壞了，他卻不知道去哪裏找修理工）。他因此必須花上更多的時間在大街上奔跑。這樣，他的第二起車禍就不可避免地要發生了。

楊金苟的第二起車禍相當富有戲劇性，從城裏回來的人費了老半天才讓村裏人聽明白。具體內容如下：（1）他撞倒了一個騎自行車的也到城裏打工的鄉村小名叫黃三的人。（2）黃三一根汗毛也沒傷著，但黃三起了歹心，仗著有親戚在公安局，一點不念及同鄉之誼，逼迫楊金苟給了三百元賠償費（瞧，這個叫黃三的農民，一進城就變壞啦！）。（3）楊金苟回到了家後越想越不服氣，再加上他妻子罵他廢物，他託劉二眼請了一幫混混去黃三家裏討還辛辛苦苦賺

來的三百元。（4）黃三報了案，他在公安局的親戚帶了幾個公安把楊金苟他們逮了個正著。（5）楊金苟託劉大眼請的那幫混混中有個叫「老虎」的是個殺人未遂的在逃嫌疑犯，公安二話沒說短時間內就把老虎給判了。這事兒往簡單說就是：楊金苟把羅漢老虎送進了監獄。從此，老虎就像一個影子一樣跟上他了！聽從城裏回來的人講，楊金苟從此開始了他的逃難生活。他害怕老虎出獄後找他的麻煩。從那以後楊金苟每次上街都戴上一頂草帽，過馬路他再也不似過去那樣像個慌不擇路的逃兵，而是像個撐著拐杖的盲人：不管對面亮的是紅燈綠燈，他都不緊不慢地走著，腳步勻稱、零碎，汽車遠遠地按響了喇叭他也無視無聽。這使他從此再也沒有出過車禍。他甚至把家搬到了偏僻的位於城郊的一個廢棄的養豬場裏。為儘量減少上街的次數，他甚至在養豬場隔壁的空地上種上了蔬菜，養了雞鴨，重新過上了自給自足的鄉村生活。而他心裏的恐懼隨著時間的推移變得越來越大。時間一長，他甚至已經不能完整地記起老虎的長相，可他無法阻止恐懼在他心裏的增長。他必須在夜晚激烈的鋸木聲中才能安然入睡。——臨近廢棄的養豬廠的，是一家一天到晚鋸木頭的鋸板廠。這種逃亡的生活直到三年後老虎出獄並找到了他才宣告結束。其實楊金苟的逃亡生活只是掩耳盜鈴而已。在這座人口不到三十萬的小城，要找一個人遠不像大海撈針那麼艱難。老虎幾乎沒費上什麼力氣就找到了他。老虎找到他後要他賠償五千元錢。——這些都是羅漢們最普通不過的伎倆。一個在城裏做民工的人到哪裡找到那麼多錢來？可事情總有個了結是不是？後來老虎單方面做出了一個決定：那就是楊金苟的妻子要吃點虧了。老虎的解

釋是，如果在平時他是不願這麼便宜楊金苟的，主要是自己在獄中餓了這麼久了，也就將就將就了。（請朋友們原諒我行文到此的粗鄙，這是羅漢們的邏輯，我只是一個真實的記錄者）——對這一決定楊金苟不願點頭但也不敢搖頭。當楊金苟在門外聽到妻子開始是哀號繼而沉迷的呻吟的聲音，楊金苟開始有點難受，但這種心情馬上被一種欣喜所代替——他發現他的身體有了根本的改變。他的那種羞於啟齒的病在事隔多年後竟然不治而愈！老虎從他家出來時，他的內心竟然湧起了一股謝意。他甚至拍了拍老虎的肩頭——他知道，他與老虎的恩怨從此兩清了。他如釋重負地跑到房內，面對衣衫凌亂的妻子，表情和動作竟然有了新婚時的興奮和慌亂。之後他和妻子喜極而泣，相擁痛哭——他們的苦日子從此熬到頭啦！（反正從城裏回來的人都是這麼說的，你愛信不信。）

　　現在倒過頭來再說說楊金苟怕過馬路的事兒。楊金苟是一個色盲症患者。他的眼睛裏只有白色、黑色和灰色。對他來說，月光和雪是白色的，木炭和棺材是黑色的。而雨後的田野上空的彩虹，不過是一道由深淺不同的灰色組成的弧線而已。來到城裏後，患了色盲症的楊金苟根本無法分辨出馬路對面的交通警示燈亮的是紅色還是綠色。這就是楊金苟在城裏頻頻出車禍的原因。不過現在好了，楊金苟又搬回到了城區生活，白天上工，晚上回到家後，抽著煙看著電視，等著在廚房忙碌不停的妻子叫他吃飯，一切和過去沒什麼兩樣——也和那些在城裏做民工的人的生活沒什麼兩樣。他的家裏擺著一台黑白電視機。這台電視已經跟隨他們多年，他並沒有換一部彩電的打算。——對於一個色盲症患者來說，再多的色彩都是浪

費。他偶爾也會回憶起過去的經歷，但那只不過像是看一部與自己無關的經常斷帶的老黑白電影而已。一切似乎從沒有發生。而生活仍在繼續。

之八：癟穀

他從小就是一個病人。他患的疾病是看不見摸不著、不痛不癢、不需打針不需吃藥、可以一輩子和他相安無事的那種——嘿嘿，你想這該是一種奇怪的病是麼？並且他的病二十多年來不被人發現，可見這種怪病的隱藏之深。——是他無意間把它藏得嚴嚴實實。他自小就得了這種病（一種先天性的在娘肚子裏就患上的病），小時候他也沒把自個兒怎麼往深裏藏，他一天到晚穿著開襠褲和村裏差不多大的孩子一起晃悠（鄉村的孩子是穿開襠褲長大的。我穿開襠褲穿到了 8 歲。——這種事，真是讓人羞於啟齒），即使這樣，沒有人能夠發現他有什麼不同。及至他長大，他穿上滿襠褲了，病就被他藏起來了，藏得連他自己也蒙在鼓裏。他穿上滿襠褲別人也穿上滿襠褲，似乎青春是一件羞於示人的東西，需要包裹和隱藏。——從開襠褲到滿襠褲，這意味著生命從兒童時代過渡到青春時代，從敞開、亮堂轉向幽閉、黑暗。哦，青春時代其實是一間嚴禁別人偷窺的黑屋子。小學沒畢業就輟學的他的「青春」要更黑！這是他沒有及早發現自己患病的緣由。在滿襠褲時代他的身體長到一米六多——這在鄉村是比較正常的身高。這種貌似正常的身高使他忽視了身體的其他特徵。他懵裏懵懂長到了二十多歲，懵裏懵懂地被村裏人

簇擁著吹吹打打地和一個鄰村女子進入了洞房，他首先把新房裏的燈滅了然後試著把身體裏的燈光點燃。可他突然發現他的身體一片黑暗。他再怎麼努力也無濟於事。他想調動所有的力量直至大汗淋漓最終也是枉然。最後他不得不放棄了努力，無比沮喪，一身冰涼。他這時才發現世界和他開了一個天大的玩笑。他痛苦地接受了一個極端殘酷的事實：他不是一個男人！——這個事實不僅讓他沮喪，也讓他的父親惱羞成怒。他父親是村裏的種田能手。種田能手經常守著一壺酒長籲短歎，醉了就大罵自己：狗屁種田能手！現大眼了！自己播的種，長出的竟然是一把瘟穀，不灌漿！

　　——他從此被疾病驅趕著，四處逃匿。首先是他的名義上的毫無破損的妻子在一年後與他離了婚（事實上，婚後一個月她就離開了他，去了廣東打工，或者長期待在娘家不歸）。然後他就被鄉里的計劃生育部門咬上啦！——這種事顯得荒誕了不是？可鄉里的理由非常充分：他結過婚，就屬於計劃生育對象。結了婚又離婚，天曉得你是不是為了躲計劃生育在外偷生孩子？這種事多著呢！不能生育？除非你有縣醫院開的證明！真是讓人哭笑不得。他尋思著找到了和他一起穿開襠褲長大的在縣城行政機關工作的我。——他出現在我面前的樣子有些苦，臉上除了眉毛寸草不生，卻有了育後女人才有的雀斑。我把他帶到縣醫院。在縣醫院我的醫生朋友那兒，他乾淨俐落地把褲子褪下（而在平常，他把自己包裹得很嚴，幾乎從不坦胸露乳）接受審查。在那裏，我驚駭地看到了他怪異的恥部：和七八歲孩子的一般大，毫無生氣地耷拉著，顏色有些鏽黑，讓我想起廢舊的時鐘停止走動的鏽跡斑斑的鐘擺，卻光禿禿的如不長草

木的荒山。——他因此獲得了縣醫院開具的不育證明。他與計生部
門的糾葛就此宣告結束。(這種場景卻讓我尷尬,走出醫院後我和他
無語並肩而行,身體無由地充滿了緊張,彷彿他不是我少年時的夥
伴,而是一個讓我心懷警惕令我不安的陌生人。後來我在縣城幾次
看見他都繞道而行,這讓我無比羞愧!好像不是他而是我的內心隱
藏了暗疾。)而至今,他和村裏的年輕人一起在廣東某鎮打工,進
過廠,上過工地,以出賣體力賺錢,過著大碗喝酒大塊吃肉的日子,
晚上就通過打牌賭博打發寂寞難耐的時光,和一個正常人沒什麼兩
樣。關於他是一顆瘍穀的事實,是我村和他在一起的人不約而同地
對外守護的一個秘密。

絕版的抒情

　　70 歲那年，他回到了久違的故鄉，帶著他目不識丁的小腳老伴，據說還有幾箱子書。他帶回來的，還有他令人猜測的身世——村裏人對他是熟悉的，許多與他同齡的人，依然能從他已經蒼老的身材和面容對他進行指認。而沒有見過他的年輕人，也都從村裏年長的人口中知道他的名字。村裏人對他同時又是陌生的，這個少小離家的老人，他有過怎樣不平凡的經歷，怎樣的際遇，怎樣無告的哀哭和欣喜？在他 70 歲的身體的深淵裏，埋藏著怎樣的一堆時間之灰，怎樣的光亮和陰影？⋯⋯而村裏人對他的瞭解是點滴的，片面的，道聽塗說和似是而非的。有人說，他是一個抱養來的孩子。他的生身父母是誰，誰也無從知曉。有人說，他的人生充滿了太多的坎坷：少時讀書。十多歲時就離開家門。年輕時，與許多熱血青年一起，振臂高呼救國，辦過雜誌，寫過文章，篇篇都是犀利繳文。坐過國民黨的監獄。有官不做，以教書為業，育得學子三千。「文革」時被踢斷肋骨四根。至今許多人物辭典裏，收錄過他的生平。⋯⋯有人說，他的才華，到了博古通今的地步。《紅樓夢》的許多精彩章節，他都倒背如流。又有人說，他年輕時風流成性，許多女人，都和他有過交往。他因此吃了不少苦頭（他的頭髮雪白，身材修長，舉止儒雅，即使晚年，他亦是十分迷人）⋯⋯70 歲那年，他回到了故鄉，

請人翻修了他家行將坍塌的祖屋，在祖屋的門楣上，他用行楷寫下了「歸來居」的匾額。並在匾額的上方，用隸書抄寫了陶淵明的〈歸去來兮辭〉，同時在空餘的位置，畫了幾筆淡淡的蘭花。（在祖屋的簷頭上，亦相得益彰地長了一蓬狗尾草）在他的祖屋裏，他養花、種草，寫字，畫畫。他養的花草，有月季，吊蘭，君子蘭等，冬天的時候還有水仙。在他家的小天井裏，他經常給花草澆水。而他身後，懸掛在裏屋門牆上的一株吊蘭，漫生的枝條衍生的陰影已把半邊牆遮蔽。他的家中，懸掛著他手書的書法和國畫。他畫馬、蘭花，他的書法真草隸篆俱佳，而所書的內容，有文天祥的〈正氣歌〉、諸葛亮的〈出師表〉，以及陶淵明的詩。偶爾，他還會醃製醬菜、豆腐乳，小片的臘肉。他精通醃製術，經他醃製的食物，竟有一股與村裏人不同的美味（一股子書卷味）。──他是誰？一個回頭的浪子？一個居身世外的高人？一尊流落民間的古董（青花瓷器）？村裏人不知曉，而對往事，他絕口不提。

　　昨日的傳奇都已成過眼雲煙。昨日的憤怒都已平息。昨日犯下的錯誤已不需要改正。他在故鄉的祖屋裏，等待疾病，約會死亡。他的身體越來越衰老，背影越發地充滿了涼意，他寫的書法，筆劃越發見出鬆散，飄忽⋯⋯疾病和死亡，像一個趕了很多路的老者，姍姍來遲，在他 76 歲那年，終於抵達他業已衰老不堪的身體──他患了皮膚癌。這種疾病的症狀是，他衰老的身體經常出現一些不明的腫塊。他在故鄉祖屋裏隱匿的他的不同尋常的經歷，村裏人猜不透的謎──他年少時的輕狂、他曾經的委屈、光榮，得意和失意，他過人的才華都轉化為他身體裏的毒素。當隱藏多年的毒性一旦發

作，那將是命運以皮膚為紙寫就的一些不明文字，是死神催促一個人起身的一紙告文。接到死神的告示，他不感到意外，也似乎沒有悲傷。他依然寫字，畫畫，給花草澆水，偶爾剪去花草乾枯的枝條。他經常帶著患病的身體在黃昏的田野散步，樣子極像一個遊手好閒的人，用的是村裏人少有的態勢。在綠色的田野裏，他頭頂雪冠，白衣飄飄，像極了傳說中的仙人。或者，他躺在他祖屋前空地的躺椅上閉目，有人經過他也充耳不聞，像是回憶起某件已相隔久遠的往事，或是陷入對歷史的深深懺悔之中。當一個村裏人陌生的年輕人（據說是他在遠方的至交好友的孫子）從北京千里迢迢趕來看他，告別的時候，他哭了。他的身體靠在牆上（這使得似有潔癖的他衣服上因此沾上了不少的灰塵），雙肩聳動，雙手掩面，幾乎不能自持。哭聲從他的指間，像一條渾濁的河流，洶湧奔流。他哭泣的樣子，令所有圍觀的人無不動容。他的哭泣裏有著對往世的留戀，對未來毫無意義的的挽留，對人間真情的珍視眷顧，以及對人生須臾的感歎。而當一群舉止蹣跚的老太太相約來看望他，他卻高興得像個孩子。她們的身份以及和老人的關係頗讓村裏人猜測。她們在他家裏抽著煙捲──是那種叫「大前門」的不帶過濾嘴的老牌子香煙。她們抽煙的姿勢透著一種久遠的優雅，一種老牌的迷人的風度。她們還在他家裏打著骨牌──一種村裏已很少有人會玩的牌技。她們在他面前顯得十分親昵，不時地撒著嬌，就像她們是十八九歲的小姑娘。他的小腳老伴，在廚房不情願地忙碌著，嘴裏嘟嘟囔囔。而他卻有一種偷偷掩飾的欣喜，和一絲絲對老伴的愧疚。他的臉上，有著與他的年齡不相稱的溫情，彷彿他不是一個瀕臨死亡的古稀老

人，而是陷入戀愛中的少年。而她們不是來與一個不久於人世的人
送別，而是來趕一場期待已久的約會⋯⋯76歲那年，他死了。他死
前的一個早晨，還提著飽蘸了墨汁的毛筆，親自爬上樓梯，在一直
空白的簷頭寫下了「永葆天機」四個大字。字體用的是楷體，蒼勁
有力，根本看不出是出自一個瀕死者的手。——這個精通醃製術的
人，是否想藉此告訴別人關於醃製術的要秘？他死的時候無聲無
息。他的表情平靜，安詳，就像一個熟睡的嬰兒那樣。而在他仍然
溫熱的身體旁邊（枕邊），是一本已經捲了角的村裏人看不懂的外國
人寫的詩集。攤開的一頁寫著：

> 當你老了，頭白了，睡思昏沉，
> 爐火旁打盹，請取下這部詩歌，
> 慢慢讀，回想你過去眼神的柔和，
> 回想它們過去的濃重的陰影；
>
> 多少人愛你年輕歡暢的時候，
> 愛慕你的美麗、假意或真心，
> 只有一個人愛你那朝聖者的靈魂，
> 愛你衰老了的臉上的痛苦的皺紋；
>
> 垂下頭來，在紅光閃耀的爐子旁，
> 淒然地輕輕訴說那愛情的消逝，

在頭頂的山上它緩緩踱著步子，

在一群星星中間隱藏著臉龐。

　　　　　　──愛爾蘭，威廉‧波特勒‧葉芝〈當你老了〉

照相館

　　在鄉村，最讓年輕人著迷的、透著民間的抒情意味的是照相館。它一般坐落在鎮上——這是否意味著它是鄉村生活形而上的部分？從外觀看它也許十分普通，與其他店面一樣裸露的磚牆上有一塊用白石灰刷了並用紅漆寫了招牌：「×××照相館」，字體為不規範的美術字，大概是出自某個鄉村教師的手。有些具有廣告意味的是牆上懸掛的幾鏡框照片，照片大小不一，從十二寸到七寸到一寸不等，有全家福、明星照、風景照、結婚照、集體照、身份證照⋯⋯藉以向人說明照相館的營業範圍和手藝的好歹。這些照片構成了對鄉村生活的複寫和修飾。比如一張全家福，記錄的是某個家庭在某一時刻的短暫相聚和長期的分離。另一張同樣七寸的彩色相紙上，是一個滿月的嬰兒一張驚恐而無辜的臉。而照片上在油菜花地裏裝模裝樣地讀書的女孩曾經是個輟學的女童。三個模仿「小虎隊」組合的男孩子的臉像無瑕的白玉，其實是照相時加了柔光鏡。那張嘴唇鮮紅含情脈脈的漂亮女孩的照片不知為何竟放大到十二寸，可能因為那是照相師的得意之作，事實上，她遠沒有照片漂亮。⋯⋯這些照片中的人，因為被掛在街道耀眼處，已經被來往的行人廣為熟知，他們的命運和去向也為人們所關切和傳告：其中很多人在廣東打工，有的月薪三千，有的窮困潦倒。那個油菜花地裏的女孩（也就

是鎮上鐵匠鋪張鐵匠的三女兒），據說已被拐賣他鄉，下落不明。十二寸彩照裏的女子後來嫁給了王家村的王屠戶，至今已成了鎮計生組織追查的超生戶⋯⋯若干年後，她們仍將對照相館裏的一切保持溫暖而美麗的記憶：館內裏牆懸掛的幾可亂真的彩色佈景、亮得讓人心跳的燈光、立架上罩著紅布的照相機、另一扇牆上懸掛的領帶、軍帽、圓鏡、梳子、布娃娃，還有門上掛著黑布的充滿了神秘感的暗房⋯⋯並對那支可能變短了的口紅懷著隱隱的牽掛。當年從村裏趕往鎮上領取照片的心情至今常常湧上心頭：一路上她都懷著對照片效果的擔心和對美的期待。她甚至記起照相館的主人藉口幫她擺姿勢手扶著她的肩頭時她的不知所措、臉色羞紅燥熱、心像小鹿一樣跳個不停⋯⋯照相館的主人，那個頭髮有些捲曲、皮膚白皙的年輕人，因為掌握了被人公認是不錯的手藝，而在當地享有很高的知名度。比起從事打鐵補鍋剃頭等行當的手藝人，他可稱得上是鄉村的白領。他每天坐在照相館的悠閒、自得的神色令人感覺他不像是一名手藝人，倒像一名鄉儲蓄所拿公家薪水的會計，或是剛從大學畢業的鄉政府的文書。他的照相館前總是聚集了許多打情罵俏的青年男女，而他往往是這群人的中心。有時他會在胸前掛著照相機在某個村莊出現（那通常是在春節或下雪的風景可堪入畫的天氣），就會迅速被人們認出。為招攬生意，他的打扮通常要顯得時髦洋氣一些，說話也充滿了更多的柔情蜜意。這使他成為鄉村少女和少婦們心中的偶像，當然也同時招來男人們的嫉恨和敵視。有時，在男人面前，他會裝出一副他的手藝老遭到別人誤解而深懷委屈的表情，而事實上任何人都看得出，他很得意他的這門手藝⋯⋯

　　他在小鎮開照相館已有些年月。這個至今未婚的已不年輕的鄉村照相師，依然對照相館門外鏡框裏的十二寸照片中的女孩情有獨鍾。現在的那個王屠戶的妻子已遠不是照片裏的模樣，而他一直在心底珍藏著她的底片，總在每晚通過夢的顯影液還原和複製她當年的美貌。這是這個曾遭人們誤解的男人內心深處從不示人的秘密，是他的照相館屬於暗房的部分。

理髮店

　　木苟的理髮店在村子去小鎮的路上，偏居村子東頭一隅，顯得有些孤單、落寞，但並不乏人氣——村裏大多數的中老年人、上小學和未上學的細伢子、少數的女性都是理髮店的顧客。理髮店的光線要比屋外暗淡——一個有理髮願望或無所事事的人魯莽地跨進室內，他很快就會陷入短暫的眩暈之中。他必須花上幾秒鐘才能適應，借助從屋頂僅有的一塊明瓦和一個不大的窗子漏下的光線逐漸看清屋裏的一切：一面面盆大的鏡子、一把理髮專用老式轉椅、鏡子前面一張長櫃。櫃子上面的推剪、齒縫裏塞滿了髒物的髮梳，掛在門上磨得油黑發亮的磨刀布，臉盆架上有些脫了搪瓷的花色豔俗的臉盆，還有滿地的頭髮⋯⋯並將在鏡中看到自己那張兩鬢灰白皺紋鋪滿的有些沮喪的臉。那是全村最大的一面鏡子，一米之內可以照見半身，鏡子有些剝蝕之感，顯然已有些年月，是木苟從業歷史的物證，並且鏡面上水銀不很均勻，造像不很準確，一張很短的臉在鏡子的作用下會成為一張令人陌生的馬臉，而一個瘦子會發現他刀削般的雙腮竟鼓起了肉，像是一個正吹嗩吶的人。這使生活暫時充滿了戲劇意味，一個剛被老婆罵得狗血噴頭垂頭喪氣的男子來到理髮店，從鏡中轉身他的心情有了一定程度的好轉，他甚至馬上哼起了下流不堪的陳腔濫調。而滿地的頭髮，長短黑白橫豎不一，凌亂不

堪，像一堆碎麻，或一堆從時間的錶盤拆下的零件，並且散發出身體的氣味。（也許會有秀髮一束，原屬村裏的某位妙齡女子，被木苟仔細珍藏也未可知）理髮店內，除鏡子外還有裝飾意味的是鏡子旁邊的髮型彩色掛圖──奇形怪狀的髮型，裝飾著一張張目光迷離的裸著肩膀的曼妙女子瓷一般脆薄的臉。其中的髮型，木苟一個也不會理。木苟只會理平頭、細伢子的鍋鏟頭，還有就是女人的齊耳短髮，額前留遮眉的劉海，這在十多年前顯得好看、精神，而至今就顯得有些老舊。而這些對一個已經年長的鄉下男子（或女人）或不諳世事的孩子，又有什麼關係呢？……

　　木苟每天坐在店門前，或者立著，向著路過或者走向他店裏的人笑。因為長期待在光線陰暗的環境中的緣故，木苟的臉蒼白、失血，這使他的笑顯得憂傷。他的笑容裏還有一種讓人不忍心的謙卑的成分。通常木苟把臉伸出門外，而他的拐杖和身體隱匿在光線暗淡的門後──木苟是個殘疾人。木苟的右腳強壯有力，是他四十多歲的身體的正常部分，而左腳還停留在患著小兒麻痹疾病的幼年。木苟的一生從此陷入失衡的境地──他惟有以理髮為業，並且終生未娶。這是個可憐的人，雖然村裏傳說他和村子西頭一臉麻子的楊寡婦有曖昧關係，但誰忍心笑話他呢？為彌補手藝的不足，木苟收集了方圓十里張家長李家短的故事，以供他在為人理髮時講述。這使他的理髮店充滿了世俗的溫暖和趣味，使來店裏理髮的人有了長久的耐心。而這些故事與他並無關聯，他只是一個孤單的人：他幽晦的內心，就像他的理髮店，只有屋頂一塊小小的明瓦和一個小窗戶照亮、溫暖。他沉迷於為人理髮時推剪發出的嘰嚓嘰嚓的聲響──

一而屋子裏有另外一種聲音和它呼應。那是牆腳一台補鞋機發出的聲響。木苟的乾女——木苟從鎮上揀來的已經 14 歲的女兒正在搖動著補鞋機。她為村人補鞋以補貼家用。噠噠噠、噠噠噠……補鞋機發出的聲響，充滿了一個無知的鄉村少女面對突如其來的青春的惶恐、迷茫（或許還有少有的一絲甜蜜），以及一個被遺棄的人對狠心的父母的怨恨、嚮往和牽掛。——女孩的心思，一如理髮店裏無所不在的碎髮，充滿凌亂，和寒涼入骨的感傷。而這兩個相依為命的人，木苟和他的乾女兒，到底誰是誰的拐杖？！

小　學

　　我的老師叫夏正英。二十多年後我依然能記起她當初的樣子：高挑個，前額光潔如夢，兩根美麗的麻花辮垂在胸前，嘴角噙著一絲恬靜的、羞怯的還有一點孩子般天真的笑。我的老師長得真好看。她的聲音更甜美，像村裏那口深幽的老井裏冬天溫暖而津甜的井水。她和我們一起唱「傳傳傳，傳得快，傳得好，傳好本子坐好來」和「我愛北京天安門，天安門上太陽升」，因為她的加入我們唱得更起勁。或者她為我們打拍子——她隨著歌聲起落的手像鳥在飛。如果是冬天，窗外的寒風吹著窗子上的塑膠薄膜嘩啦啦地響，我們雙手通紅，可一點也不冷。我們上自習課，埋頭在課桌上寫作業，猛抬頭，黑板上畫滿了小貓小狗，她手裏拿著半截粉筆，羞澀地問我們：「好看嗎？」她問我們的神態就像我們問她那樣。她還畫一件件衣服，然後對著圖畫歪著頭呆看。一會兒她用粉筆刷刷掉。粉筆灰簌簌地掉下來……（有的地方沒有擦淨，暫時保留了一個鄉村女教師夢想的痕跡。）她對我們說，她喜歡服裝設計……課間十分鐘，她騎著一輛嶄新的自行車（那個時代的奢侈品）在圍牆內的空地上練習轉圈，因為獲得全校師生的注視，她的行為有了一種娛樂、表演和自洽的意味。她沉浸其中，身體輕盈，騎自行車的動作優美無比。自行車的輪輻在上午的陽光下閃閃發亮……作為她的學生，我

們為此懷著莫名的興奮，在別班的學生面前贏得了短暫的虛榮。她教我們作文。那時我讀二年級。我記得開始是看圖學文：「小兔子拔蘿蔔」。她竟然給我打了一百分，並被作範文朗讀。有一次造句，「高高興興」，我突發奇想，用兩頁紙捏造了一個好人好事，最後才說「我高高興興上學去」。她竟然打了一個大紅勾！她呵護我們的每一個願望，就像一個心存慈悲的農婦呵護她的一棵棵菜苗。（這是不是我——一個當年懵懵懂懂的鄉下孩子走上寫作之路的原因？）而叫曾木根的數學老師和她竟有天壤之別，有一次我數學作業沒做完，他一氣之下把我的作業本撕得粉碎。我的數學成績從此再也沒好過⋯⋯她有兩個女兒，一個 5 歲，一個 3 歲。她的丈夫經常到學校來，把車停在小學門口——他在城市生活，是一個長途汽車司機。他的眼睛裏竟然有一種迷茫的、憂鬱的、飄忽不定的質素！他和他的那輛湖藍色的大貨車讓我們對遙遠的城市產生了幻想。他每一次來，夏正英都掩飾不住興奮的心情，上課時聲音裏有了嬌嗔的成分，這使她害羞、惱怒，而使我們覺得好玩，教室裏充滿了心照不宣的意味。外面的風把窗子上的塑膠薄膜吹得嘩嘩地響⋯⋯她是學校唯一的公辦教師。她的同事：劉小梅、孔龍根、劉四芽，以及前面提到的曾木根，都是民辦教師（又叫赤腳老師）。課餘，他們經常在一起聊天，相互間相處友好、融洽，開些玩笑不鹹不淡，被我們聽到卻當作新聞私下裏傳播。⋯⋯哦，這是多麼雋永的時光！

而這樣的時光並不太長，一年後，夏正英離開了小學，據說是調到了她丈夫所在的城市，而這不是我們這些孩子所應該關心的事。因為她的離去，我們有了一段充滿惆悵的日子。然後我們被新

的快樂佔據。然後我們畢業，像夏老師一樣離開了小學，並逐漸長大成大人的模樣⋯⋯

　　後來我師範畢業回到故鄉，竟然也當上了老師，在一個和我當年就讀的小學校差不多的鄉村小學教書。我教孩子們唱歌，寫作文，就像夏老師當年對我們那樣，不過我的聲音沒有她的好聽。我與當年的老師們結成了新的關係：和劉小梅、孔龍根、劉四芽分別成了同事，劉小梅甚至差一點成為我的岳母：她想撮合我和她的小女兒（小名叫榕榕）成為她看起來般配的一對。我甚至有點喜歡上她（榕榕），但後來不了了之。他們後來都轉成了公辦，像當年的夏正英老師那樣。曾木根很早就回去當了農民，他的家就在我家前面，他與我是本家，按輩分我應叫他爺，可每次見了他，我還是忍不住叫「曾老師」──童年時代的敬畏依然留在心裏！

　　後來我還是離開了鄉村和學校，走進了離故鄉百里的城市。數年後，我髮型整齊，衣冠楚楚，身上的鄉土味儼然全部洗淨，與城裏人交往絲毫不顯得生分，並且有了許多城裏人的愛好和習慣，一口我工作和生活的那座城市的口音幾乎不露一絲破綻，就像一個真正的城裏人那樣。而有一次，在一個複印店裏，我有了和同在店裏的一個長得好看的女孩交流的美好願望。她竟從我說話的尾音中指出我隱匿很深的籍貫（具體到叫某某鄉）！她說她的媽媽曾在該鄉一個叫下隴洲（我的故鄉的名稱）的村莊教過書，她小時候和媽媽在村裏生活過，她的媽媽叫夏正英──

　　哦，生活是一枚鎳幣，我從正面瞬間來到了反面。我看著這個當年 3 歲的小女孩，生活已把她塑造成一個具體的人：年已二十多

歲，某民主黨派黨員，我所在的城市的政協辦公室秘書，或許已經戀愛，正和一個她命裏的人談婚論嫁……她的外表竟與她媽媽酷肖！這是不是我與她攀談的潛意識原因？其實我是一個不善於與陌生人說話的生性靦腆的人。這是大家都知道的……早已消失的童年又一次在我心中神秘地蒞臨。我突然清晰地記起二十多年前的夏正英光潔的額頭、垂到胸前的麻花辮子、甜美的聲音……內心既激動不安又感傷不已。我竟然寫了一封信託她捎給她媽媽，在信中我寫到：「想起您的辮子……」

後來我從夏正英收到我的信後打給我的僅有的一次電話中瞭解到，她在一所中學退休，平時和退休的丈夫一起養花種草，大女兒在另一個中學教書，早已嫁人，一家人過上平安、富足的日子，正如我祝福的那樣。她邀請我去她家做客……她的聲音依然甜美，只是鄉音多有改變。我從沒接受過她的邀請。我已遠不是過去的樣子。我表面樸實，其實內心已被城市深度損害。而她是否也顯出她的年紀應有的不堪的老態？而我願意她永遠屬於我故鄉的那所小學，永遠二十多歲，嘴角永遠噙著一絲天真的害羞的恬靜的笑。在教室裏，她為我們的歌唱打著拍子，隨歌聲起落的手像鳥在飛……而我坐在課桌上，隨著她的手的起落起勁地唱著歌，希望引起她的注意並得到她的誇獎……事實上，還擱在教室裏的那塊黑板上，屬於童年的部分至今已經擦淨，我無比傷感地看見，粉筆灰簌簌地落下……

檯球室

　　⋯⋯夜幕降臨。四指頭家的廳堂，一盞光線暗淡的燈下，聚集了一大群人——比如剛從初級中學畢業的學生，業已長大的失學少年，退伍的軍人，新婚不久的青年男子，吊兒郎當的鄉村教師，叼著煙捲的村幹部，一身油漬的屠戶⋯⋯他們的人生命運呈現出不同的方向和可能，而眼下他們無所事事，表情迷茫、飄忽，懷著對前途隱隱的擔心，暫時結伴在昏黃的燈下。他們的中間，是一張檯球桌，臺面的綠色絨布嶄新，耀眼。檯球子在桌上四處散落，好像一盤下得亂七八糟的棋。人群中的兩個（有時是鄉村教師和失學少年，有時是屠戶和退伍軍人，這種組合隨意無定，充滿了各種偶然性和喜劇意味），其中一個扛著球桿，其神態儼然扛著獵槍逡巡的獵人，另一位正煞有介事地俯下身子，把身子巴在球桌，嘗試著用球桿向母球和子球瞄準。他的動作不很規範，笨拙，顯得很不協調，隨著一聲渾濁的聲響，白色母球擊打另一個有色的子球，子球四處撞擊，像受驚逃命慌不擇路的野獸，檯球桌上更加混亂不堪——這一桿並沒有球落洞。這在過去是經常發生的。而現在，他們的技術都會有不同程度的提高，比如會控制擊打的速度和母球停落的位置，會反手使桿，子球落洞聲不斷⋯⋯這種遊戲儼然好玩，有人獲得了暫時的虛榮，有人因為經常獲勝，在村裏一事無成的形象得到了一定程

度的改變，成為檯球室裏的英雄。當然這種事並不能持久，不日，他的英雄的位置將被另一個人取代。這種輪流坐莊的遊戲，使他們樂此不疲，保持著長久的令人難以置信的興趣，他們因此獲得了一個虛妄的目標和一個他們自以為很好的消磨時光的辦法。他們常常從白天玩到深夜——在四指頭家昏黃的燈下，他們的影子碩大、飄忽，宛如古代寬衣廣袖的隱士，或是一個尾隨無聲的夢魅。他們巴在球桌用球桿瞄準一動不動的樣子，極像一隻巨大的黑色的年歲已久的蜘蛛。夜更深，屋外的星子寒涼無聲，蟋蟀寂寂而鳴，夜露升起，檯球桌逐漸充滿涼意，一顆顆球子有了絲絲潮氣，同樣濕漉漉的還有門後幾根寂寞的球桿。而擊球落洞的聲音經久不息。……

　　這張讓大家樂此不疲、也是村裏唯一的檯球桌，是四指頭在鎮上與人打檯球賭博掙來的。四指頭是鎮上有名的檯球高手。他能擊落在別人看來根本沒有擊打可能的球，比如能讓母球跳過障礙球把要打的球擊中落洞，能打出漂亮的弧線球……四指頭曾創下一桿打下過所有子球的記錄，他的動作古怪，打出的球卻線條流暢。四指頭只有四根指頭，他的大名因此得來。四指頭原是六根頭——四指頭一出娘胎卻是左手有六根指頭。後來他的父母到醫院把他多餘的第六指割下，卻導致拇指發炎、潰爛，繼而壞死。倒楣的他不得不再次手術切除拇指。六指頭就變成了四指頭。他總是被迫在手指上折騰來折騰去，四指頭因此煩得要死。四指頭的殘手卻在檯球桌上產生了奇跡，他原比別人多一根手指後又比別人少一根手指卻具有了常人沒有的秉賦。他巴在球桌上擊球，把手指支在檯球桌上，拇

指口的疤痕赫然醒目，令人突兀、吃驚，彷彿一支雙管獵槍玄黑的槍口，或是一句關乎命運的不祥的讖語。……

　　這是多年以前的事。當初圍在四指頭家的檯球桌前的那些人，至今已如鳥獸散：有的去廣東打工，有的學成手藝在外掙錢養家糊口。那名村幹部依然保持了抽煙的愛好，只是額頭的皺紋增添了幾許。吊兒郎當的鄉村教師——也就是我已經離開了村莊，來到了城市，並且改變了所有在鄉村養成的惡習，莊重嚴謹，衣冠楚楚，與以前判若兩人。……四指頭早年離開村莊，去廣東打過工，而幾年後竟然下落不明，杳無音訊。他的父母多次變賣家產去廣東尋找，用了各種辦法，卻一無所獲。到方圓最有名的算命先生問尋，算命先生掐指算了他的生辰八字後竟沉默不語。有人傳說他入了黑社會做了馬仔，就像港臺電影中的那樣。有人說他已被人謀殺，原因是與壞人結下樑子。……關於四指頭的猜測在村子流傳，人們又似乎看見他支在檯球桌上的那只疤痕赫然在目的手。那恍如雙管獵槍槍口的疤痕，早已埋下了四指兒命運的伏筆。四指兒的消失早已命中註定——四指頭從一出生，就被命運驅趕著逐漸卸下自己的身體。從六指頭到五指頭再到四指頭，最後隱去的是他的整個身軀——同時隱去的還有他的脾性和溫度。依然記起四指頭家中的檯球桌，它構成了對故鄉現況的隱喻：人們就像球子四處散落，而四指頭這顆子球，已被叫做時間的母球提前撞擊落洞。……四指頭的家就在我每次回家經過的路上。每次經過他家門口，我就似乎聽見裏面傳出檯球擊打的聲音——聲音尖銳、凌厲、支離，令人驚駭、心

碎。而事實上，當年的檯球桌已蹤跡全無，所有的球子也已不知
去向……

診　所

　　周醫生在他的診所不停地走動，一會兒給一個掀起衣襟的老婦人聽胸腔裏的心跳，一會兒從一個孱弱的孩子滾燙的腋下取出體溫表，忙得很。診所的明暗因他不停走動的身影而不時得到改變。當他經過陽光探進的窗戶，他的影子瞬間充滿了整個診所——他的診所不大，只二十多個平米，屋內佈置也極簡單，唯一個藥櫃、一張辦公桌和四五張供病人打點滴用的躺椅而已（牆壁上還貼著由衛生單位印製的《農村農藥中毒急救須知》和《人體穴位圖》），但這一點也不妨礙它成為周莊最重要的場所（如果把周莊比作一幅人體穴位圖，那它可以說就是周莊的人中穴）。通常，診所裏總是擠滿了患者（這種情況在春天尤其如此），其中感冒發燒的患者占了絕大多數，大多是傷風所致，還有的是患了痢疾、胃病、痔瘡，個別的是久治不愈的肝炎，其病因多與飲食不良有關。還有的是得之於遺傳和外傷。他們常常不知所措，面色愁苦，彷彿一團亂麻，正等著不停走動的周醫生給理出個頭緒來。而周醫生不緊不慢，默不作聲，面無表情，像是對病症有十分的信心，一切已經勝券在握，或者表明疾病到了十分嚴重的程度。這是一張十分嚴峻的表情模棱兩可的臉，你很難從這張臉上捕捉到你所患疾病的程度和他對疾病的態度。在周莊，有這樣一張臉的只有兩人，一個是周醫生，另一個是

村支書。他們因為分別治理該村公共和身體的秩序，而在周莊享有同樣的威望。而現在，支書正躺在周醫生診所的躺椅上，順從地把他平時反剪著的手伸出（原本嚴峻的臉上現在都是屈從、認命、悲哀和沉靜的神色）。幾天前，他被一場重病擊倒在床。在他身體的上方，有一滴藥，正循著滴管神秘地滑行，彷彿道上一輛裝載著救災物品的卡車，正奔赴千里之外的災區。而診所有了片刻的寂靜，靜得幾乎可以聽見患者平緩而羸弱的心跳，並且充滿了藥物的腥苦和清涼，彷彿飽受傷害的農婦慟哭過後的短暫沉迷。穿過窗戶落地的陽光，恍如患者品嚐藥物的舌苔。——多少民間的疾苦，多少底層的怨氣，多少無告的掙扎，一起湧上周醫生的心頭！……

周醫生在他的診所不停地走動，一會兒從一個嚎啕大哭的孩子屁股抽出針管，一會兒查看一個面無表情的中年男子的眼白、舌苔，忙得很。周醫生年齡四十來歲，可外表看起來足有五十多歲。這個曾經是周莊最羞澀的男人，因為職業的緣故，變成了全村最憂鬱、最沉默寡言的人，身體也出現了未老先衰的跡象：鬍子拉碴，皺紋滿面，頭髮枯黃。他熟悉周莊每個人的病史——從一個新生嬰兒的肺部感染，到一個老人喉嚨裏的哮喘。在生命這條逐漸幽深、寒涼而逼仄的路上，他的救護彷彿無力的勸勉。這很可能是導致他悲觀憂鬱和未老先衰的根源所在。但這並不妨礙他每天在診所不停地忙碌，或者背起牆上那只棗紅色藥箱，隨著夜半急促的敲門聲，穿過夜色重重的巷道，奔赴垂死者的病榻，彷彿一粒救命的藥丸，緩緩穿過患者的腸道，藥丸消溶後，揮發的藥性逐漸抵達病變的器官……

　　──那隻裝著棉簽、針管、體溫表和藥品的棗紅色藥箱，是周莊的另一座診所，周莊人熟悉的一座行走的、袖珍的診所。

對岸的村莊

　　從小時候起，我對與故鄉一江贛水相隔的村莊懷有一種特別的情感。這種情感既有類似對遠逝事物的牽掛，又有對不可知的事物的猜想、期待和嚮往，以及一種願望未獲滿足的惆悵。我不知道，是僅僅因為它是與故鄉對應的一個存在，還是它曾是我的家族故鄉之外的故鄉？

　　越過一片田野，爬上一段堤，就望見對岸的村莊了。離岸最近的是一座瓦窯，陽光下依稀可見暴露周圍的碎瓦片，但從我記事起從沒見它升起過窯火，好像已經廢棄多年，它的存在似乎在於為村莊做一個無聲的見證，或是專為村莊秘密的埋藏。瓦窯旁邊是一片樹林。樹林密密的要把一切都裹得不透風似的。可總有聲音和色彩從林中透出來，早晨的雞鳴聲和開門的吱呀聲，節日或喜慶日子裏的鞭炮聲，黃昏四起的氤氳的炊煙，冬天一抹金黃的油菜花，都讓人感覺到樹林裏村莊的堅韌存在。樹林和村莊後面是山，連綿起伏，無邊無際似的。

　　村莊不大，四五十戶人家的樣子。村名叫西流，一個沒有任何能指的地名（贛江的水是向北流的），有如為一個剛出生的孩子隨意取下的乳名，或是在玩笑中給人取的一個綽號，並沒有什麼供人聯想的特徵。當然也可能叫「西周」什麼的，其實與歷史上某些重大

的事件關連，千百年叫下來就叫成了這只有符號意義的諧音——這在贛江兩岸是經常發生的事。

說對岸的村莊是我家故鄉之外的故鄉，得從我的太祖父說起。

那是幾十年前的事了。聽仍健在的祖母講，作為故鄉方圓有名的一家雜貨店的老闆，太祖父常到對岸的村莊販收土產。與對岸來往熟了，竟與一戶兒女輩的人家認了乾親，女主人為乾女兒，男主人為乾女婿。雖是結拜的乾親，雙方紅白喜事，卻都是按真親的禮數，賀禮無不詳備。祖母評判，太祖父與他的乾女兒一家的關係，比親父女還要親。

有了這門乾親，太祖在對岸忙生意晚了，根本不著急找渡船過渡，而是常常留宿乾女兒乾女婿家中。他還常常抽空專到對岸小住幾日，抿著小酒，唱著小曲，在專門為他準備的乾淨床鋪上響亮地打著呼嚕，儼然在自已家中而樂不思蜀。

在太祖父去世多年後，我經常獨坐贛江邊，透過悠悠贛水望著對岸，懷想著太祖父。我想，太祖父在對岸的村莊認下乾親的舉動，是支使了一個商販全部的浪漫，還是僅僅為了生意方便找一個下榻的地方？是偶爾的心血來潮，還是源於他對別一份生活的嚮往？

揣摹一個我未曾謀面的人的心情是徒勞的。太祖父於我是多麼地抽象遙遠。而父親在對岸的被他稱為乾姑姑一家的經歷，卻顯得那麼地真實。

太祖父去世後，兩家的關係依然親密如初。我的伯父叔叔們小時候幾乎都在那裏受到過親侄子的禮遇。父親更是倍受乾親的寵愛。祖父生下父親兄妹九人，父親非長非幼，很難得到忙於生計的

祖父祖母的寵愛憐惜。據說缺乏管教的父親小時候非常頑劣，每當
闖了禍挨了祖父祖母的揍，父親就躲到對岸去住上幾日。一到對岸，
他很快忘記了滿腹的委屈，與村裏的小夥伴昏天黑地地玩耍，一起
下水摸魚，上樹掏鳥，追貓攆狗，無所顧忌地施展他玩劣的天性。
結果他不但不會挨揍反而惹得乾姑姑如對親生兒子般地疼愛。他吃
著專為他炒就的臘味，在乾姑姑懷裏忸怩作態地撒著嬌，聽乾姑姑
親昵地喚著他的乳名，內心竟充滿了從沒有過的幸福。他甚至認為
與故鄉做法無異的年貨，都有著別樣的美味。

　　父親對對岸甚至懷著深深的感恩。因為開雜貨店生活比別人寬
裕，太祖父在「土改」時被嫉妒的故鄉人定為「地主」。「文化大革
命」時，已去世的太祖父性格最執拗的「黑五類」的孫子也就是我
的父親常被批鬥，甚至被打得遍體鱗傷，尊嚴掃地。在那噩夢一般
的歲月裏，父親甚至想到過死。而每次批鬥之後，他總偷偷跑到對
岸。是在那裏，是在那種非血緣卻勝於血緣的親情的撫慰中，他的
苦痛有了些許的消解，他的身心得到了些許的慰藉。

　　父親每對我說起他在對岸的經歷，臉上總洋溢著少有的生動表
情。而時間是無情的，一如贛水，一逝不回。至今，父親老了。經
過了歲月的風風雨雨，他滿是皺紋的木訥的臉上已找不到一丁點少
時頑劣的痕跡。我想，父親對對岸的嚮往和癡迷，除了對一種樸素
至深的情感的深深銘記，不過是對至今已與他一河相隔的包括童年
在內的歲月一種深深的懷念而已。

　　我的家族與對岸的堅韌維繫，使我對對岸被太祖父結下乾親的
一家產生了極大的好奇。我想，這是怎樣的一戶人家，竟使太祖父

有了結拜乾親的興趣，使父親懷著深深的感恩？他們有著怎樣的好脾氣、好性格？太祖父的乾女兒由於過早謝世我沒能謀面，我卻見過已兒孫滿堂的被太祖父喚作乾女婿的老漢。那時我小時候祖父去世後的一年農曆七七。七七是故鄉祭祀河神、與親友共慶豐收、祈求天賜風調雨順的節日。老漢是帶著他的小孫孫來的。他留著山羊鬍子，個小，精瘦，背脊微駝，操一口與故鄉完全不同的口音，身上漿洗得乾淨的對襟大褂口的嚴實，一看就知道是一個老實勤勉的莊稼人。不知為什麼，他的神色並沒有到至深故交家裏的親切隨意，相反還顯得有些拘謹。帶來的小孫孫由於我沒給他毽子踢而號啕大哭時，老漢竟尷尬萬分。他時而大聲叱喝是而蒙哄著孫子，手足無措，生怕冒犯了誰似的。他的這種尷尬和拘謹，可是隨著太祖父和祖父的去世兩家的交往已遠離了當年的背景而使他有了生疏之感？

老漢不久也去世了。畢竟是太祖父結下的乾親，維繫了幾十年的感情，至今已疏於走動，十分地淡薄了。歲月如流，已輪到我懷念與我一河相隔的童年了。我至今常想念起年齡與我一般大、當年和我吵過架的那個叫小水的老漢孫子。哦，不知他現在長成一副什麼模樣，有著怎樣的人生命運。他是否還記得那個曾經因為不給他毽子踢讓他號啕大哭的小男孩，是否依然在生我的氣？

而我竟十分地羨慕我的太祖父和父親，曾經擁有這麼美好的一個所在和這麼美好的一份情感。很多時候，我甚至幻想父親也如太祖父，與對岸一戶善良淳樸的人家結下乾親，使我在這個世界上，孤獨的時候有一個排遣消解的地方，想流淚的時候有一個可以放開喉嚨嚎啕大哭的地方，假面具戴久了有個可以讓我摘下面具素面朝

天的地方，受到傷害時有一個可以躲避人群心靈得到撫慰的地方。我時常坐在河邊，懷著嚮往的心情眺望對岸，我想那裏有著故鄉沒有的美好，沒有爭鬥傾軋，沒有仇恨苦痛。人人性情淳樸，雙目清淨，內心了無纖塵，生活充滿了光彩和趣味。甚至於所有美好的心願都可以實現，所有熱烈的企盼都不會落空……

其實我是到過對岸的，坐著船，越過二里寬的河流，對岸就到了。走過裹著村子的一片樹林，展現在我眼前的情景與故鄉並無二樣：一樣的房子，一樣的門楣和瓦楞，一樣的褪色的春聯。一頭豬在污泥裏打著滾，像我故鄉的那樣。一條拴在樹樁上的牛無所事事地甩著尾巴，腿上新鮮的泥土好像剛犁完故鄉的地回來。巷子裏的雞像是剛啄完我家的米粒，陰影中悠閒地踱著步。那裏的面孔也與故鄉的毫無二樣。所不同的只不過是耳邊飄過的幾句鄉音罷了。

我在那個村子徜徉了一日。我從村東走到村西，從村南走到村北。我在心裏告訴自己，這是太祖父、祖父和父親嚮往和生活過的地方，是折疊起祖輩的趣味和命運的地方。我想我碰到的許多人中，一定有人認識我的祖輩，一定瞭解我祖輩的許多事情。我卻沒有去打探那戶曾被太祖父稱為乾女兒的一家的念頭。我甚至沒有跟任何人說上一句話。我的到來沒有引起過任何人好奇的詢問，好像我是這裏的人似的。有幾條狗看了看我，依然走著它們的路。

回到家後，我依然時常坐在贛江河邊，眺望著對岸的村莊，內心依然充滿著牽掛和嚮往。它在我眼裏，依然有著故鄉沒有的美好。在那裏，許多美好的心願依然可以實現，許多熱烈的企盼依然不會落空。

　　我並不感到遺憾。我固執地認為，我所到過的對岸的村莊和我坐在故鄉的河邊眺望的村莊並不是同一個村莊。我相信，有些事物，並不在現實中，而在我們的夢裏。

血脈裏的贛江

　　二十世紀五十年代初，我的太祖父死了。臨死前，他緊緊攥著祖父的手，目光淩厲，聲如裂帛：「握緊篙子咧……撐好船咧……到死都不要……放下錨咧……」說罷，長歎一聲，愴然而逝。

　　太祖父是故鄉最大的一家雜貨店老闆，也是故鄉贛江方圓男人中的男人。他生得身高馬大，相貌堂堂，性格恣肆灑脫，一如民間口碑中的亂世英雄。他以過人的精明和慈悲仁義、樂善好施的天性贏得了故鄉人的廣泛尊敬，成為故鄉一言九鼎的人物。可在那一年，命運與太祖父開了一個天大的玩笑：故鄉人為賴掉早年困急時向太祖父借下的債款，竟將他定成份為「地主」。接下來無休止的抄家批鬥、家中一落千丈的境況以及內心被捉弄被遺棄的苦痛和悲涼，是導致太祖父匆匆死去的直接原因。

　　祖父強忍住悲痛埋葬了太祖父。作為太祖父的唯一有子嗣的兒子，他理所當然地成為一家之主。

　　祖父早年曾是故鄉最孟浪、最頑劣的人物。他一天到晚無所事事，吊兒郎當，到處逞能示強，以耗費太祖父遺傳的滿身力氣。比如提著祠堂裏的近三百斤重的鐵鐘搖搖晃晃地行走，頂著豬肝色的臉在別人的喝彩聲中得意非凡；在別人的慫恿下咬著一籮黃豆上樓，結果晚年他的牙齒悉數脫落。

太祖父去世後，祖父似乎變了一個人。他用早年咬著一籮黃豆上樓的狠勁默默承受我的家族因為故鄉人的捉弄和歷史的誤會造成的長達數十年的苦難——全村人的唾棄、無休無止的批鬥、不堪忍受的凌辱、潦倒不堪的生活⋯⋯他對所有的人都陪著笑臉，外表像羊一樣溫順忠良，內心卻像狼一樣警覺敏銳。他一聲不吭地忍受著鮮血淋淋的鞭苔，不動聲色地掩埋因不堪凌辱上吊自殺的大祖父舌頭長長、醜陋不堪的屍體，⋯⋯他扼守太祖父的遺囑，以對自己十分殘忍的方式生存著。他緊緊握住太祖父的遺囑這根船篙，撐著我的家族這條大船，在數十年的風浪中小心翼翼地避礁前行，防範著船上的每一個人的翻身落水。他經常在夢中聽見自己撐船劃槳的聲音：「嘩——嘩——」，沉悶而有力。在夢中他找到了早年提起祠堂裏的鐵鍾在一片喝彩聲中得意非凡的感覺——當然為他喝彩的是他自己。

七十年代末我的家族得到平反。而祖父突然變得衰老不堪。1982年他死於中風。臨死前，他徐徐打量著床前肅立的健碩無比的子孫，目光飽含著少有的溫情，雙目盈淚，久久無聲。他突然唱起來，帶著故鄉民歌小調曲音的歌聲從他那牙齒悉數脫落的嘴中發出，飄忽，渾濁，卻又有著一種如釋重負的輕鬆，和一詠三歎的抒情意味：

「握緊篙子咧⋯⋯撐好船咧⋯⋯到死都不要⋯⋯放下錨咧⋯⋯」

這是太祖父的遺囑，是祖父心中沉重的十字架。祖父以聖徒般的虔誠背負著它走完了一生。它成為我的家族的祖訓和誡命，讓家族的每個成員都奉若神明。

　　我的父親是故鄉最懦弱的人物。身體的多病和性格的軟弱使父親成為故鄉最容易被忽視的角色。但父親自有他堅韌一面的存在。父親是個篾匠，並且是故鄉最出色的篾匠。父親織的竹籮、竹筐、篾席等竹器，不僅結實，而且美觀。而讓故鄉人不可思議的是，父親可以利用篾片的搭配編織出各種各樣花朵的圖案，比如在篾席上織出一朵寓意富貴的牡丹，在一塊竹墊上織出一朵透著涼意的蓮花……簡單的工匠活在父親的手中竟然充滿了審美的趣味。

　　父親的一生都沉迷於竹器的編織之中。他因此成為故鄉倍受人尊敬的大師傅，很多人紛紛領著孩子拜父親為師。父親以自己出色的手藝向故鄉人顯示了一個懦弱的人生存的勇氣和尊嚴。只要一握著篾刀，原本口鈍手拙的父親就變得手指飛揚，物我兩忘。

　　可是至今，機器成批生產的遠比父親的編織漂亮得多的器具在街頭廉價兜售，父親的手工業時代已被機器時代所取代。再也沒有人請父親做手藝活了，他的徒弟們也紛紛改行。父親已被時間無情地淘汰出局。已不再年輕的父親依然保持一名優秀的手藝人的本色，經常在家中磨他那把篾刀，決不允許篾刀有絲毫的鏽跡。並且，他依然在指間編織花朵的圖案，哪怕僅材料費就比買街頭的產品還要昂貴。他的執拗令人不可理喻。他總是說，幹一行就得愛一行。哦，我的父親，這個口鈍手拙容易讓人忽視的男人，他堅守的不僅僅是他的手藝，更是一種做人的品格，一種生存的尊嚴，一種承繼於祖輩的有些執拗的信念。

　　作為太祖父的第四代子孫，我與父親一樣成了一名手藝人，一個以寫作為生的手藝人。我以承繼於祖輩的倔強甚至偏執，堅守著

一名手藝人的本色。我寫作，在生活中我以一個旁觀者的身份混跡人群，心如止水，表情高傲而決絕。筆在紙上滑行，這很容易讓我幻想我是一個握槳划船的贛江水手。而每當夜深人靜時刻，冥冥之中，我總聽見有一種聲音穿過歲月的積塵呼嘯而來：

「握緊篙子咧……撐好船咧……到死都不要……放下錨咧……」

這聲音既消彌了太祖父憤慨的情緒，也不像祖父如釋重負的歌吟。它低沉、純淨，有如一支流傳久遠的歌謠，又像晨鐘暮鼓中被默誦的一段經文，平靜中有一種金屬的力量。每聽到這種聲音，我的血脈中就有一條河流奔跑了起來。

這條河流，就是贛江。

流浪的篾刀

我出生在贛中地區贛江以西的一個普通手藝人的家庭。我這種似乎發自遙遠的敘述很容易讓人產生我將做一篇小說或一篇鄉村童話的錯覺。但我聲明我要做的是一篇散文。散文不容虛構，我的真實無法迴避，我採用這種極其舒緩的敘述語調是因為我企圖稀釋大地和我內心深處的憂傷和隱痛。這種憂傷和隱痛來自我的敘述客體，我的父親。一個稻草一樣卑微內心卻如石頭一般沉重的樸素生命。一個需要流浪他鄉掙錢養家餬口的手藝人。一個篾匠。

如果不是基於每個人都有每個人的歷史這個觀點，我的敘述將會徹底喪失信心。我的父親是故鄉極其無足輕重的人物。在父親還是一個少年時，父親同故鄉土地上的其他孩子一樣，長得聰明、活潑、純淨而透明。聽祖母說起父親小時候的許多趣事可知，父親原本是一個多麼富有生氣的生命。可是後來，當許多打擊和傷害向著父親接踵而來，所有的一切便有了徹底的改變。贛中地區贛江以西的我的故鄉，是個人多地少、窮山惡水的地方。過於強盛的繁衍能力和貧瘠的土地之間的矛盾使這裏的人形成了潑辣兇悍、孔武好鬥、弱肉強食的醜陋習性。許多年來，這裏不知發生過多少村與村、人與人之間駭人聽聞的械鬥。婚嫁喜宴，老舅子一不順心將桌給翻了是常有的事。外地柔枝蜜葉的樹種，一移植到故鄉便都長得舉綱

張目，枝刀葉劍。父親從小體弱多病，農民的後裔，生就的是一副書生的瘦弱體態和善良本分的天性。這種與故鄉的土地極不和諧的體態和天性自然受到了故鄉人的揶揄和傷害。「文化大革命」時，作為業已過世的地主的長孫，故鄉千百年來積成的惡習便變本加厲地施給了父親，使父親的身心受到了嚴重的蹂躪。——儘管祖輩的風光和富足，四十年代出生的父親只不過是一個不在場者。我的母親，一個小個子的脾氣暴躁的農村婦女，一個故鄉惡習的傳染者和繼承者，一生似乎從來就沒有喜歡過父親。人民公社時，大隊展開秋收勞動競賽，母親僅僅因為父親動作稍有遲緩受到了別人的嘲諷，一怒之下竟用鐮刀把父親的耳朵割得鮮血淋淋。這種種不該降臨卻又無法躲避的打擊和傷害徹底擊垮了父親。我原本生機勃勃的父親，從此變成了一個膽小怕事、局促不安、動作遲緩的人。一個拙於表達、麻木呆滯卻又時時心懷警惕的人。一個充滿孤獨和憂傷的弱者。凝視著這個稻草般卑微卻又石頭般沉重的生命，我的內心便灌滿了無限的悲愴和隱痛。

然而父親竟還有著另一種堅強的存在。父親是個篾匠，而且是十分出色的篾匠。人多地少的生存環境造就了故鄉的許多手藝人，但沒有一個篾匠的手藝比父親更加精湛。父親織就的諸如竹籮竹筐竹籃等竹器，美觀、結實而耐久。他出色的手藝活使父親在故鄉贏得了僅有的一點好名聲，使他得以在人們的眼中同「廢物」這個詞區別開來，同時使我們在這個人多地少的地方即使歷經許多缺衣少食的歲月，依然活得健康、結實，一如他織就的竹器。

　　父親是個篾匠。偶爾空閒，父親總愛在家裏擺弄竹器，或者磨他的篾刀。當父親對著竹子嘩啦啦劃響時，當父親在磨刀石上一來一往地磨刀直至把刀磨得寒光閃亮時，父親臉上自得、陶醉、成竹在胸的神態，成為我們對父親的灰色印象中僅有的一點亮色。而每到春秋農閒時分，父親就會背起他那磨得鋒利無比的篾刀，帶領他的徒弟們，離開故土，流浪他鄉。

　　父親和他的徒弟們討生活的地方名叫水東，一塊與故鄉僅隔一條叫贛江的河流的土地。相同的一條河流，卻在把我的故鄉塗抹得貧瘠醜惡、面目猙獰的同時，把水東滋潤得百草豐茂，風光明媚。這的確是一塊寧靜而充滿生氣的土地。稻子在田野自在地搖曳，村居在樹林中隱現。地多人少、資源富足使這裏的人安居樂業。陽光的充足、雨水的充沛和綠蔭的庇蔽使他們目光平和，面色清靜，與天地萬物有著一種近乎天籟的和諧。父親流浪到那裏，他善良本分的天性與那塊土地的品質一脈相承。在那裏，父親飽受打擊和傷害的疲憊不堪的心靈，得到了洗禮和安頓。

　　在那塊古樸而寧靜的土地上，我的窩囊得像喪家犬一樣的父親，變成了性格爽朗、性情風趣的另一個人。聽父親的徒弟們講，只要一跨過贛江，雙腳一踏上水東的土地，父親就會一改平日軟塌虛弱的神色。他敞開大褂，健步如飛，臉上的表情如沐春風。他吆喝著徒弟們，嗓門粗大，聲若洪鐘。當他在下榻的人家廳堂或村莊曬場上操著篾刀展示他的手藝，他乾淨俐落的動作就會使他立即成為水東人心中耀眼的明星。他總是一邊操著篾刀，織著篾器，一邊與人談著天氣、收成和農藥的配兌，或者拉拉張家長李家短的家常，

偶爾也免不了和女人們調調情。他對那裏的每一個人每一件事都了然於心，像一個原本就生活在這裏的人。他操起異地方言，其熟稔程度一點也不亞於他使用手中的篾刀。他與那裏的人和睦相處，親密無間。人們尊重他，親熱地稱呼他像稱呼親友和兄弟。每遇到婚喪喜事，他總是理所當然地成為座上嘉賓，與人喝酒劃拳，經常大醉而歸。

這該是一個血肉多麼豐滿個性何等鮮明的莊稼漢子，是生命力和感染力何等強大的一個人。他遠離故鄉和我的視線而存在著，像一種小說和故事中的虛幻的存在。這種存在的遙遠和模糊總是讓我懷疑它的真實可信。——父親在水東是那麼地自在、快活，而每次流浪歸來，他就又變成了故鄉中的那虛弱、軟塌、窩囊、呆滯和憂傷的弱者父親。他承受著生活和命運的重負，默默無語。偶爾空閒，他總是默默地磨他的篾刀。他緩慢地磨他的篾刀，澆一會兒水，磨一會兒刀。這種緩慢而有力的動作，切合的是一種歷經滄桑的壓抑的獨語的心境。而每次父親說起水東，他臉上的迷醉和嚮往，宛如一個離家的孩子說起母親。老子在水東怎麼怎麼，是我一生中聽到的父親最豪邁的話語。每年春秋農閒時分，父親就會背起篾刀，前往水東，那迫不及待的神色，根本不像一個為了養家餬口奔走他鄉的流浪者，倒像一個異鄉漂泊的孩子奔赴久違的故鄉。

我不知道至今我是否應該原諒我的母親，那個一生對父親刻薄的脾氣暴躁的女人。在她眼裏，父親永遠是窩窩囊囊、受人揶揄、軟柿子一捏就碎的那個人，是她前世造孽今生瞎了眼錯嫁的那個人。她總是對著父親吆三喝四，喋喋不休，甚至鬧得雞犬不寧，來

發洩她對生活的滿腹怨氣。在她眼裏，故鄉的父親與徒弟們口中的水東父親缺乏起碼的聯繫。每次水東來客，父親如見兄弟，親熱無比。而母親總是冷漠無比，用臉色和桌上酒菜的粗簡來顯示她有意識的怠慢。每當這時，父親就會一改他平時在母親面前忍氣吞聲、沉默少語的脾性，橫眉怒目，大喝一聲：

「我休了你！早晚討回個水東婆了！」

父親說這句話時，臉上總是交雜著憤怒、無奈和興奮神往的矛盾表情。他頭顱高昂，目光如火，蒼白的臉色因漲得通紅而生動無比。父親的這句話讓我們在驚恐萬狀的同時總是心懷神往。父親心中的那位水東婆子，是怎樣的一個女人？是否勤勞、淳樸、美麗、善良，有著與生她養她的叫水東的土地一脈相承的美德？飽受母親傷害、一生沒能在愛情中得到幸福的父親，如果真同那樣一個女子結合，他是否會比現在要快樂和堅強些，他的人生是否會得到多一點的溫暖和慰藉？

但在現實中，父親的悲哀是註定的。他也許在心中蓄滿了對幸福的祈盼，但對父親來說，水東永遠不過是一個虛幻的海市蜃樓般的存在。只有故鄉，永遠是他無法擺脫的宿命，他就像故鄉一棵生長得瘦弱虯曲的樹，枝葉雖有過隨風而去的願望，可巨大的根系卻牢牢地盤在故鄉的泥土中。父親說出的那句話，不過是父親在憤激之下隨口說出的一句氣話或者夢話而已。

人生如白駒過隙。如今，父親老了。無數次提著篾刀從故鄉流浪到水東，不知不覺間他也就從青年流浪到了老年。他頭髮花白，背脊微駝，臉上寫滿了滄桑。時間的傷害遠比故鄉對他的傷害更加

嚴重。如果說在故鄉飽受傷害的父親每年春秋農閒時分提著篾刀去水東流浪還能多少得到人生的溫暖和慰藉，那在時間面前，他卻是一個徹底的失敗者。他老了，並且他的精湛的手藝再也得不到別人的讚賞。日常生活所需的竹器已經通過成批生產在街頭廉價兜售，父親的手工業時代已被如今的機器時代所取代。父親真正成了一個廢人。很多時候，父親總是默默承受著悲哀和失落，緩慢而有力地磨他的篾刀。他總是彎著背，低著腰，一下一下地磨。他澆會兒水，磨一會兒刀。再澆會兒水，再磨會兒刀。那塊原本四方的磨刀石已被磨成一彎瘦月了，但父親還是要磨。這是父親的一種下意識？父親面對逝去的歲月一種深刻的思考和表達？一種毫無意義的挽留和堅守抑或父親對讓他無法愛卻又無法恨的故鄉的一種陳舊粗礪而且唯一的抒情？

父親總是默默無語。而每當凝視父親一來一往地磨刀，我的淚水就忍不住流了下來。我的內心就會被一種來自大地深處的憂傷和隱痛佔據。我似乎感覺到有一種莫名的力量穿過歲月的積塵呼嘯而來，一點點地穿透我，一點點地照亮我，然後，又一點點地將我淹沒。

消失的洲

　　這是一張朱元璋的畫像。畫像有了一些歲月的煙薰火燎的痕跡。有些地方還有些殘破。畫像的筆法有嚴謹的法度，絕非鄉野畫匠所能為。畫中的朱元璋，莊嚴神威，一副天子顏色。

　　畫像珍藏在鼓樓州人的家中。鼓樓州，不是封建皇帝的封地，不是古代州城的名字，而是我的故鄉贛江上游十里處的一個只有幾十戶人家的普通村莊。

　　從外表看鼓樓州與普通的村莊並沒有什麼區別。很難想像它竟隱藏著不凡的史識，田埂上揮鋤扛犂的村民的血管裏流的竟是明朝天子的血。明朝末年，朱元璋的兩個後裔，末代明朝的兩個皇子皇孫，為躲避滅門之禍，悄悄帶了家眷細軟，化裝成尋常百姓，混出京城，乘舟逃亡，出長江，入贛江，一路往南。到故鄉贛江上游十里處，疲憊不堪的他們棄舟上岸，開荒種地，起屋造舍，向當地人學說土語，與本地人通婚。並把他們住下的地方稱為鼓樓州。

　　至今古樓州的村民，依然殘留了許多宮廷的語言和習俗，比如說「出門」叫「出宮」，「回家」叫「上殿」，每年大年初一，所有村民都要在宗祠由族長領著對著大廳懸掛的朱元璋畫像鞠躬祭拜。——對鼓樓州的村民來說，畫上的朱元璋不僅僅是史書上的大明洪武

皇帝，也是他們的先祖。朱元璋畫像只有有頭像的那一半，據說他們當初逃至贛江時，另一兄弟帶著另一半繼續南行，落戶福建。

一個叫明朝的朝代到一個叫古樓州的村莊有多遠？一條逃亡的船走了三百多年。歷史的結果是，一個朝代消失，一幅畫像、一個人的血脈和一個村莊留下。

在我的相冊裏珍藏著這樣一張照片。照片中的老人目光矍鑠，滿頭白髮，面帶洞察的微笑。他的身後，是他家的屋簷，簷頭用隸體抄寫了陶淵明的〈飲酒·結廬〉。他的旁邊是他平日侍弄的花草，有金邊吊蘭、梅花、秋菊、月季等。有一朵甚至已經開了花。當然還有一個我。剛出校門滿臉學生氣的拜在老人門下學習寫作的我。這張照片是我和老人的合影。——唯一的也是最後的一張合影。

這是一位知識淵博、睿智而透脫的老人。他一生經歷過近代中國歷史上的許多重大事件，民國時和許多熱血青年一起，振臂高呼救國，揮筆褒貶時政。坐過牢，受過傷。新中國成立後，以教書為業，在許多政治事件中受到衝擊。晚年回到故鄉，守著祖輩傳下的半邊老屋和幾本古書，聽簷下燕子呢喃，看庭前花開花落，或信步於田野，或獨坐於書案。常用隸書和章草抄寫諸葛亮的〈出師表〉、陶淵明的〈歸去來兮辭〉和文天祥的〈正氣歌〉，筆墨含凌厲之氣，如禿鷲立於危岩，遠雷響至陰霾。滿頭白髮，舉止高古，一如前朝遺老。

　　作為中國現代史的親歷者和見證人，歲月在他心裏烙下了怎樣的印記？對於歷史，他有怎樣的遠比教科書要生動得多的感受？他的內心珍藏了怎樣的不為人所知的歷史的秘密？

　　老人已去世了。歷史的秘密通過一個人的死亡而封存了起來。至今我每次回家經過老人已半坍圮的老房，內心就充滿了隔世的惆悵。

　　再說那張照片。那其實是一張曝光過度的照片。照片的表面是一片令人驚恐的紅色。照片上的我和老人的神色都有些恍惚。那朵花的顏色也已嚴重失真無法分辨。怎麼會是這樣呢？是誰在暗中操縱了生死，和一張照片的光影？

　　忽然想起另一張照片。一張我的半身像。背景是一堵破敗的牆。在牆的映襯下，戴著墨鏡的 22 歲的我光潔如夢，氣度非凡，一副少年天子模樣。那是我最滿意的一張照片。照片沒留下底片，洗下的唯一一張，送給了一個叫素英的女孩。

　　素英當時是縣城地毯廠的工人，她有不太幸福的身世：母親早逝（據說她漂亮的母親的死是因為愛情），父親再娶，她從小與爺爺奶奶長大。素英是地毯廠的廠花，有著一種夢一般的美。

　　那是一種憂鬱的、有些單薄的、令人憐惜的美。一種瓷器一樣的潔淨、光亮和令人無由擔心的美。至今我常懷想她無可挑剔的容貌，她有點蒼白的臉和嘴唇，她孤立無援的神色，她天命的憂傷的氣質……

那時我還在鄉下教書。她的一個親戚也是我的同事認為我誠實可靠，就把她介紹給我。見了幾次面後，我就挑了這張照片寄給了她。

素英並沒有給我回寄她的照片。她對我的職業還有些猶豫。我們就分了手。

然而這並不能改變我對她的關注。後來地毯廠破產，她失了業。再後來她被一個銀行職員騙了感情，萬念俱灰，自殺身亡，有了一個與她母親一樣的命運。

她的死訊讓我傷感。我似乎看見一隻鳥在浮冰上的遠行，以至消失。寒冷、孤單，不可阻遏，令人絕望。我似乎聽見了優美絕倫的瓷破碎的聲音。

想起那張我沒留下底片的照片。她會怎樣處理這張照片？是已經燒毀，還是留在一本被視為遺物的影集中？

而對我來說，這張照片是永遠地遺失了。一張照片是一個時間的紀念。至今為止，我不知遺失了多少張照片。哦，除我之外，誰幫我收拾起了逐漸破損的一生？

故鄉叫下隴洲。贛江兩岸村莊的名字，一般都有些來歷，比如鼓樓州。比如故鄉下游三裏處的小鎮西沙埠，是贛江的一個重要碼頭。比如湖口、金灘、水邊，都與水有關，其名也得於水。故鄉叫下隴洲，而故鄉旁邊的贛江江心並沒有一座草木茂盛的洲。據老人們說，很久以前，贛江江心其實有過一座洲。故鄉因此得名。後來，有一年贛江發了大水，水勢兇猛，把洲給沖走了，並且了無蹤跡。

　　有過一座洲的故鄉與現在的故鄉肯定不是同一個樣子。

　　一場大水把洲給沖走了。那場大水一定有自己的理由。而被沖走的洲成了一個無法追問的懸念，成為所有消失的事物和情感的隱喻，一個關乎時間和流水的寓言。

老艄公

　　一條船。一根船篙。兩片槳。再加一個老艄公。老艄公船篙一點，船就去了；再一點，船又來了。

　　來一趟，兩毛。去一趟，兩毛。河不寬，兩里許，老艄公一天也有幾塊錢收入。老艄公是鰥夫。幾塊錢一天對他是夠了。多給他，不行，說又帶不進棺材裏去；少給了，不行，說就憑這吃飯呢。

　　除了吃飯、睡覺，老艄公就都待在水裏。待久了，岸上的事就生疏了起來，就對水特別的親，知道了水的脾氣，知道每年的桃花汛幾時來。一個老艄公，一條河，構成了和諧的近乎天籟的圖畫，和兩岸人家最熟悉的風景。對岸喊一聲，船就去了。一會兒，船又來了。來來去去，老艄公和他的船，就像贛江的鐘擺。

　　只有一次意外。

　　在河堤上，一夥人追著一個人。一夥人氣勢洶洶。一個人慌不擇路。一夥人與一個人之間，僅有百米距離。槍聲不斷在河堤上啪啪作響。一夥人和一個人之間的距離在縮小。那個人情急之下跑到老艄公船上，對老艄公說：「艄公救我！」聲音淒厲。岸上吆喝聲更近。老艄公叼著煙管，表情凝重，沉默了半晌，說：「得二十塊大洋。」那個人把懷裏的銀圓全部倒出。老艄公數也不數，全裝入口袋。老

艄公船篙一點，雙槳一劃，船就在水中央了。河邊的槍子打在水裏噗噗作響，激起一陣水霧。最後，岸上一排槍管對著河水發愣。

老艄公救了那人一命。掙了二十塊大洋。一筆好大的財富。

後來老艄公知道了他救下的那人，是某方面的一個大人物，一個在當地幾乎鬧翻了天的、具有傳奇色彩的角色。再後來，星移斗轉，桑田變成滄海，老艄公知道了那人做了一個地方的大官。一個偶然機會，老艄公因事暫時離開了他的小船，去了那個地方。老艄公忽然想起了往事，就去拜訪那人，多半是因為好奇，想看看他現在究竟長成啥模樣，做了大官的他與當年逃命時有什麼不同。見著了，大官不嫌老艄公卑微，酒肉款待，同桌對飲，把盞敘舊。聊起當初遇險一幕，大官問曰：如果我沒有二十塊大洋，你會救我嗎？老艄公想也不想，答：不會。二十塊大洋，是我這條命的價呢！又問，如果當時不是我，而是追我的那夥人中的一個，你救他嗎。老艄公又答，會的。我那船上不分黑白，只認渡客。

大官聞言，說，是我家鄉人的脾性。開懷暢飲，酩酊大醉。老艄公走時，給了盤纏，還有當年帶兵打仗時穿過的一件軍大衣。

老艄公又回到船上，依然劃著他的船。去一趟，兩毛；來一趟，兩毛。多給了，不行，說又帶不到棺材裏去；少給了，不行，說就憑這吃飯呢。

只是到了岸上，常披著那件軍大衣四處走動，像披著一件戰袍。

那是多少年前的事了。老艄公早已作古。故鄉人依然常說起他，語氣親切，並不像在談論一個舊時人物，倒像是說和大家一起生活、只是臨時不在場的一個人。

　　想起老艄公。其實，老艄公只是屬於他日日守著的那條贛江河。他與贛江的關係，一如扣子和衣服的關係。他是河水的一部分。他只順應流水的節奏和秩序。那件軍大衣，於他是不存在的。

關於贛江的片斷與札記

　　四條小魚，列成整齊的隊形，依著河岸遊動，間或愉快地翻身，水紋細密的河面，鱗光搖盪。到第十棵垂柳的樹陰下，它們搖尾折向，朝更深的水域遊去，然後消失。更深的水域，宛如命運，玄妙莫測。

　　整整七天，幾乎在每天的同一時間，我都看到，四條小魚，每條半尺長，依著河岸遊動。它們有固定的線路和陣形。它們好像在完成某項神秘的指令，或是相邀著進行一場愉快的假日旅行。

　　這是第七天，我在贛江邊觀察著四條小魚。世界只簡單到：四條小魚，一條秘密的線路，一個我，一片疏淡的正午的樹陰。

　　這是在吉安的一座贛江之濱的被稱為畫院的房子，一個旅行者的臨時住地。我用七天觀察四條小魚，用每個夜晚枕著贛江的濤聲入夢。驀然想起，我從出生到成長，從 0 歲到 30 歲，從鄉村到城市，都沒有離開過贛江，都在原地打轉。像四條小魚一樣，命運給了我固定的線路。緣江行，這是我命中的軌跡，也是一場很可能終我一生的浪漫之旅。我想幾十年來我皮膚的皺褶裏一定收藏了贛江許多不為人所知的秘密，比如四條小魚，比如第十棵垂柳的正午的樹陰。

　　想起少年時代。我們在贛江中划船，洗澡。我們有過無數次被水底的貝殼和石頭割傷的經歷。我們喜歡從水中捧起砂粒，然後讓它從手中一點點地漏掉。如此簡單至極，卻讓我們樂此不疲。

　　其實我們的一生正是小時侯手中捧起的砂粒。想起這些，手中的感覺就粗礪了起來。而看著時光一點點地在手中漏掉，心中竟有了當年被割傷的銳痛。

　　倒影。河面上遠山的倒影。對岸村莊的倒影。樹木的倒影。船隻的倒影。還有陽光的倒影。如此虛幻，形同鬼魅，卻更有一種刻骨的痛。安靜無聲，卻有一種逼迫的力和聽不見的巨響。那是一切遠比生命強大的事物的隱喻。

　　把贛江比作手鐲、絲綢、木梳，以此描述贛江的色澤、質地和流速。以此塑造出一個母親的形象。手鐲是一些傳統美德的象徵。絲綢是否暗喻一個江南女子過去的青春，曾經豐腴的胴體。木梳沿著頭髮緩緩而下，像是一聲在流逝的時光中的歎氣。三個名詞，一條河流，一位時光中漸漸老去的母親。──一位在晚霞滿天的黃昏站在村口向著贛江呼喚還在玩水的孩子的母親。

　　永遠忘不了那長一聲短一聲的、透著牽掛、擔心、疼愛、怨怒的呼喚。時至今日，這呼喚仍響至我們耳邊，並且伴隨著歲月的遠逝而越來越有了凌厲之氣。可我們已沒有了回應的勇氣。我們已經蒼老。而我們的童年還留在當年的水中，至今沒有上岸。

　　每天，太陽從贛江東岸升起，至西岸落下。這是否為贛江兩岸人們性情不一的原因所在？——對河東人來說，太陽是村裏那名少小離家一去不回的浪子，臉上充滿離別的情緒是河東人的性格特徵，對河西人來說，太陽是一名滿面塵沙千里歸來的浪子，河西人的臉上總是有更多久別重逢的欣喜。

　　而我是個河西人氏。每次看到夕陽在村頭一點點地消熔，不知為何，我常常淚流滿面。

　　是在一個冬天的午後。準確地說，是春節過後的一個午後。在慵懶的陽光下，古老的村莊有一種沉睡的氣質。空氣中飄蕩著淡淡的酒味和油菜花沉迷的香氣。是一名醉漢，村裏的那個老鰍夫，一名已從贛江退役的老水手，經常給全村人製造笑料和傳聞的老不正經。他唱了。他的歌聲恣肆放蕩，曲調古老卻並不令人陌生。

　　他從一條狹窄的田壟中一路唱過來，天地間飄蕩著他戲謔的、嘶啞的、有著生銹的金屬質感的歌聲。我看見他那張古遠的、嘻笑的、涕淚四流的老臉在午後的陽光和酒的作用下燦爛無比。他的牙齒所剩無幾。沒有人能聽清他的唱詞。這樣他就有把所有的歌唱下的可能。他的後面是油菜花開滿的菜地，菜地後面是河堤。河堤內，一條贛江在靜靜地聆聽，靜靜地流。

　　過去我是贛江河中那個光著屁股蛋蛋洗澡的孩子，現在，我是一個在贛江河邊四條小魚癡迷的觀察者。而我在文中描述的那個醉漢，那個老不正經，我想也同樣會是我。

　　《辭海》關於「贛江」詞條載：贛江，江西省最大河流。東源貢水出武夷山，西源章水出大庾嶺，在贛州市匯合後稱贛江。曲折北流，縱貫全省，經吉安、清江（樟樹鎮）、豐城，到南昌市以下分為十數支，主流在星子縣蛟塘東入鄱陽湖。長 758 公里，流域面積 8.16 萬平方公里。……

　　而我寫下的，是我故鄉之濱的那條贛江，或是我一生經歷過的那條贛江。它可能是贛江的一部分，也可能是全部。而於我而言重要的是，它是我的，我眉宇間的憂傷，我血脈裏的奔跑，我骨頭裏的惦念，還有──我指間不可阻遏、無法挽回的喪失。

散落在鄉間的那些字兒

「士大夫為我生惜名敦詩書尚氣節慎取與謹威儀此惜名也，士大夫為子孫造福謹家規崇儉樸教耕讀積陰德此造福也」，在中國南方江西贛江邊一個叫蜀口洲的村莊一幢行將頹圮的老房子裏，我發現了這樣的文字。字是鎦金，歐體正楷。它隱沒於積年的灰塵之中，可只要掃稍一擦拭，即金光灼灼，讓人恍惚間覺得置身於光明廣大的廟堂之上。其鐵畫銀鉤，佈局題款，都讓人疑心出自滿腹經綸的讀書人之手，非鄉野村夫所能為。這是怎樣的主人，有著怎樣的前生往世？即使身處偏僻山鄉，依然恪守朝廷士大夫的典範，勞作之餘，詩書自娛，舉止之間，儀表非凡，眉宇間有貴族氣，袖袍裏有蘭桂香，那是多麼迷人的風度！在另一個叫渼陂的村莊一個叫永慕堂的祠堂裏的石柱上，刻寫著二十五副對聯，書法亦是無一絲鄉間的煙火氣，而是有著相當的莊重、質樸和安靜，令人宛見提筆懸腕時的沉思，和走筆時的節制、耐心。所有對聯，都嵌「永慕」二字。而每一副對聯，文字間的典故往往接通《論語》、《詩經》或《禮記》。如：「歲月莫蹉跎，要永朝永夕講讓行仁，才算佳子弟；箕裘思紹述，惟慕祖慕宗象賢崇德，克敦大本原」。「箕裘」出於《禮記》：「良治之子，必學為裘；良弓之子，必學為箕。」而「講讓行仁」，又是從儒家的教化中幻化而來。那些面目高古、對仗工整的文字，保存了

來自遙遠的古代豐富的文化資訊。它們使一座外表看起來古舊凋敝
並且野蠻的村莊，有了歷史、涵養和脾性，有了遼闊的視野和薪火
相傳的文明秩序，有了文化上的皈依和美學意義上的神韻。我還在
一個叫爵譽的村子裏的一座房祠看到一塊匾額，上書「滄海遺珠」，
記述的是一個讀書人參加科舉考試，兩鬢斑白都沒有中到舉人這樣
一件事。在這塊匾額的旁邊，分別擺放著慶祝中考的「相國大夫」
「兄弟進士」「五經科第」「文舉」「武舉」之類的牌匾。我彷彿看到
一個古代讀書人苦澀失意的一生……而在另一個叫田岸上的村莊的
一幢老宅的天窗上，我看到了「摹周宮器乃文姬匜……」這樣的書
寫痕跡。文字也是鎦金，小篆，天窗上的明瓦透出的光打在這幾個
字上，顯得富麗堂皇又意味深長，彷彿永不凋謝的花朵。這是否隱
藏了主人的財富玄機？我疑心那是某器物上的銘文，被愛好收藏的
主人拓下移植在天窗上。如此的書寫，透露出主人怎樣的趣味？它
表達的是否為一個鄉間隱者的出世之念，一種無為的老莊思
想？……還有數不清的族譜，匾額，牆頭上書寫的詩詞（與我同村
的一個退休返鄉的老學究在他家的祖屋簷頭上寫下「田園將蕪胡不
歸……」），宅子內牆壁上的記賬文字（今年回家，我去看我家半扇
牆倒塌的老宅子，發現牆壁上用粉筆寫著「酒連籮連甕各貳隻，計
毛重 173 市斤，皮重籮貳隻 17 斤，每斤價 1.00 元」字樣，字跡已
經模糊，已不知是何人何時書寫）等等，構成了草木深處的村莊深
遠的文化背景，是遠去的歷史的物證，帶著不同時期不同地域的文
化的溫度和玄機。有著古老文字記載的村莊，正是古老鄉土中國的
微型縮影。

「白軍兄弟，不要幫著富人打窮人」，「歡迎××縣工農起來參加革命」，「無產階級只有分了田，才有飯吃有衣穿」，「紅軍是廣大被剝削被壓迫的工農兵」，「農村信用社是老百姓生活的貼心人」，「山區人民要想富，少生孩子多種樹」⋯⋯這是刷寫在鄉間房子的外牆壁上的標語，是鄉村的另一種文字書寫。追溯在鄉村牆壁上刷標語的源頭，大概就是北伐戰爭時期吧。黨在農村打游擊時為了發動群眾，對國民黨統治區進行政治攻心，沿用了在牆上刷寫標語這一宣傳形式。依然是湨陂，曾經是重要的紅色區域，毛澤東率領隊伍離開井岡山後來到湨陂，召開了史上重要的「二七會議」，現在的湨陂牆壁上，依然有許多紅軍標語，如「醫治白軍傷病」，「徹底實行土地革命」，有許多牆上由於時間久遠或被蓄意破壞，標語掐頭去尾，隱約可見「⋯⋯軍閥混戰⋯⋯」「⋯⋯革命成功⋯⋯」字樣。這一書寫行為，被視為有效的宣傳形式沿襲了下來。「大躍進」和「文化大革命」期間，最為盛行。離我家三里路的我外婆的村莊，路邊的禮堂牆壁上，寫著「多快好省，力爭上游，⋯⋯共產主義」，「打倒美帝國主義」，「農村是個廣闊天地，在那裏是大有作為的　　毛澤東」。記得我們村子裏的禮堂，有一面牆上用美術體寫了「偉大的，正確的，光榮的中國共產黨萬歲！」，周圍還加了類似於獎狀的花邊。「團結緊張，嚴肅活潑」八個大字，刷寫在另一面牆上，紅底黃字，每個字都有一平米大小，顯赫得很。但這四個相互擰巴的詞怎麼就寫在了一起，並且流傳甚廣，讓我至今頗為納悶。鄉間的標語，還有關於教育、計劃生育、法律法規和電信、銀行的商業宣傳的。在我老家的牆上，到處可以看見「見證懷孕，持證生育！」，「誰燒

山，誰坐牢！」，「少生孩子多種樹」，「要想奔小康，早把電話裝」，等等不一而足。記得上世紀九十年代初，我在鄉村當老師，被鄉政府抓去提著石灰桶子一個村莊一個村莊刷標語，內容包羅萬象，義務教育、計劃生育，其他政治宣傳，都有，至今回家，在路上還可以看到自己的「墨寶」，最清晰的一條，是「再窮不能窮教育，再苦不能苦孩子」，每次看到都倍感親切，但大多數被後來的標語覆蓋掉了，這是沒有辦法的事。

　　一層層的標語，也應該是歷史吧。那裏面隱藏的信息，耐人尋味。

　　　　「安安：你好！收到你的來信很高興。來到深圳後，一直想
　　　　給你寫封信，但天天忙，風裏來雨裏去，一時就擱下了。沒
　　　　想到先收到你的信。」

　　——那是一個初冬的下午，我走在故鄉的馬路上。我剛回到老家看父母，一個人百無聊賴，就想出去走走。我走了半個多小時，遇見的人不超過十個。天空陰鬱，大地寂寥。看馬路兩邊的村莊，大都鐵將軍把門。村裏的青壯年大多打工去了，村子寂寞得很。有幾個小孩在路上玩著，不知道是誰家的孩子。我發現路邊散落的兩張紙，仔細看看，是一封信。

　　　　「……回想打工的幾年時光，幾乎就是做工，轉廠，加班，
　　　　睡覺。每天幹十多個小時，做相同的枯燥的工作，晚上洗洗

就睡，就為了每個月不多的薪水，沒有自由，沒有休息日。這樣的生活，實在是無趣。而我們的美好時光就這樣慢慢沒有了。……可是不這樣，我們又能怎樣呢？難道回到老家種田？那肯定誰都不願意。」

「……知道鍾家塘村的鍾小建麼？就是初二的時候和我們同班的同學，初三轉到其他班去了。聽說上個星期因為太疲勞左手的兩個手指讓機器給切掉了。以後他該怎麼辦？……官橋村的劉春秀，打工愛上了同廠的重慶男孩，已經去重慶結婚了。可惜我們同學一場，喜糖都吃不到一顆，估計以後見面也難了，哎。……兩個月前我去了亳石村的李小平那兒，我們喝了好多酒。他現在在跑彩印業務，據說掙了一些錢呢。……」

「……我現在在深圳寶安區一家菜市場租了一個攤位賣菜。很辛苦，每天早上很早就要起來騎車去販菜，下午很晚才收攤。苦是苦了點，但比在工廠上班，吃飯用飯卡，上班還打卡不小心就要罰錢的生活要自由，每天可以看到很多人，收入也比在廠裏上班多。再說，好歹有個前途，現在有個小攤子，以後就會變成大攤子的，你說是不是？……最大的心願就是能開個屬於自己的店，哪怕是一個超市或者小批發店。自己做老闆，不管怎麼樣，總歸是有個希望。有希望在，活著就會有意思的，你說是麼？」

「……你的照片我想在回信時應該可以寄給我吧？你居然和我講你長得很難看。上次和李小平在一起，我們還談到了你，我們都說，你是我們班上的女生中最好看的……」
……

　　信的落款是驅今三年前的七月。署名是「羅會明」。從信中知道，那個叫羅會明的男孩的文化程度大概是初中。因為他信中提到的同學的村莊就在我的老家附近，他們很可能就在我們鄉唯一的初級中學讀過書。然後他有過幾年的進廠打工的經歷。他後來在深圳做了擁有一個小攤位的菜販子。他有美好的心願，想開店，做一家店的老闆。看得出他對那個叫安安的女孩有好感，他對女孩傾訴衷腸，信中有多處巧妙誇讚女孩容貌的地方。

　　我認識那個叫安安的女孩。她是我一個堂弟的妻子，兩年前結的婚，如今已是一個一歲男孩的母親，現在和我堂弟一起在東莞打工。——這封三年前的信為什麼會出現在這裏？這是否意味著這封信的主人一直把它作精心保存，即使結了婚也沒有改變，只是偶然的原因讓它遺落在了這裏？她與這個叫羅會明的男孩之間是否有過美好的故事？而最終又經過了怎樣的變故？

　　——我突然十分牽掛那個叫羅會明的農村男孩。不知寫這封信三年之後的他，成了什麼樣子，此刻又在哪裡奔波。

　　而我像珍視路過的村莊祠堂描述村莊淵源和文脈的對聯、牆頭上的詩詞一樣珍視這樣的文字。因為在我眼裏，它也是關乎鄉村心靈真相和命運密碼的文字。哪怕它會在轉眼間被風吹散，消失不見。

失蹤者

　　在我們那個小區居住是需要一點幽默感的。——它雖然位於省
會城市開發不到十年的新區的中心地帶，可在許多名為闊宅、星城、
花園的豪華樓盤中間，它就好像是嶄新的綢緞上面很不情願地縫上
的一塊補丁。我指的是我們樓盤隔壁的那排房子。那是一排做得敷
衍了事的房子，每一棟房子的外牆都是裸露的水泥，也許是因為時
間長了牆體顯得灰黯陳舊。房子的尾棟後面竟然有一大塊菜園子，
院子裏的蔬菜長勢兇猛野蠻。小區的房子之間會陡然支起一個帳篷
擺上幾張檯球桌，一天到晚有遊手好閒的人帶著污黑的白手套巴在
桌子上用球桿擊打。還有的擺出幾張桌子做起了夜宵生意，晚上經
常可以看見一桌桌的人在複雜難掩的燒烤氣味中大快朵頤。樓房前
棟牆角裏有時到晚上十點依然傳出爆米花的轟然巨響，讓來我家小
住的、曾經幹過此號營生的我的農民父親聽到響聲興奮不已，本來
因為不習慣城市生活面色寡淡的他不顧夜深鎧鎧鎧下樓，半小時後
他回到家我發現他的臉上有一股類似他鄉遇故知的滿足。房子前棟
一樓是一排臨街的店面，每個店面大約只有八到十平米，顯得促狹

逼仄，經營的都是糕點、水果、兒童服裝、鮮花、建材等等不成規模的小本買賣。那家糕點店我買過一次就再也不願意光臨，原因是口感稀拉，做工很不地道，大概是店主學藝不精的緣故，每天我從那裏經過都沒看到有什麼人出入，但即使這樣至今依然沒有關門。倒是隔壁那家賣兒童服裝的小店由於生意過於清淡開了兩個月就宣佈關張，關張的前兩天我愛人正逢上清倉打折大處理，竟像撿了寶似的買下了一大包，說是要送給老家的親友做順水人情。在這裏出沒的人們，說著這座城市最為地道的方言，可一個個皮膚黧黑粗糙，身上的服裝一看就知道是地攤貨色，雞皮鶴首的老嫗經常紮堆閒談，夏天依然喜歡手搖老式的蒲扇，躬身駝背的老漢穿著大頭褲赤著肌肉鬆弛的上身。——這裏與其說是媒體大張旗鼓地宣傳的這座省會城市精心打造的夢想地帶的一部分，不如說是一個混亂嘈雜充滿了喜劇意味的鄉間小鎮。

　　——你該知道了，這一排房子其實是當地農民的安置房。包括我所住的樓盤在內的整個闊大新區在十年前是農民的農田和村落。政府的城市化建設的推土機轟隆隆開到了這裏，推倒了村莊，填平了農田，在與開發商一起建起一個個豪華小區空中闊宅的同時，也建造了這一排房子，用於原本是這裏的主人的當地農民居住。

　　臉朝黃土背朝天的農民就這樣稀裏糊塗地成了人模狗樣的城裏人。這於他們是幸還是不幸？

二

我現在要說到的其實是我在某一天上班時在這個小區入口遇見的兩個並排騎著自行車的人。一男一女。看樣子他們是一對夫婦。兩個人的膚色打扮與安置房裏的居民如出一轍。他們讓我覺得面善,我肯定他們是我們這個小區的住戶無疑。他們騎自行車的速度很慢,用的是那種閒庭信步的架勢,自行車的輪輻滾在地面發出嗒嗒嗒的清脆響聲,這樣一來兩輛自行車就有了促膝相談枕邊夜話的抒情意味。他們也許是吃過早飯無所事事要去市區遊逛一番,說不定還準備中午不回家就在市區隨便哪個攤子上吃一碗大碗的福建清湯或者湖南牛肉米粉,再加個虎皮雞蛋就會更爽。

然而接下來的發現讓我的猜測大打了折扣。我看到他們的自行車後座上還有一個人。那個人臉帶微笑,似乎一路向所有經過的人致意。那是一種不諳世事的微笑,更準確地說他笑得有點壞,是那種孩童做了捉弄人的事產生了效果之後有點得意又顯得無辜的笑。那是一個年齡四五十歲左右的男子,是我們住的那個小區隨處可見的那種人。不過那個人我並沒有見過,我說得那麼肯定是因為他的頭上有一塊赫然的疤痕。滿頭的頭髮突然赫然地缺出一塊來,裸露的頭皮塌陷了下去。

他在一張照片裏,向所有人微笑著。照片由於經過放大和噴繪已多少有些失真,除了那個赫然的疤痕,他和小區裏的很多我見過的年齡差不多的人都有些相似。

那張照片噴繪在自行車後座支起的一張紅色的硬泡沫板上。照片旁邊有一排白色的准圓體字。上面寫著：

> 尋人
>
> 熊××，男，45 歲，於 2006 年 11 月 26 日從×××家中走失。走時上身穿一件黃底黑格子舊夾克，下身穿黑色褲子。頭上有一塊凹陷疤痕（車禍所致）。神志略有不清。有知情者請撥打 13907917××4（熊先生），有重謝。

——你又該知道了，照片上的那個笑嘻嘻的人其實是一個失蹤了的人。而騎著自行車的兩個人很可能是他的兄弟和媳婦。他藏起來了，而他的家人正著急地把他尋找。為了找到他他們也許想了很多辦法，所屬的派出所肯定保留了他們的報案記錄，城市晚報幾乎沒人看的中縫也許已經登了尋人啟事，許多電線桿上也有他們半夜躲著城管偷偷刷上去的廣告，但他總是不現身。他們準備騎著自行車轉遍這座諾大的省會城市的每一個角落。他們把自行車騎得很慢，是為了讓所有路過的人把後座支起的硬泡沫板的人和文字看清。

因為他的失蹤，一家人像塌了天，彷彿他原本完好無損的頭頂，突然塌陷了一部分。他們費盡心機要把他找到。但在這個節奏越來越快幾乎無暇他顧的城市，這個不到一平米的尋人廣告，有誰有耐心停下腳步來把上面的內容瞧上一眼？

三

現在我們來追究這個頭皮凹陷的人的下落。

我們幻想著照片上那個農民身份的人過去有一份實實在在的生活。他的日子雖然並不算太好，但總歸過得去，他喜歡這種穀倉有糧心中不慌的感覺。他或許還有著晚上喝上兩杯的愛好，酒也大概是自家田裏收穫的穀子釀造的米酒。兩杯酒下去之後，他的身體就變得輕盈起來，他感受到了生的歡樂。他喜歡這種本分踏實的生活。他準備就這樣扎扎實實地過下去。

可是城市化進程讓他喪失了土地。他莫名奇妙地成了一名城裏人。生活開始像一條狗一樣追著咬他。為了養家糊口，他幹了許多原來沒有幹過的事，到建材市場做過搬運工，在市內過道裏擺過賣眼鏡草帽之類的地攤，上門幫別人洗過油煙機……每天的奔波勞頓，讓他身心疲憊，終於有一天，他被車撞了。他的頭部受了損害。他喪失了勞動能力，神志也略有不清。從此他控制不住他自己，他整天在外面東遊西逛，到晚上才回到自己家中。可就在前不久，他忽然回不了家。他忘記了自己家的路。他看到整座城市都是高樓大廈，馬路上人來車往。他不知道哪條路才通往自己的家。他有點著急，可是越著急就離家越遠。他走得太遠了，再也回不了家了。

他就這樣把自己丟了。

也有可能他是故意離開了城市。自從出了車禍以後，他的脾氣變得很壞，經常吹鬍子瞪眼摔東西罵娘，說著讓家裏人莫名其妙的話語，家裏人都以為他瘋了，那場車禍讓他壞了腦子。可是只有他

知道，他是一點問題也沒有。他所有的焦慮都來自於對城市和未來的恐懼。他知道是城市把他的生活攪得亂七八糟。他開始懷念當年莊稼地裏的牛哞蛙鳴，陽光雨水。稻子吐穗揚花的聲音是多麼得讓他心動！可是現在，沒有了，什麼也沒有了。

　　他開始走出了家門。他要去尋找一塊稻田。他相信，這個世界上應該還有這麼一塊稻田，它肥沃，平整，溫軟。他只要認真耕作就會有收穫。陽光灑在上面光影搖盪，雨水落在上面宛如歌唱。這個丟失了土地的農民，只有把腳踩在這樣的田地裏才覺得踏實。他相信只要這世上還存在這樣一塊田地，他就可以重新建造被毀壞的家園。他要和它結婚，讓它為他生兒育女。他灑下汗水，將收穫黃澄澄的穀子。在那裏，沒有人可以奪去他的所有。

　　他離開了家，向遠方走去。漸漸的，他離城市越來越遠，也離我居住的樓盤旁邊那個讓人哭笑不得的小區越來越遠。

螞蟻搬家

　　車一停穩，他們紛紛從一輛破得接近報廢的車上跳下來。他們的動作熟練，顯然是長期吃這碗飯的緣故，但他們的身體，過於沉重，落地時發出了撲撲的聲音。因為在車後斗，剛才他們的身影還是在黑暗中，現在，他們的面孔和表情一個個在冬日的陽光下顯形。他們一臉與我無關的不悅，似乎是上午受了誰的氣，現在，這口氣依然堵在了心裏。——他們的穿著和臉色，遠不像是這座城市的居民，一看就知道是出外靠賣力氣活命的民工。

　　他們是我請來的搬家公司的員工。好不容易湊錢買了套房子，裝修完了，就等著搬進去過年。昨晚和搬家公司電話聯繫，說今天早上六點一定來搬，要我準時在門口接車。電話裏的口氣，不容置疑，讓我放了心。可是今天早上我等到了六點半，一個車軲轆也沒見著。電話打過去，對方口氣含糊，好像是埋怨什麼人，說出了點小小的紕漏，七點鐘一定到。七點多了，依然沒有等到那家搬家公司的車輛，再打電話，說上午搬不了了，要等到中午一點，原因是工人們趁過年搬家生意火爆，罷工威脅，要老闆加薪。接電話的是一位女士，可電話裏說到工人，一口一聲他媽的。

　　現在，這群「造反」的工人就站在我的面前。其中一個年長些的同我商量，說能不能吃了飯再搬。我說我也沒吃中飯，他說他們

連早飯也沒來得及吃呢，從早上忙到現在，已經搬了四家了。我還是咬咬牙說，搬家就圖個順順利利對不？我的東西不多，一個窮書生而已，除了幾本書，能有多少東西呢？都是窮兄弟，大家幫個忙吧。

我說得有些矯情。可我的話還是打動了他們。他們接過了我遞過去的煙捲，二話沒說就上了樓。

我看見他們的腰間都綁著兩根紅綢帶，紅綢帶依稀可見寫著「誠信納稅」或者「慶祝□□□□□□公司成立十周年」的字樣。我認出來，那是在街頭常見的過期的紅色廣告橫幅。這種裝束讓我覺得滑稽，好像他們不是來為我搬家的、靠賣力氣活命的、額頭寫滿怨氣和焦慮的工人，而是電視上宣傳的過上了好生活、跳秧歌或者打腰鼓的農民演員，充滿了節日的喜慶。

我正疑惑著紅綢帶的用處，他們陸續背了東西走下樓來。他們背東西的樣子讓我駭然：每個人都背了我昨晚睡前紮好的五六個大包，包裹在他們背上高高隆起，其體積要遠超過他們的數倍，宛如一座重重的山。他們把雙手反扣在腦後，緊緊抓住紅綢帶的一頭。——那兩根紅綢帶，是用來纏住他們背上高高的物什的。

為了不使背上的東西滑落，他們深深地低下了頭。他們的腿和背，形成了凜然的直角，一個用身體構成的危險的懸崖。雖然天氣是寒冷的冬天，可我分明聽見，他們額上的汗水，啪啪地砸在地上的灰塵裏。如果忽略他們放下物什返身抬頭時露出的滿額的對生活的怨氣，他們幾乎是一群大力壯士，正在完成一項別人所不能為的壯舉。——在所有的包裹裏，除了輕柔的棉被，更多的是數十斤一

包的書。幾個包的重量加起來，每一個人背負的，該有兩百多斤重吧？

我從這一座座移動的小山裏，看到了我所過的生活的反面。我聽到了我咬著牙關的聲音，似乎我也是他們中的一員，在這座燈紅酒綠的城市裏，空著肚皮，忍受著生活的重壓，把汗水啪啪地砸在灰塵裏。

我站在門口，不停地把煙直接插在他們的嘴上，再給他們點上火——因為他們根本騰不出手來接煙和點火。我不停地誇讚他們的力氣，他們感到了高興，我由此見到了他們的笑臉——那是一種卑微的堅忍的微笑。

……在我新居的門口，我依著家鄉搬家的風俗點燃了早已買好的鞭炮。我新居的大門兩側，也早已貼上了大紅的對聯，鞭炮和對聯，已經很有些新年的意味了。他們如法炮製地把車上的東西一一搬上我的新居裏，然後走下樓去。

我看到有一個人在樓道尋找著還沒炸響的零星鞭炮，並用指間的香煙點燃。鞭炮在樓道中重新炸響，聲音沉悶而有力。這種帶著遊戲性質的動作，使他們的臉色活泛了起來，他們相互取笑，孩子般的推搡著一起離去，似乎在這一瞬間，他們集體忘記了命運的嚴酷——他們的身影，重新隱入車廂裏的黑暗之中。喜慶的紅綢帶，還牢牢地紮在他們的腰上。

年關將近，他們不久也該回到屬於自己的家裏，像他們往年一樣，用鞭炮聲迎接新的一年到來吧？而新的一年，他們背上的重量，是否會少一些些？——在還沒來得及散盡的鞭炮的硝煙裏，我立於

新家的門外，目送他們坐在那輛破爛不堪的車後斗裏，漸漸遠去，直至消失。

一塊小黑板

　　我在這個城市所在的小區，旁邊是一排失地農民的安置房。與周圍到處是被稱為「花園」、「街區」、「新城」的住宅區不太協調的是，房子似乎有些年份了，而且樣式簡單，外表是裸露的、顯得陳舊的水泥。

　　沒有圍牆的五棟房子，外面看起來有些雜亂無章（有一小塊地方甚至還種了幾行菜）。每一天，我進出小區，都可以看到一些衣著簡陋的人在房子之間出沒。他們說著最為正宗的本地方言。有時候在樹下，他們還會湊在一起打牌，坐下是城裏很少見的那種舊竹椅。抓牌的時候，椅子會發出吱吱呀呀的響聲。

　　我不禁對他們產生了好奇。這些失地的農民，糊裏糊塗成了城裏人。他們的生活狀態發生了什麼樣的變化？他們有怎樣的悲歡？

　　在這排房子最前面的那棟的牆上，砌了一塊小黑板。

　　最前面的房子是所有人必經的路口。從路口轉過去，就是通往市區的大路。我每天上下班都要經過那塊小黑板。有時候我會看到有人在寫字，旁邊圍著一群人在等著他繼續書寫。而大多數時候，書寫者已經離開，只留下一些字跡在上面，落款是「××社區」。而所書內容，無疑和這排房子的住戶有關。

　　我曾經是個老師，自然對黑板之類的東西有緣自職業的敏感。而書寫在上面的消息，又多少讓我對我家旁邊的那排房子裏的居民的生活有一些瞭解。

　　當然，黑板上大多是一些簡單的通知。有提請小區適齡兒童入學的：「如果你的孩子年滿 6 周歲，請帶好戶口名簿於 9 月 3 日之前攜適齡兒童到學校報名。」有通知參加娛樂活動的：「我區將舉行好家庭體育競賽，歡迎本社區廣大家庭踴躍報名參加。有意者請到社區辦報名。聯繫人：×××。」這兩天，颱風「鳳凰」登陸我省，黑板上立即有了一項關於颱風登陸的通知：「據有關氣象部門消息，颱風『鳳凰』將於今日登陸我省。請大家及時做好應對準備，提防花盆、磚塊被颱風吹落砸傷行人，注意安全。請大家相互轉告。」

　　黑板上最讓小區居民關注的，大概是那些關於低保戶的公示了。隔一段時間，就會有一條公示出現在黑板上。

　　現將我用手機拍攝保存下的一條抄錄如下：

2007 年×月低保申請戶情況公示

本著充分發揚民主的宗旨，徵求廣大群眾意見，現將本月申請低保人員情況公佈如下：

姓名	年齡	家庭人口	每月家庭收入
萬蒼生	48 歲	三口	200 元
萬孝全	40 歲	三口	150 元
李望桃（女）	41 歲	二口	119 元
熊狗仔	52 歲	三口	120 元

如有不實，請撥打投訴電話：×××××××

我並不認識上面標示的四個人中的任何人。可是這樣一條公示讓我無由擔心：在這樣消費水平很高的城市裏，他們每月不到兩百塊錢的收入怎麼生活？

我死死地盯著第三個的每月家庭收入裏的 119 這個數字。——為什麼是這個數字？它的諧音是「要要救」。它的代號是火警電話。是這戶人家實際的收入水平還是戶主出於對自身生活的怨氣故意虛報？

有段時間，本市要爭創全國衛生城市。小黑板許多天都書寫了與爭創全國衛生城市的相關內容。有倡議書，注意事項，具體達標條款，等等。

有一天，小黑板上發佈了一項通知：「現我市爭創衛生城市已到了攻堅階段。希望廣大市民密切配合。明日下午三點整，本小區內所有低保戶請自帶掃帚到某某路某某飯店旁集中，由社區領導統一安排進行大掃除，任何人不得缺席，違者扣發三個月低保金。」

通知發佈的第三天，小黑板上又換上了新的內容：「昨天下午，有低保戶萬國元公然視社區通知於不顧，不參加社區組織的大掃除活動，在整個全國衛生城市爭創活動中影響惡劣。現經社區研究決定，扣發萬國元低保金三個月。」

第四天我經過的時候，那條通知依然赫然在目。只是在通知空白的地方，有三個寫得大大的歪歪扭扭的字。字體風格完全迥異於通知的書寫，而且用的是不同於粉筆的類似板結的石灰塊之類的材料。三個字的後面是一個大得有些誇張的驚嘆號。

那三個字是：我有病！

民工的過道

　　音樂在響起。好像是外國的鋼琴曲。好像還是巴赫的。如果這音樂是某個夜晚的某戶住宅裏響起，我們會感到愉悅，會由此猜測主人的涵養和趣味。可這裏是過道，上面車輪滾滾，過道內的人們急匆匆走過。

　　過道的一頭是這座城市的某座大學，另一頭是一排書店。音樂是過道裏的一個小店鋪發出的。店鋪門口擺放著許多雜誌和書籍，或者現場製作熱狗和玉米。夏天還會擺放一個冰櫃，賣冷飲。在這個過道來來去去的大多是大學師生或者文化程度都不低的人，放高雅的巴赫，正是店鋪主任因地制宜招徠生意的手段。

　　正是夏天。我穿過過道去拜訪大學裏某位知名的學者。即使放了暑假，依然有許多學生模樣的人，與我一起走下過道。他們依然留在學校裏，戀愛，或者准備考研。天太熱了，我看見一群青年男女一下地道口就蜂擁著跑到小店鋪冰櫃邊上，要冷飲。

　　在緊貼著地道一邊的牆邊，我看到一群抱腿沉睡的人。

　　他們都穿著與這個炎熱的夏季不相稱的深顏色的長袖衣服。衣服的腋部和前胸因為汗水的洇濕而加重了顏色。他們睡得非常沉迷。他們的睡姿整齊劃一。十多個人一字排開，用同一種姿勢沉睡在過道裏。有一個甚至發出了鼾聲。

他們把頭埋在臂彎裏，好像他們是一群沒有表情的人。只看到他們的頭髮，很亂，被汗水打濕。

明眼人一看就知道，這是一群賣力氣為生的人，一群來自鄉村的民工。

他們可能是剛剛忙完雙搶，乘著閒暇從故鄉出來，渴望著在這座城市謀到一個賣力氣的差事。他們太需要一份城裏的工作了。要供孩子讀書，要賑養老人，在這個消費的時代，光靠土裏刨食是撐不住的。

或許，就在旁邊的那所大學裏，就有他們的孩子，正等著用錢買書，交朋友，買禮物給女友過生日。

當然，他們也可能已經找到活了。不遠處，有一個高高的腳手架，一幢房子又將封頂。

吃完粗糙的飯菜，在這麼炎熱的夏季幹了一個上午的重體力活，他們太疲倦了。而簡易工棚裏太熱了。在工地上堆放雜亂的住處裏，連電風扇都是奢望。即使有，相信扇出來的風也是熱的。

對一群賣力氣為生的人來說，午睡非常重要。不養足精神，哪有力氣幹下午的活？如果工程要追進度，晚上說不定又要幹到半夜。

而過道在地下，正好有冬暖夏涼的效果。他們肯定是有一個人從過道經過時有了靈感，想出了一個到過道午睡的好點子，然後得到了大家的附和。

他們相約來到了過道，然後一字擺開，在來自西方的鋼琴曲的伴奏下，只一會兒就陷入了沉迷的睡眠。——那他們所不懂的深山淙淙流水般的鋼琴聲，是否會為他們帶來些許他們渴望的清涼？

他們如果做夢，會夢見什麼？

上面車輪滾滾，旁邊有人流通過。音樂在過道裏如泣如訴。他們睡得無比香甜，哪怕刀割斧劈，亦渾然不覺。

經過他們的時候，我儘量把腳步放輕。我唯恐驚醒他們的好夢。我擔心他們會在醒來的命運面前，茫然失措。

沿著贛江，邊走邊唱

紅皮箱

我的伯父和父親各挑著一副擔子，走在吉安城贛江邊的河堤上。城裏人是不挑擔子的，他們都背著包，或者用自行車載東西。挑著擔子的伯父和父親就顯得十分惹眼，走在高高的少有人影的河堤上就更惹眼。他們又是清一色的農民模樣：皮膚黑，雖然穿著襯衣長褲，但質地和做工都明顯粗劣，褲管綰起，挑著擔子的腰桿很硬，姿勢很老土。伯父、父親、堂哥和我四個挑擔提袋的人組成的隊伍，彷彿是一個雜耍班子。河堤下沿江路上來來往往的行人紛紛向我們張望。有的還因此專門停下了腳步，或者捏住剎車從單車上下來，盯著我們看。

更何況伯父和父親的擔子的一邊都有一隻紅皮箱，兩隻一模一樣的、嶄新的、紅色的皮箱。

那是 1986 年 9 月的一天。我記得那天的天氣有點陰。兩隻鮮紅如血的在河堤上行走的皮箱就顯得特別突兀，就像是鬥牛場裏鬥牛士手裏的兩塊紅布。

城裏人紛紛張望的目光開始並沒有影響到伯父和父親的情緒。天氣雖然是陰天，可我猜想他們的心裏一定各有一輪紅日冉冉升起甚至噴薄而出。他們挑著膽子行走的姿勢裏甚至有一點得意和賣弄，有一點登高想吆喝的意思。我明顯覺察出他們的神情裏有一股故意壓抑著的往日過年過節都沒有的興奮。那一天是我和堂哥去師範報到的日子。他們沒有理由不興奮。

兩兄弟同時考上師範，從此成了吃皇糧的人，這在我的家鄉絕對算得上是一件盛事，對我們這個受過很多劫難的家族，它更有著非同凡響的意義。

我的家族的歷史頗為複雜，一言難盡。

事情要從我的太祖父說起。我的太祖父只不過是一個鄉村小雜貨店的店主，一個有幾畝薄地的農民。可是在「土改」時，由於太祖父性格剛烈，在村子裏得罪了很多人，他的成分莫名其妙地被定為「地主」。上世紀五十年代，一生好強、受不得委屈的太祖父含恨死去。在之後的幾十年裏，「地主」這頂帽子讓我的整個家族受盡了磨難和羞辱。「文化大革命」時，我的大祖父由於受不了批鬥鞭撻之苦上吊自殺，我的祖父帶著他的五兒四女在風聲鶴唳中像狗一樣地活著。原本同太祖父一樣性情剛烈的祖父在屢次批鬥和鞭撻之後變成了一隻外表溫順的羊。他暗中告誡我的父輩要打不還手罵不還嘴，對任何人都要笑臉相迎。他的告誡成了我們整個家族的生存哲學。可是即使這樣，父輩的命運依然受到了嚴重影響，伯父曾經考上中專，但因家族歷史問題被勒令退學，從此含恨回家在村裏娶媳生子。我的父親和叔叔們無一考學參軍，只能接受結婚生子土裏刨

食的現實。即使到了上世紀八十年代，歷史的陰影，仍然壓在我們整個家族的心裏。我記得小時候，村裏很多人對我們家的人說話用的都是居高臨下的語氣。在父輩們的教育下，堂哥和我從小就對著村裏的每一個人叫爺爺奶奶大伯叔叔姑姑嬸嬸。現在想起來都覺得屈辱。

而隨著我和堂哥考上師範，我的父輩們認為，以此為標誌，我們家族終於到了雲開霧散的那一天。伯父和父親借此殺豬做酒，大宴賓客。我的親戚、老師們都來祝賀，場面弄得很大。辦酒的那一天，伯父和父親領著堂哥和我帶著鞭炮香燭和祭品去向我太祖父、大祖父、祖父祭拜。伯父在祖宗墳前含淚說：祖宗保佑，老天爺終於開眼啦。

那一年堂哥 16 歲，我 15 歲。事實上那一年我根本不想報考師範。憑我的成績，我覺得讀三年高中考上一所不錯的大學完全有把握。可是家裏沒錢供我上學，同時我的家族翻身求解放的願望也確實有點迫切。我是在母親含淚的勸說下才填上師範這一志願的。我以我的妥協換來了全家人節日般的歡喜。考上師範我並沒有什麼高興，相反還稍稍有點委屈。

扯遠了。再說那兩隻紅皮箱。那是親戚們道喜的禮物。他們合夥在同一個店裏買下了這兩隻一模一樣的紅色皮箱。在鄉下親戚們的眼裏，紅色代表著喜慶。而現在，這兩隻紅色的皮箱在吉安贛江邊的河堤上，彷彿成了雜耍班的具有喜劇意味的道具。

伯父和父親終於被河堤下的行人看得有點不好意思。他們昂起的頭低下去。他們有點羞愧難當地走下了河堤，讓自己滙入了沿江路的人群中。

　　那隻紅皮箱陪著我度過了三年師範時光。我曾經用它盛裝了我的衣物、日記本、飯菜票、學生證等等物品，也許還包括少許不宜示人的少年心事。它收藏了我師範三年的許多記憶。我曾經用一把小鎖就鎖住了它。

　　而我現在的生活，已遠不是一隻皮箱能容納得下的了。

　　那隻紅色的皮箱雖然已經破爛不堪，可依然沒有丟棄，被擱置在老家的雜物間裏。每次回老家，我都能和它相遇。有一年，我甚至從裏面翻出了一疊我以為早已失落或者是壓根就忘記了的照片。照片是黑白照，已經泛黃，有一兩張甚至已經影像模糊，但大部分還清晰。照片中，我是那麼的青蔥，一臉少不更事的笑意，或者故作的深沉。

　　而回看現在的自己，已經遠不是二十多年前的那個懵懂少年了。

恩　師

　　我手足無措地站在他面前。他客氣地請我坐在他對面，我期期艾艾地坐了，形態非常拘謹。正是暑天，我上身穿一件無袖汗衫，下身穿一條休閒短褲，腳上跋著拖鞋，樣子很邋遢，像個愣頭青。邋裏邋遢的打扮配上拘謹的坐姿，就顯得非常滑稽。而我對面的他穿著短袖襯衫，莊重而整潔。他一邊看我的作品複印件，一邊很親切地和我拉家常。

　　他是本縣吉水縣的縣委常委、宣傳部長唐富水。而我是一個鄉村小學教師。

　　那是 1994 年，我 23 歲，已經做了五年的鄉村小學教師了。那是我平生第一次見他，我當時沒料到，他會成為我一生中非常重要的人。

　　師範畢業後我分到了鄉村教書。我教書的學校是一所完小，老師七八個。學校是一座祠堂，坐落在田野中間，距離村莊百米，景色不錯，但是孤零零的有些荒涼。每天下午四點多鐘放學後，比我年長家在附近的老師就騎著一輛載重的自行車回家幫老婆侍弄莊稼去了，只剩下我一個人，守在空蕩蕩的學校裏。為了排遣寂寞，我開始了寫作。然後有了發表。還不小心獲了獎。記得有一天在路上遇見愛喝酒的郵差老劉，他激動地告訴我說我獲了一等獎，啥獎他因為讀書不多說不全。我飛車回到學校，看到老師們拆了信展開一本八開大的獲獎證書在喜氣洋洋地看，我搶過來看到我的一組詩獲得了河北《詩神》舉辦的全國新詩大獎賽一等獎，當場高興得差點暈了過去。這組詩歌我獲得了五百多元獎金。我用獎金的一部分宴請全校老師，美美地喝了一頓。那一天全校老師跟過節一樣快樂。

　　然後是參加省裏的穀雨詩會，更多的詩文發表，獲獎，很多筆友慕名來信……我開始不甘心待在村裏了。我想調到附近叫阜田的鎮上的完中去，都試講過了，學校認為我試講得不錯，可由於我沒有大專文憑，教育局不讓調。我沒有門子，家裏都是窮親戚。我不知道我的前途在哪裡。我非常迷茫。

　　有人說我可以去找找宣傳部。我想試試看。就這樣我帶著我發表的作品複印件和要求調入縣機關工作的申請書，直接闖進了宣傳部長的辦公室。

　　唐部長翻看我的作品複印件。他有一句沒一句地和我說話，問我家裏有幾口人，父母幹什麼，教書教得如何。我一句句地答了。天熱，我的汗衫全濕了，臉上全是汗水。

　　末了，他叫我回去。說了一番勉勵的話。對我的申請，他沒有答覆。我多少有些失望。

　　雙搶到來，我在家裏幫著父母搶收稻子，身體曬得脫了皮。突然有一天，村支書騎著單車在路上大聲叫我名字，說：「縣委宣傳部來電話啦，明天去上班，帶好鋪蓋行李──」

　　我一瞬間明白了這對我意味著什麼。我把手中的鐮刀往空中一拋，淚如泉湧。

　　後來我知道了，自從上次見面後，唐部長認定我是個好苗子，一直在為把我調入奔走。由於新來的縣委書記剛剛頒佈了暫停所有人事的規定，事情變得有些麻煩。唐部長為我據理力爭，甚至在常委會上大聲朗讀我的詩歌，我才破例被批准調入宣傳部工作。

　　我在唐部長的手下待了五年。這五年裏，我對唐部長有了更多地瞭解：他種過地，教過書，後來憑著自己的才能和人品一步步做到了宣傳部長。他也弄過文學，愛看古籍歷史。他的身上有農民的質樸本色和文人精神上的清潔。其間他有更好的發展機遇，可以調入其他的縣做更大的官，可他因為父母老邁家庭負擔重斷然放棄，這對於很多人來說是不可理喻的事，可他毫不介意。他有一個弟弟

早亡，留下兩個孩子，他把他們當作自己的孩子撫養。他的生活很清苦，但他從不借用手中的權力斂財。有一年我看他家裏沒有VCD，就買了一台送他，他發了很大的脾氣，罵我年紀輕輕就學壞，讓他很失望。他從來沒有對我說過那麼狠的話。他敢於堅持原則，縣裏主要領導為了政績做一些表面的工作，他不顧一切硬頂，他說，他是本地土生土長的人，以後要死在這裏埋在這裏，他不能讓人指著他的墳墓罵娘。——他其實是一個難得的有操守的正直的人。

五年來，唐部長教我做人，關心我的文學。他告誡我要像農民一樣，耕耘時埋頭耕耘，收穫季節自然有收穫。他經常和我談詩論文。吉水曾經有過輝煌的文化歷史，哺育過歐陽修、楊萬里、羅洪先、解縉等等文化先賢。他勉勵我多向先輩學習，要敢於寫出心靈的真相。——和我探討文學的唐部長，彷彿一個和悅的長者或者是一個年長的文友。

調入宣傳部前，我除了發表了些文章，教書還算認真，其實一無是處。我經常幹出坐車不買票、與人打架鬥狠等等嬉皮笑臉的事情來。我曾和當地一群羅漢打架，一怒之下竟然舉起屠刀劈殺，後來又和他們成了朋友，常常在一起花錢買醉。調入宣傳部之後，我慢慢改掉了我的那些壞毛病。而唐部長，無疑成了引導我的人。他的為人處世，給了我非常大的影響。

後來我調離了縣裏，調到市裏，後來又調到省城。他每次到我工作的地方出差都會來看我，眼裏滿是長者對晚輩的愛惜。每次我請他吃飯，他都要審查菜譜，把錢多的菜通通畫掉，只留下幾個素

菜和最家常的葷腥。或者到每個菜只要五塊錢的排檔吃飯，吃得滿心歡喜。我知道他是心疼我的錢財。

時光過去了十多年，我看著他一年年老去，心裏有些難受。

2006年底，我從南昌趕回老家過春節，唐部長已經成了縣政協的主席，他知道我回了家，用車接我去他老家做客。正值他為他的老父親做八十大壽，同在的還有他的親友和一些和他私交很好的人，同時也是我過去的同事和朋友。那一天，我們都喝了很多酒，家鄉的米酒，我大概喝了二十來碗。我醉得很厲害。我端著酒碗搖搖晃晃地走到唐部長的身邊，說要和他幹一杯。他看我醉得差不多了，不肯和我喝。我費力地搬動著已經變得僵硬的舌頭說非喝不可。他還是不肯。我心裏突然無比悲愴，向著他跪了下去，喉嚨裏不由得發出了哭聲。唐部長慌忙把我架起。整個現場頓時變得非常混亂。

我並不是一個奴性的人。相反，熟悉我的人都知道我其實是一個驕傲的人。我想起我的一生，如果不是遇上唐部長，可能是另外一個樣子。我和他非親非故，但他把我當作了一塊璞玉。他發現了我的光澤。想想人生，其實處處都是懸崖，任何不慎，都會有墜落的危險。是唐部長把我從懸崖邊領到了一條寬闊的路上，並且塑造了我的人格，讓我從此有了一個相對明確的人生方向。他把我從混亂中拯救了出來，讓我成了一個有抱負的人。他是我命中的貴人，是我的恩師。他對我有像山一樣重的恩情。那一天，我依古人對恩人的禮數對他行了大禮。

再說那天我的確是喝多了。

畫　院

這是在吉安贛江邊的一處房子，三層，飛簷翹角，上面是橘色的琉璃瓦。陽光照在屋頂，頗有點蒼涼古意。房子過去是一個叫做甘雨亭的樓閣型仿古建築，後來經過單位領導的爭取，變成了單位所屬的一座畫院，用來舉辦各種藝術形式的藝術展覽。展出的有攝影，美術，書法，甚至根藝，民間工藝，等等。

一座畫院，物質時代一個相對逼仄的精神哨口。

房子是靠幾根直梁從河堤的斜坡上直接撐起的，彷彿是一座空中樓閣。這正詮釋了文學和藝術，在這個物質無敵的時代裏，是懸浮的、搖搖欲墜的、類似於烏托邦的部分。

畫院二樓轉角處的一間小房間，是我的住房。

我的房間裏只有一張小床，一個小書桌，一個立式小書櫃。房間裏什麼都是小，原因是房間太小了，只有六個多平米。房間裏還有一個美人，一副唐代仕女的打扮。那是同城搞藝術的朋友，送給我的根藝作品。朋友們笑我說我過的是美人在懷紅袖添香的日子。

只有我知道，我讓自己變成了一個苦行僧。我每天除了上班，基本上全待在這裏。我推卻幾乎所有的應酬，在房間裏看書寫作，渴望把很多事情想透。

在吉水待了五年，我發現我還是不喜歡做行政工作，還是喜歡寫作，而縣裏的環境對寫作並不好。我一度變得有些焦躁。1999 年，我一個人跑到離吉水四十多里路的吉安，就是我曾經就讀過的城

市，成了文聯的一個職員，畫院的一個住客。我床上的被子是一床綠色的行軍被，這似乎暗示了我是一個行走在途中的旅人。

我親眼看到了文學從八十年代的輝煌至九十年代末期的沒落，彷彿一座巨型建築的慢慢頹圮。我的許多曾經視文學藝術為圭臬的朋友一個個改換門庭。我的一個朋友曾經是個畫家，我們經常在一起激情談論梵谷高更庫爾貝馬奈莫內，他的房間裏曾經掛滿了他創作的油畫。可是後來，他成了一名商人。我的一個寫詩的哥們曾經愛詩到了瘋狂的程度，我們經常在一起朗誦大師們的詩句，後來，他成了一名官員，從此再沒有寫過詩。他們逐漸遠離了我。而我依然堅持著我的初衷。他們有時候還會到畫院來看我。但我們的交談越來越不投機。我在他們面前話語越來越少。

我能放棄文學嗎？我將靠什麼把我從人群中辨認出來？我靠什麼來時時體察、撫慰自己的心靈？什麼才能讓我懷著持久的激情？我有什麼理由背叛我的初衷？在這座曾經孕育過歐陽修、文天祥的土地上，誰來記載正在發生的一切？……我在畫院的那間小小的房間裏，日日閱讀《離騷》、《史記》，大聲朗誦我喜歡的詩人海子天才的詩章，妄圖從中找到答案。

讀書寫作累了，我會眺望窗外。我的窗外即是贛江。江中的白鷺洲，與我默默對應。上面的白鷺洲書院，是南宋最後一個宰相、詩人、民族英雄文天祥就讀過的地方。書院旁邊是一座以白鷺洲命名的中學，它的校訓是「崇尚氣節」。這一切都給我帶來了鼓舞。我似乎感覺我也成了一個在逼迫下抱守冰雪貞節的人。

　　蕭海父子也是畫院的住戶。蕭海曾經是個在井底挖煤的煤礦工人，在一次煤礦事故中弄瞎了右眼。在做煤礦工人時他愛上了和煤一樣黑的書畫，取得了相當的成就，成了畫院的書畫家。

　　蕭海遠比我安靜。他安貧樂道，毫不理會外界的喧囂，每天在紙上推敲線條和意境。我喜歡他的書法和畫，那是貼近心靈的書寫。通過筆墨，他的精神穿過時空與碑帖上的古人相遇，那麼安靜而甜蜜。他的兒子點點只有 10 歲，可是書法已經有相當的境界了。他的妻子在這座城裏打工。每天早上從畫院出去，到很晚才回。

　　由於長期沉浸於筆墨，蕭海的舉止間有一種類似老僧坐禪的淡定，和古人的隱逸之氣。我和蕭海幾乎每天待在一起，交談文學和藝術，彷彿兩個山林中的隱者。我把我寫的作品朗誦給他聽，他也會要我對他的書畫進行評價。我有時候表現得很焦慮，他教我練書法。我剛勁有餘陰柔不足，他讓我練《曹全碑》，果然，我的內心變得柔軟了許多。我稱 10 歲的點點為兒子，他會歡快地答應。

　　贛水蒼蒼，見證了這一切。

　　在贛江旁的畫院，一間六個多平米的房間裏，我似乎把事情想明白了。2001 年，有兩個機會擺在我的面前：一個是調入市政府當領導秘書，從此步入很可能讓我青雲直上的官場，另一個是調入清湯寡水的省文聯，做一個清貧的文學聖徒。我毅然選擇了後者。

　　單位為我舉行了歡送宴會。在酒桌上，我端起很大的酒杯，一杯一杯地往嘴裏倒酒。是告別也是出發，是歡送也是壯行。我整整喝了兩瓶白酒。那是我平生喝得最多的一次。我的暢飲中有一種決絕的意味。同事們都驚呆了。

酒喝到最後，我號啕大哭了起來，如此恣肆汪洋，痛快淋漓。同事們都在旁邊陪我落淚。風蕭蕭兮易水寒，壯士一去兮不復還。我知道從此我踏上了一條不歸路。我最後能成為一個什麼樣子我一點把握也沒有。但我義無反顧。我30歲了，我知道我要的是什麼。

至今我已離開吉安六年多。我經常想起我曾經在畫院的日子。那座畫院，無疑成了我入定的禪房。

蕭海的消息不間斷地從吉安傳來。他似乎過得並不好，他的妻子終是不滿生活的清苦和他的枯寂，跟著一個有錢人跑了。他與兒子點點相依為命，依然不聞窗外事，每日在畫院寫字畫畫，對生活的變故似乎並不以為意。

有一天，我接到一條短信，說是一個過去的朋友祝我快樂。我問他是誰，他說他是我兒子。我知道，他是點點。聽說，他已經長到一米八了。不知他的書法練得怎樣了，他以後會有一個怎樣的人生？

贛 江

我剛來南昌的時候，我的孩子還是一個走起路來跌跌撞撞的幼兒，而現在，是一個可以和我討論《瓦爾登湖》《紅樓夢》的五年級的小學生了。

而南昌也像個孩子，它在長高，在變化。我單位旁邊的八一廣場，曾經是一塊很大的草坪，而現在，是由噴泉、水幕電影、大理石地面、巴西棕櫚、燈柱和雕塑組成一個現代休閒廣場。我住的地

方是紅穀灘，從本地的攝影朋友保存的照片看，過去它是一片荒涼的河灘和農田，而現在，變成了許多以闊宅、新城、花園、街區命名的樓盤。每天晚上，裝載了建築材料的裝卸車來來往往，灰塵滾滾。我於 2005 年入住紅谷灘，開始覺得那裏人氣不旺，各種功能都不健全，而現在變得熱鬧了起來，我家旁邊，醫院、學校、裝飾豪華的飯店等等，都已一應俱全。

　　每天我在這座城市裏出沒，彷彿是一個匆匆的過客。

　　從 2001 年底至今，我在南昌生活了六年多了。我承認這麼長的時間我差不多已經愛上南昌了。我喜歡這座城市街道兩旁的香樟樹，這種江西鄉野無處不在的尋常綠色植物，多少讓我這個出生於鄉村的人感到親近和甜蜜。我喜歡它在拔節和更新的過程中依然透露的那一點點舊的痕跡，彷彿綾羅綢緞的衣袖裏不小心漏出內衣舊棉的須線，窘迫中有一種俗世的暖意。醬油辣椒為特色佐料的南昌菜，頗對我的胃口；繩金塔的瓦罐湯，也是我蠻喜歡喝的。我還喜歡位於青雲譜的八大山人紀念館的安靜，那裏的蛙鳴絕對是聽覺的盛宴。我經常和朋友去那裏玩，往往一玩就是大半天。南昌生活的節奏並不是那麼快捷，這正好利於我想入非非。有時候我想，在這樣的一座城市安置我的一張書桌，也許是不錯的選擇。

　　而我愛上南昌最重要的一點就是，它是一座贛江邊的城市。贛江，不僅是我的胎記，還是我命運的履帶。

　　回首往昔，我突然發現：我所有的輾轉遷徙，都沒有離開過贛江。我的故鄉——吉水縣一個叫下隴洲的村莊，是位於贛江邊的一個村子。我在那裏待了二十多年。那裏珍藏了我少年時代的幾乎全

部的記憶。對江西地理稍有瞭解的人就知道，我所工作過的吉水、吉安和南昌，都是贛江邊的城市。吉水和吉安，珍存了我在生命歷程中的掙扎與眺望，決斷和尋找。

我的單位在贛江東岸的八一大道上，而紅谷灘是在贛江以西。每天我坐公交車或者騎著單車上下班，穿過贛江之上的八一大橋的時候，都要把贛江深深地打量。故鄉、吉水和吉安在南昌的上游，我似乎一抬頭就能望見。

而我相信贛江一定也可以從人群中認出我來。那條曲折北流、縱貫江西全省、流域面積達 8.16 萬平方公里的河流，已經成了我眉宇間的憂傷，血脈裏的奔跑，骨頭裏的惦念，以及我指間的喪失和擁有。

它像一個父親，領著我一路奔跑，無暇他顧。

它又是母親，賜我柔情、隱忍和潔淨。我就是在她的河面上構築起我全部的美學──我所寫下的，是和贛江的氣質與情懷契合的文字，一種悲憫和傷感糅合的文字。

命運給了我一條固定的線路。從贛江邊的那個叫下隴洲的小村莊到吉水，再到吉安以至現在的南昌，我的遷徙往來，其實就是沿著一條贛江，邊走邊唱。

緣江行，那是一種宿命，也可能是終我一生的浪漫之旅。

──江南三大名樓之一的滕王閣在贛江邊。我喜歡它是因為它是文學製造的傳奇，讓我這個不合時宜的人多少懷上了一種虛妄的滿足。一千多年前，一個叫王勃的年輕詩人用如椽大筆寫下了千古名

篇〈滕王閣序〉。因為〈滕王閣序〉的存在，滕王閣即使歷經天災人禍，多次坍塌頹圮，依然可以屹立在贛江之濱。

　　總會有一些東西在時間面前堅不可摧。我因此對自己的堅守信心百倍。

　　我差不多已經決定一輩子守著贛江過下去了。用一生沿著贛江邊走邊唱，守著一條江過一輩子，其實是一件非常美好的事情。

　　就像我相信，即使在今天，用一生來讀書寫作，在紙上建造自己的心靈版圖，也會是一件非常美好的事情一樣。

國家圖書館出版品預行編目

回到鄉村中國——大變局下的鄉村紀事 / 江子著
. -- 一版. -- 臺北市：秀威資訊科技, 2010.01
　　面；　公分. -- (語言文學類；PG0325)
BOD 版
ISBN 978-986-221-365-0 (平裝)

855　　　　　　　　　　　　　98023206

語言文學類　PG0325

回到鄉村中國
——大變局下的鄉村紀事

作　　者 / 江　子
主　　編 / 蔡登山
發 行 人 / 宋政坤
執行編輯 / 林世玲
圖文排版 / 鄭維心
封面設計 / 蕭玉蘋
數位轉譯 / 徐真玉　沈裕閔
圖書銷售 / 林怡君
法律顧問 / 毛國樑　律師
出版印製 / 秀威資訊科技股份有限公司
　　　　　台北市內湖區瑞光路 583 巷 25 號 1 樓
　　　　　電話：02-2657-9211　　　傳真：02-2657-9106
　　　　　E-mail：service@showwe.com.tw
經 銷 商 / 紅螞蟻圖書有限公司
　　　　　台北市內湖區舊宗路二段 121 巷 28、32 號 4 樓
　　　　　電話：02-2795-3656　　　傳真：02-2795-4100
　　　　　http://www.e-redant.com

2010 年 1 月 BOD 一版
定價：330 元

讀 者 回 函 卡

感謝您購買本書，為提升服務品質，煩請填寫以下問卷，收到您的寶貴意見後，我們會仔細收藏記錄並回贈紀念品，謝謝！

1. 您購買的書名：_____

2. 您從何得知本書的消息？

　　☐網路書店　☐部落格　☐資料庫搜尋　☐書訊　☐電子報　☐書店

　　☐平面媒體　☐ 朋友推薦　☐網站推薦　☐其他_____

3. 您對本書的評價：(請填代號　1.非常滿意 2.滿意 3.尚可 4.再改進)

　　封面設計____　版面編排____　內容____　文/譯筆____　價格____

4. 讀完書後您覺得：

　　☐很有收獲　☐有收獲　☐收獲不多　☐沒收獲

5. 您會推薦本書給朋友嗎？

　　☐會　☐不會，為什麼？_____

6. 其他寶貴的意見：_____

_____

_____

_____

讀者基本資料

姓名：_____　年齡：_____　性別：☐女 ☐男

聯絡電話：_____　E-mail：_____

地址：_____

學歷：☐高中(含)以下　☐高中　☐專科學校　☐大學

　　　☐研究所(含)以上 ☐其他_____

職業：☐製造業 ☐金融業 ☐資訊業 ☐軍警 ☐傳播業 ☐自由業

　　　☐服務業 ☐公務員 ☐教職　☐學生 ☐其他_____

To：114

　　台北市內湖區瑞光路 583 巷 25 號 1 樓

　　秀威資訊科技股份有限公司　　　收

寄件人姓名：

寄件人地址：□□□

秀威與 BOD

BOD（Books On Demand）是數位出版的大趨勢，秀威資訊率先運用 POD 數位印刷設備來生產書籍，並提供作者全程數位出版服務，致使書籍產銷零庫存，知識傳承不絕版，目前已開闢以下書系：

一、BOD　學術著作—專業論述的閱讀延伸
二、BOD　個人著作—分享生命的心路歷程
三、BOD　旅遊著作—個人深度旅遊文學創作
四、BOD　大陸學者—大陸專業學者學術出版
五、POD　獨家經銷—數位產製的代發行書籍

BOD 秀威網路書店：www.showwe.com.tw
政府出版品網路書店：www.govbooks.com.tw

　　永不絕版的故事・自己寫・永不休止的音符・自己唱